COLOMETA

BEZIGE BIJ POCKET 68

Mercè Rodoreda

COLOMETA
LA PLAÇA DEL DIAMANT

Roman
Vertaling Elly de Vries-Bovée
Nawoord Gabriel García Márquez

1990
UITGEVERIJ DE BEZIGE BIJ
AMSTERDAM

Copyright © 1962 Institut d'Estudis Catalans
Copyright © 1987 Nederlandse vertaling
Elly de Vries-Bovée
Oorspronkelijke titel *La Plaça del Diamant*
Copyright © 1983 Nawoord Gabriel García Márquez
Eerste druk februari 1987
Tweede druk april 1987
Derde druk augustus 1987
Vierde druk (Bezige Bij Pocket) januari 1990
Omslag Ronald Slabbers/
Leendert Stofbergen
Druk Knijnenberg b.v. Krommenie
ISBN 90 234 2376 3 CIP
NUGI 301

Voor A.J.P

My dear, these things are life.
MEREDITH

I

Julieta was speciaal naar de banketbakkerij gekomen om me te vertellen dat er, voordat de grote bos bloemen aan de beurt was, eerst nog koffiekannen verloot zouden worden en dat ze die had gezien: prachtige witte kannen met een doormidden gesneden sinaasappel erop geschilderd, zodat je de pitjes kon zien. Ik had geen zin om te gaan dansen en ook niet om uit te gaan want ik had de hele dag banket en bonbons staan inpakken en mijn vingertoppen deden pijn van het alsmaar aantrekken van goudband, het leggen van knopen en het strikjes maken. En ik kende Julieta wel, die zag niet op tegen nachtbraken en ze maakte haar niets uit of ze een nacht wel of niet zou slapen. Maar ze wist me mee te tronen of ik wilde of niet, want zo was ik, ik kon nooit nee zeggen als iemand me iets vroeg. Daar ging ik dan, van top tot teen in het wit: mijn jurk en de gesteven onderrok eronder, mijn melkwitte schoenen, oorhangers van wit celluloid met drie bijpassende slavenarmbanden en een witte tas die volgens Julieta van zeildoek was en die een sluiting had die op een gouden schelp leek.

Toen we op het plein aankwamen, speelden de muzikanten al. De overkapping was met bloemen versierd en met guirlandes in bonte kleuren: steeds afwisselend een papieren slinger en een bloemenslinger. In sommige bloemen zat een lampje en het hele dak leek wel een omgekeerde paraplu doordat de uiteinden van de slingers aan de zijkanten hoger hingen dan in het midden, waar ze allemaal bij elkaar kwamen. Het elastiek van mijn onderrok, dat ik met veel moeite met een veiligheidsspeld, die steeds bleef steken, door de taillezoom heen had getrokken en dat met een knoopje en een lusje sloot, knelde. Ik had vast al een rode striem rond mijn middel. Van tijd tot tijd haalde ik diep adem om de tailleband wat uit te rekken, maar zo gauw ik de lucht had uitgeademd begon de kwelling opnieuw. Het podium van de muzikanten was omringd met aspergegroen en zag eruit als een veranda en het aspergegroen was versierd met papieren bloemen die met een ijzerdraadje vastgezet waren. En de muzikanten maar zweten in hun hemdsmouwen. Mijn moeder, al jaren dood, kan me niet meer helpen en mijn vader is met een andere vrouw getrouwd. Mijn vader met een ander getrouwd en ik zonder moeder, zonder een moeder die alleen maar voor mij had geleefd. En mijn vader getrouwd en ik als jong meisje alleen op de Plaça del Diamant, wachtend op de verloting van de koffiekannen en Julieta hard schreeuwend om boven de muziek uit te komen: niet gaan zitten, want dan kreukt je jurk! en ik zie de als bloemen aangeklede lampjes en de slingers van papier-maché, en terwijl iedereen in feeststemming is en ik sta te suffen, klinkt dan een stem in mijn oren: zullen we dansen?

Bijna zonder na te denken antwoordde ik dat ik niet kon dansen en draaide me om. Ik keek in een gezicht dat ik niet duidelijk onderscheiden kon omdat het zo dichtbij was, maar het was het gezicht van een jongen. Geeft niet, zei hij. Ik kan het heel goed en zal het u wel leren. Ik dacht aan de arme Pere die op deze

tijd in het souterrain van Hotel Colòn moest werken met een witte schort voor, en zei onnozel:
— En als mijn verloofde het te weten komt?
De jongen kwam nog dichterbij en zei lachend, zo jong en al verloofd? En terwijl hij lachte, verbreedden zijn lippen zich en zag ik al zijn tanden. Hij had apeoogjes en droeg een wit overhemd met blauwe streepjes, doorgezweet onder de armen, het boordje losgeknoopt. Toen draaide de jongen zich plotseling om, ging op zijn tenen staan, keek van links naar rechts, keerde zich weer naar mij toe, zei, neemt u me niet kwalijk en begon te roepen: Hé!... wie heeft er mijn jasje gezien? Het lag bij de muzikanten! Op een stoel! Hé!... En toen zei hij tegen me dat ze zijn jas hadden meegenomen en dat hij meteen terug zou komen en of ik asjeblieft op hem wilde wachten. Hij begon te roepen: Cintet!... Cintet!...
Julieta, in het kanariegeel met groene borduursels, dook plotseling op en zei tegen me: Ga voor me staan, want ik moet even mijn schoenen uitdoen... ik kan niet meer... Ik zei dat ik niet van mijn plaats kon omdat een jongen die zijn jas aan het zoeken was beslist met me wilde dansen en dat ik op hem moest wachten. En Julieta zei, nou, dans dan, dans dan toch!... En het was warm. Kinderen schoten vuurpijlen af en gooiden met rotjes op de hoeken van de straten. Op de grond lagen meloenpitten en in de hoeken schillen en lege bierflessen en op de dakterrassen werden ook pijlen afgevuurd. En op de balkons. Ik zag gezichten glimmend van het zweet en jongens die een zakdoek over hun voorhoofd haalden. De muzikanten speelden dat het een lust was. Het leek wel een huldiging. En toen kwam de paso doble. Ik ging als vanzelf voor- en achteruit en als

van heel ver, terwijl hij toch vlakbij was, hoorde ik de stem van de jongen die zei: ziet u wel dat u kunt dansen! Ik rook een sterke geur van zweet en eau de cologne. En de apeogen glinsterden me toe tussen twee glimmende oren. Het elastiek sneed in mijn taille en mijn dode moeder kon me geen raad meer geven, want ik had tegen die jongen gezegd dat mijn verloofde kok was in Hotel Colòn en hij lachte en zei dat hij erg met hem te doen had want binnen een jaar zou ik zijn vrouw en koningin zijn. En we zouden de grote bloemendans dansen op de Plaça del Diamant.

Mijn koningin, had hij gezegd.

En toen zei hij dat hij tegen me gezegd had dat ik binnen een jaar zijn vrouw zou zijn en dat ik hem daarbij zelfs niet aangekeken had en toen ik hem dan aankeek zei hij, kijkt u me niet zo aan want daar kan ik niet tegen, en ik zei tegen hem dat hij apeogen had en we moesten allebei lachen. Het elastiek rond mijn middel sneed als een mes in mijn vlees terwijl de muzikanten maar bliezen, tetteretè, tetteretè. Julieta was nergens te zien. Verdwenen. Ik was alleen, met die ogen voor me die me niet loslieten. Alsof de hele wereld veranderd was in die ogen en er geen ontsnapping meer mogelijk was. Het werd later en later en het feest ging verder, tot de praalwagen kwam en het grote bloemenboeket en het meisje van de bloemen, helemaal in het blauw, draaiend en draaiend... Mijn moeder op het kerkhof van San Gervasio en ik op de Plaça del Diamant... U verkoopt zoetwaren? Honing en jam?... En de vermoeide muzikanten deden hun instrumenten al in de hoezen maar haalden ze er weer uit omdat iemand een wals voor allemaal betaald had en iedereen tolde weer rond. Toen de wals afgelopen was gingen de mensen geleidelijk op huis aan. Ik zei dat ik Julieta kwijt was en hij zei dat hij Cintet kwijt was en toen zei hij dat we, nu we alleen waren en alle mensen al naar huis en de straten leeg, een wals zouden dansen, hij en ik, een wals helemaal over de Plaça del Diamant... draaien en draaien maar, Colometa. Ik keek hem wat onzeker aan en zei dat ik Natàlia heette, maar hij begon te lachen en zei dat ik maar één naam kon hebben: Colometa. Op dat moment zette ik het op een lopen, met hem achter me aan, wees toch niet bang... ik kan u toch niet zomaar alleen over straat laten gaan, ze zouden u van me kunnen stelen... En hij greep me bij de arm en hield me staande, begrijpt u dan niet, Colometa, dat ze u van me zouden kunnen afnemen? En mijn moeder dood en ik daar als een dwaze eend terwijl het elastiek rond mijn middel knelde, in mijn taille snoerde alsof ik een papieren bloem was die met ijzerdraad was vastgeklemd aan het aspergegroen.

En weer begon ik te rennen. Met hem weer achter me aan. De winkels waren gesloten, de rolluiken neergelaten en in de etalages lagen de dingen onbeweeglijk, inktpotten, vloeipapier en ansichtkaarten, poppen en lappen stof, aluminium pannen en kantwerk... En toen kwamen we bij de Carrer Gran, ik voorop, hij achter me aan, alle twee rennend en jaren later had hij het er nog over, over de dag dat hij Colometa had leren kennen op de Plaça del Diamant, hoe ze ertussenuit was geknepen en hoe precies voor de tramhalte, ploef, haar onderrok op de grond gleed.

Het lusje rond het knoopje was geknapt en daar ging de onderrok. Ik sprong eruit, bleef er bijna met mijn voet in vasthaken en rende verder alsof alle duivels uit de hel achter me aan zaten. Thuisgekomen ging ik in het donker naar bed; als een steen liet ik mij op mijn koperen meisjesledikant vallen. Ik schaamde me. Toen ik me genoeg geschaamd had schopte ik mijn schoenen uit en maakte mijn haar los. En Quimet vertelde nog jaren later, als was het pas gebeurd, hoe mijn elastiek sprong en ik er als de wind vandoor ging.

2

Het was heel vreemd. Ik had mijn oudrose jurk aangetrokken, iets te luchtig voor de tijd van het jaar, en ik begon kippevel te krijgen terwijl ik op Quimet stond te wachten op de hoek van een straat. Toen ik daar een poosje voor gek had gestaan, kreeg ik het idee dat er iemand vanachter de jaloezieën naar me keek want ik had aan één kant de latjes een beetje zien bewegen. Ik had met Quimet afgesproken aan de ingang van Parc Güell. Er kwam een jongetje uit een van de poorten met een revolver aan zijn riem en een geweer in de aanslag dat langs mijn rokken schuurde terwijl hij langs me liep en peww... peww... schreeuwde.

De houten jaloezieën werden opgetrokken, helemaal omhoog, en een jongen in pyjama riep psst, psst... naar me en wenkte me. Om er zeker van te zijn dat hij inderdaad mij bedoelde, wees ik op mezelf en vroeg zachtjes, ik? Hoewel hij me niet kon horen, begreep hij me en knikte ja met zijn hoofd, een leuke kop, en ik stak de straat over in de richting van zijn huis. Toen ik vlak onder zijn balkon stond, zei de jongen tegen me, kom binnen, dan gaan we een dutje doen.

Ik kreeg alle kleuren van de regenboog en draaide me kwaad om, vooral kwaad op mezelf en bang omdat ik voelde dat de jongen nog steeds naar me keek want in mijn rug voelde ik zijn blik dwars door mijn kleren en mijn huid heen boren. Ik ging zo staan dat de jongen in de pyjama me niet meer kon zien, maar werd toen weer ongerust dat Quimet me niet zou zien als ik zo half verdekt opgesteld stond. Ik stond erover te denken wat er zou gaan gebeuren, want het was de eerste keer dat we bij een park hadden afgesproken. De hele ochtend was ik in de war geweest omdat ik steeds maar aan de komende middag moest denken want ik had zo'n voorgevoel dat Quimet me niet met rust zou laten. Hij had gezegd dat we elkaar om half vier zouden treffen, hoewel hij er pas om half vijf was: maar ik zei er niets van omdat ik het misschien wel verkeerd verstaan had en ik degene was die zich vergist had want hij zei helemaal niets om zich te verontschuldigen... Ik durfde hem niet te zeggen dat mijn voeten pijn deden van het lange staan want ik droeg van die knellende lakschoenen en ook niet dat er een jongeman vrijpostig tegen me was geweest. We liepen de trappen op zonder een stom woord te zeggen en toen we helemaal boven waren had ik het niet meer koud en was mijn kippevel verdwenen. Ik wilde hem uitleggen dat ik het met Pere uitgemaakt had en dat alles nu in orde was. We gingen op een stenen bank zitten op een stil plekje tussen twee bomen met dicht loof waar een merel onder vandaan kwam die van de ene boom naar de andere vloog, met een fijn kreetje, een wat hees geluidje, en dan zagen we hem een poosje niet meer tot hij weer onderaan ergens opdook als we hem al vergeten waren en dan begon het spelletje weer opnieuw. Zonder hem aan te kijken zag ik vanuit een ooghoek dat Quimet naar de huisjes in de verte zat te kijken. Eindelijk zei hij, ben je niet bang voor dat vogeltje?

Ik antwoordde hem dat ik het wel leuk vond, maar

toen zei hij dat zijn moeder hem altijd verteld had dat zwarte vogels, ook al waren het maar merels, ongeluk brachten. Alle andere keren dat ik sinds de eerste dag op de Plaça del Diamant Quimet had ontmoet, was steeds het eerste dat hij me vroeg of ik het al met Pere uitgemaakt had en dan boog hij zijn hoofd en lichaam naar voren. Maar op die dag vroeg hij het me niet en ik wist niet hoe ik er zelf over moest beginnen dat ik tegen Pere had gezegd dat het uit moest zijn tussen ons twee. En het ging me erg aan het hart dat ik dat gezegd had want Pere had daar maar gestaan als een lucifer die uitgeblazen wordt nadat hij aangestoken is. En terwijl ik eraan zat te denken dat ik het met Pere uitgemaakt had voelde ik een pijn van binnen en door die pijn wist ik dat ik iets verkeerds gedaan had. Vast en zeker, want ik, die altijd innerlijk tamelijk rustig was geweest voelde, als ik me het gezicht van Pere voor de geest haalde, heel diep van binnen een scherpe pijn, alsof er midden in mijn rust van weleer een deurtje was opengegaan waar een nest van schorpioenen achter zat en deze schorpioenen begonnen zich te vermengen met deze pijn om haar nog schrijnender te maken en haar in mijn bloed te verspreiden zodat het zwart werd. Want Pere had met verstikte stem en wazige blik gezegd dat ik zijn leven verwoest had. Dat ik er een hoopje waardeloze modder van had gemaakt. En terwijl we naar de merel keken, begon Quimet over mijnheer Gaudí, dat zijn vader hem had leren kennen op de dag dat Gaudí door de tram werd overreden, dat zijn vader een van de mensen was geweest die hem naar het ziekenhuis hadden gebracht, die arme mijnheer Gaudí, zo'n goede man en dan zo'n verschrikkelijke dood... En op de hele wereld was er geen park als het Parc

Güell, geen tweede Sagrada Família en geen tweede Pedrera. Ik zei hem dat het naar mijn smaak allemaal een beetje te golvend en puntig was. Toen gaf hij me met de zijkant van de hand een klap op mijn knie zodat mijn onderbeen plotseling naar boven schoot, en zei dat ik, als ik zijn vrouw wilde worden, moest beginnen het in alles met hem eens te zijn. Hij stak een lange preek tegen me af over de man en de vrouw, over de rechten van de een en de rechten van de ander en toen ik hem even in de rede kon vallen vroeg ik hem:

— En als ik nu eens iets echt niet mooi vind?
— Je hebt het maar mooi te vinden want je begrijpt er toch niets van. En toen volgde er nog een preek: een hele lange. Een groot aantal mensen uit zijn familie kwam er in voor: zijn ouders, een oom die een kapelletje en een bidstoel had, zijn grootouders en de moeders van koning Ferdinand en koningin Isabella, die, zo zei hij, de goede weg hadden gewezen. En toen zei hij, ik kon het eerst niet goed verstaan omdat hij het over zoveel dingen tegelijk had, arme Maria... En dan kwamen weer de moeders van Ferdinand en Isabella en dat we misschien wel gauw konden trouwen, want hij had twee vrienden die al een huis voor hem aan het zoeken waren. En hij zou meubels maken, meubels waar ik van achterover zou vallen, want waarvoor was hij anders meubelmaker en het was net alsof hij de heilige Jozef en ik de Maagd Maria was.

Hij vertelde dit allemaal zeer opgetogen maar ik zat er steeds maar aan te denken wat hij toch met dat arme Maria bedoeld mocht hebben....en het werd me helemaal duister net zoals de lucht nu duister werd en de merel kwam onvermoeibaar steeds weer te voorschijn, kwam uit de ene boom en verdween in de andere om dan weer plotseling op te duiken, het leek alsof er een heleboel merels waren die allemaal hetzelfde deden.

—Ik zal een kast voor ons tweeën maken die uit twee delen bestaat, van beukehout. En als onze woning gemeubileerd is dan ga ik het bedje van de jongen maken.

Hij zei dat hij wèl en níet van kinderen hield. Dat lag er maar aan. De zon ging onder en waar hij weg was werd de schaduw blauw en vreemd om te zien. En Quimet praatte over hout, over allerlei soorten, palissander, mahonie, eikehout... En toen, ik herinner het me nog goed en ik zal het me altijd blijven herinneren, gaf hij mij een kus en op het moment dat hij me die kus wilde geven zag ik Onze Lieve Heer op het topje van zijn huis midden in een dikke wolk met een oranje rand eromheen die aan de ene kant een beetje lichter was, en Onze Lieve Heer strekte zijn armen heel wijd uit, ze waren erg lang, pakte de wolk aan de randen vast en verdween erin zoals je in een kast verdwijnt.

—We hadden hier vandaag niet moeten komen.

En hij gaf me nog een kus en de hemel raakte geheel bedekt. Ik zag die ene wolk steeds verder verdwijnen en andere te voorschijn komen, kleinere die achter de dikke wolk aan gingen en Quimet smaakte naar koffie met melk. En hij riep, ze gaan al sluiten!

—Hoe weet je dat?

—Heb je het fluitje dan niet gehoord?

We stonden op, de merel vloog verschrikt weg, mijn rok waaide op door de wind... en we gingen naar beneden, de paden af. Op een bank met mozaïektegeltjes zat een meisje met haar vingers in haar neus en even later streek ze met haar vinger over een achtpuntige ster in de rugleuning van de bank. Ze droeg een jurk in dezelfde kleur als de mijne en dat zei ik tegen Quimet. Hij gaf geen antwoord. Toen we weer bij de weg kwamen, zei ik, kijk eens, er gaan toch nog mensen het park in... maar hij zei dat ik me niet druk moest maken en dat die er zo weer uit gestuurd zouden worden. We volgden de weg naar beneden en juist op het moment dat ik wilde zeggen, zeg, ik heb het uitgemaakt met Pere, stond hij plotseling stil, ging voor me staan, greep me bij mijn armen en zei, terwijl hij naar me keek als naar iemand van slechte zeden, arme Maria...

Ik stond op het punt te zeggen dat hij er niet over hoefde in te zitten, dat hij me best kon vertellen wat er met die arme Maria aan de hand was... maar ik durfde het niet. Hij liet mijn armen los, kwam weer naast me lopen en we daalden verder af tot we bij de kruising Diagonal — Passeig de Gràcia aankwamen. Daarna moesten we nog heel wat straten door en mijn voeten konden haast niet meer. Na een half uur straat in straat uit stopte hij weer, pakte me weer bij allebei mijn armen, we stonden onder een straatlantaarn en ik dacht dat hij weer arme Maria zou gaan zeggen en ik hield mijn adem al in, maar hij zei woedend:

— Als we niet vlug naar beneden waren gegaan, weg daar bij die merel en zo, dan weet ik nog niet wat er had kunnen gebeuren!... Maar let op, de dag dat ik je te pakken krijg zul je ervan lusten!

We liepen tot acht uur door de straten, zonder een woord te zeggen, alsof we stom geboren waren. Toen ik weer alleen was keek ik naar de hemel die helemaal zwart was. En ik weet niet... het was allemaal erg vreemd...

3

Op een dag stond hij me op te wachten op de hoek van de straat, onverwachts, want hij zou me die dag niet komen ophalen.

—Ik wil niet hebben dat je nog langer voor die banketbakker werkt! Ik heb gehoord dat hij achter de winkelmeisjes aan zit.

Ik begon te trillen en vroeg hem of hij niet zo wilde schreeuwen en zei hem dat ik toch niet zomaar ineens weg kon blijven, zomaar zonder meer alsof ik geen opvoeding gehad had en dat die arme man nooit meer dan een enkel woord tegen me gezegd had en dat ik graag taartjes en bonbons verkocht en wat zou ik dan moeten doen als ik ontslag nam... Hij zei dat hij in de winter in de late namiddag toen het al donker was eens was komen kijken terwijl ik werkte. En hij zei dat, terwijl ik een dame hielp een doos bonbons uit te zoeken in de etalage rechts, de baas mij met zijn ogen had gevolgd en niet zozeer mij maar wel mijn achterwerk. Ik zei dat hij nu wel wat te ver ging en dat we er beter mee op konden houden als hij me niet vertrouwde.

—Ik vertrouw je wel, maar ik wil niet dat die kerel zich verlekkert.

—Je bent gek geworden, zei ik: die man denkt alleen maar aan zijn zaak! Versta je!

Ik was zo kwaad dat mijn wangen gloeiden. Hij greep me bij mijn nek en schudde mijn hoofd. Ik zei dat hij me los moest laten en dat ik een agent zou roepen als hij het niet deed. Drie weken lang zagen we elkaar niet meer en toen ik er al spijt van kreeg dat ik het met Pere uitgemaakt had, want Pere was per slot van rekening een beste jongen die nooit vervelend tegen me was geweest, er altijd netjes uitzag en hard werkte, stond hij daar plotseling weer, doodkalm, en het eerste wat hij zei, met zijn handen in zijn broekzakken, was, en voor jou heb ik die arme Maria laten gaan...

We liepen de Rambla del Prat af naar de Carrer Gran. Hij bleef stilstaan voor een winkel met een heleboel zakken bij de ingang, stak zijn hand in een zak met wikkezaad, zei, prima duivenvoer... en we liepen door. Hij had wat zaadjes in zijn hand gehouden en toen ik even niet oplette liet hij ze achter in de kraag van mijn blouse glijden. Hij liet me stilstaan voor een etalage met confectiekleding. Kijk, zei hij, als we getrouwd zijn laat ik je zulke schorten kopen. Ik zei hem dat ze me aan een weeshuis deden denken, maar hij zei dat zijn moeder altijd zulke schorten droeg en daarop zei ik weer dat me dat niets kon schelen en dat ik ze toch niet wilde dragen want ze leken mij te veel op schorten van een gesticht.

Hij zei dat hij me aan zijn moeder wilde voorstellen, dat hij het al over mij gehad had en dat zijn moeder erg graag wilde weten wat voor een meisje haar zoon had gekozen. Op een zondag gingen we naar haar toe. Ze woonde alleen. Quimet woonde in een kosthuis om haar geen werk te bezorgen en hij zei dat ze zo ook beter met elkaar konden opschieten want samen ging het niet zo goed. En zijn moeder woonde in een van die hoger gelegen huisjes en vanaf haar balkon kon je de zee zien en de nevel die de zee vaak aan het gezicht onttrok. Ze was een kleine, gracieuze vrouw, met zorgvuldig gekapt haar dat sterk golfde. Haar huis hing vol met linten. Quimet had het daar al over gehad. Over het crucifix boven het hoofdeinde van het bed hing een lint. Het was een zwart mahoniehouten bed met twee matrassen waarop een crèmekleurig sprei lag met rode rozen en een geplooide strook eromheen die met een rood randje afgezet was. Aan de sleutel in het nachtkastje hing een lintje. Aan de sleutels in de beide commodeladen hingen lintjes. En er hing een lintje aan de sleutel van iedere deur.

—U houdt erg van linten, zei ik.
—Een huis zonder linten is geen huis.

En ze vroeg me of ik graag banket verkocht en ik zei, ja mevrouw, heel graag, vooral het omkrullen van strikjes met de punt van een schaar vind ik leuk, en ik zei dat ik alleen al naar de feestdagen uitzag omdat ik dan veel pakjes kon maken onder het voortdurende gerinkel van de kassa en het getingel van de winkelbel.

—Jij bent me er eentje, zeg, zei ze.

Halverwege de middag gaf Quimet me een por met zijn elleboog waarmee hij wilde zeggen, kom, we gaan. En toen we al bij de voordeur stonden, vroeg zijn moeder me, en werk je ook graag in huis?

—Ja mevrouw, heel graag.
—Dat is maar goed ook.

Op dat moment vroeg ze of we nog even wilden wachten, liep weer naar binnen en kwam terug met een paar rozenkransen van zwarte kralen die ze me ten geschenke gaf. Toen we al een eindje weg waren zei Quimet dat ik haar voor me gewonnen had.

—Wat heeft ze in de keuken tegen je gezegd toen jullie alleen waren?
—Dat jij een hele goede jongen bent.

—Dat dacht ik al.

Hij keek naar de grond terwijl hij dat zei en schopte een steentje weg. Ik zei hem dat ik niet zou weten wat ik met die rozenkransen moest doen. Hij zei dat ik ze maar moest opbergen, je kon nooit weten waartoe ze ooit nog konden dienen: je moest nooit iets weggooien.

—Misschien heeft het meisje er nog wat aan, als we er een krijgen...

En hij kneep me in mijn bovenarm. Terwijl ik over mijn arm wreef omdat die echt pijn deed vroeg hij me of ik me nog iets, ik weet niet meer wat, herinnerde en zei toen dat hij binnenkort een motor ging kopen want die zouden we heel goed kunnen gebruiken om als we getrouwd waren door het hele land te gaan toeren, ik achterop. Hij vroeg of ik al eens bij een jongen achter op de motor had gezeten maar ik zei van nee, dat ik dat nog nooit gedaan had en dat het me erg gevaarlijk leek, en toen was hij helemaal in zijn nopjes en zei, welnee meid...

We gingen bij café Monumental binnen om vermouth te drinken en stukjes inktvis te eten. Daar trof hij Cintet, en Cintet die hele grote ogen had, als van een koe en bovendien een scheve mond, zei dat hij een woning wist in de Carrer de Montseny, niet al te duur maar wel verwaarloosd omdat de eigenaar er zich niet om wilde bekommeren en de reparaties zouden voor rekening van de huurder komen. De woning was op de bovenste verdieping en had een dakterras. Dat dakterras sprak ons erg aan vooral omdat Cintet zei dat het helemaal alleen voor ons zou zijn. De bewoners van de verdieping eronder hadden namelijk een veranda en de mensen van de eerste verdieping konden via een lange buitentrap in de kleine tuin komen waar een kippenhok en een wasplaats waren. Quimet raakte steeds enthousiaster over het huis en zei tegen Cintet dat hij het in ieder geval niet moest laten schieten en Cintet zei dat hij er de volgende dag met Mateu naar toe zou gaan en dat wij dan ook moesten komen. We moesten allemaal samen gaan. Quimet vroeg of hij misschien een tweedehands motor wist, want een oom van Cintet had een garage en Cintet werkte daar. Cintet beloofde er naar uit te kijken. Ze praatten maar door alsof ik er niet was. Mijn moeder had mij nooit iets over mannen verteld. Zij en mijn vader hadden jarenlang ruzie gemaakt en vervolgens jarenlang geen woord meer tegen elkaar gezegd. Ze zaten 's zondagsmiddags in de eetkamer zonder iets te zeggen. Toen mijn moeder stierf werd dit woordenloze leven nog erger. En toen mijn vader een paar jaar later hertrouwde bleef er voor mij thuis helemaal niets meer over waar ik steun aan had. Ik leefde zoals een kat leeft: heen en weer, op en af, de staart omhoog, de staart omlaag, tijd om te eten, tijd om te slapen: met als enige verschil dat een kat zijn kost niet hoeft te verdienen. Thuis leefden wij zonder woorden en wat ik in mij voelde maakte me bang omdat ik niet eens wist of het wel van mezelf was...

Toen we afscheid van elkaar namen bij de tramhalte, hoorde ik Cintet tegen Quimet zeggen, waar heb je zo'n leuk meisje toch opgescharreld?... En ik hoorde Quimet lachen, ha, ha, ha...

Ik legde de rozenkransen in de la van mijn nachtkastje en keek door het raam naar de tuin beneden. De zoon van de buren die in militaire dienst was kwam net even naar buiten. Ik maakte een papierpropje, gooide het naar beneden, en dook weg.

4

Je doet er goed aan jong te trouwen. Je hebt een man nodig en een dak boven je hoofd.

Senyora Enriqueta, die in de winter leefde van de verkoop van kastanjes en zoete aardappeltjes op de hoek bij Smart en in de zomer op hoogtijdagen van de verkoop van pinda's en amandelen, gaf me altijd goede raad. We zaten tegenover elkaar op de veranda, en zij stroopte van tijd tot tijd haar mouwen op: terwijl ze ze opstroopte, zweeg ze even maar als de mouwen omhoog zaten begon ze weer te praten. Ze was groot, had een vissemond en een neus zo spits als een puntzakje. Ze droeg altijd, zomer en winter, witte kousen en zwarte schoenen. Ze zag er altijd netjes uit. En ze was dol op koffie. Ze bezat een schilderij dat aan een geelrood koord was opgehangen en waarop allemaal langoesten stonden met gouden kronen op en met menselijke gezichten en vrouwenhaar, en al het gras rondom de langoesten die uit een bron kropen, was verbrand, en de zee op de achtergrond en de hemel erboven hadden de kleur van ossebloed, en de langoesten droegen een ijzeren pantser en sloegen alles dood met hun staarten. Buiten regende het. De regen viel heel fijn op de dakterrassen, op de straten, op de tuinen, op de zee, alsof die nog niet genoeg water had, en op de bergen, misschien. Je kon nauwelijks nog iets zien hoewel het pas vroeg in de middag was. De regendruppels hingen aan de waslijnen en speelden krijgertje met elkaar, en soms viel er een omlaag maar voordat hij omlaag viel rekte en strekte hij zich uit, je kon zien dat het hem moeite kostte zich los te maken. Het regende al acht dagen: een fijne regen, niet te hard en niet te zacht en de wolken waren zo vol en zwaar dat ze langs de daken schuurden. We keken naar de regen.

— Ik vind dat je met Quimet beter af bent dan met Pere. Hij is eigen baas, terwijl Pere voor een ander werkt. Quimet is ook handiger en slimmer.

— Maar soms zit hij te zuchten en dan zegt hij treurig arme Maria...

— Maar hij trouwt toch met jou, of niet soms?

Ik had ijskoude voeten omdat mijn schoenen nat waren, en mijn voorhoofd gloeide. Ik vertelde haar dat Quimet een motor wilde kopen en zij vond dat je daaraan wel kon zien dat het een jongen was die met zijn tijd mee ging. Senyora Enriqueta zou met me mee gaan om stof voor mijn trouwjurk te kopen, en toen ik haar zei dat we waarschijnlijk een etagewoning bij haar in de buurt zouden krijgen, was ze daar erg mee ingenomen.

De woning zag er verwaarloosd uit. In de keuken stonk het naar ongedierte. Ik vond een heel nest met geelbruine langwerpige eitjes, en Quimet zei dat ik er zeker nog wel meer zou vinden als ik verder zocht. Het behang van de woonkamer had een patroon van in elkaar krullende streepjes. Quimet zei dat hij appelgroen behang wilde, en roomkleurig behang met clowns erop voor de kinderkamer. En een nieuwe keuken. Hij zei tegen Cintet dat deze aan Mateu moest vragen of hij eens langs wilde komen. Op zondagmiddag gingen we met zijn allen naar de woning. Mateu begon meteen in de keuken te breken en een hulpje, in een overal gelapte broek, haalde het puin weg en stortte het in een karretje dat beneden op straat was neergezet. De jongen maakte echter zo'n troep op de trap dat een buurvrouw van de eerste verdieping naar boven kwam om te waarschuwen dat we beslist niet mochten vergeten de trap schoon te vegen want ze had geen zin om haar benen te breken... en Quimet zei van tijd tot tijd, even kijken of ze ons karretje niet gestolen hebben... Samen met Cintet waren we begonnen met het losweken van het behang in de woonkamer en we krabden het papier eraf met een krabber. Nadat we een tijdje gewerkt hadden, merkten we dat Quimet er niet meer was. Cintet zei dat Quimet er altijd als een aal tussenuit wist te glippen als hij ergens geen zin in had. Ik ging naar de keuken om wat water te drinken en zag dat Mateu's overhemd bij de schouderbladen helemaal nat was en dat zijn gezicht glom van het zweet maar hij bleef maar met zijn hamer op een spijker slaan. Ik ging verder met behang afkrabben. En Cintet zei dat Quimet vast en zeker net zou doen alsof zijn neus bloedde als hij weer terugkwam en dat dat nog wel even zou duren ook. Het behang kwam met moeite van de muur af en na de eerste laag kwam er nog een te voorschijn, en nog een, in totaal vijf. Toen het al donker was en we onze handen stonden te wassen, kwam Quimet terug en zei dat hij toevallig een klant tegengekomen was terwijl hij de jongen had geholpen met puin storten in het karretje... en Cintet zei, en toen vergat je de tijd natuurlijk... En Quimet zei zonder hem aan te kijken dat er hier meer werk te doen viel dan hij gedacht had maar dat we het wel voor elkaar zouden krijgen. Toen we naar beneden wilden gaan zei Mateu dat hij een keuken voor me zou maken als voor een koningin. En

op dat moment wilde Quimet het dakterras nog
even op. Het woei er flink en je keek uit over de daken maar de erker van de eerste verdieping benam
ons het uitzicht op straat. We gingen naar beneden.
De wand van het trappenhuis tussen onze verdieping en de eerste verdieping stond volgeklad met
namen en poppetjes. Tussen de namen en de poppetjes stond een weegschaal die heel goed getekend
was, met fijne lijntjes in de muur gekrast alsof het
met de punt van een priem gedaan was. Een van de
schalen hing wat lager dan de andere. Ik streek met
mijn vinger over een van de schalen. We gingen vermouth drinken en inktvis eten. Een paar dagen later
kreeg ik weer ruzie met Quimet vanwege zijn gekke
ideeën over mijn baas.

— Als ik nog een keer zie dat hij op die manier naar
je achterwerk kijkt, dan ga ik naar binnen en dan zal
hij ervan lusten, schreeuwde hij. Twee of drie dagen
zag ik hem niet, en toen hij weer opdook en ik hem
vroeg of de bui weer gezakt was, zette hij al zijn veren overeind als een vechthaan en zei dat hij gekomen was om me een verklaring te vragen, want hij
had me met Pere gezien. Ik zei dat hij me met iemand
anders verwisseld moest hebben. Maar hij zei dat ik
het geweest was. Ik bezwoer dat het niet waar was
maar hij bezwoer dat het wel waar was. Aanvankelijk discussieerde ik met hem op normale toon maar
toen hij me niet wilde geloven begon ik te schreeuwen, en toen ik dat deed zei hij dat alle vrouwen gek
waren en geen knip voor de neus waard, tot ik hem
vroeg waar hij me dan met Pere gezien had.

— Op straat.
— In welke straat?
— Op straat.

—In welke straat? In welke?
Met grote stappen liep hij weg. Ik deed de hele nacht geen oog dicht. De volgende dag kwam hij terug en zei dat ik moest beloven nooit meer met Pere uit te gaan en om er een eind aan te maken en die stem, die toen hij zo kwaad was niet meer als de zijne had geklonken, niet meer te hoeven horen, beloofde ik hem niet meer met Pere uit te gaan. Maar in plaats van tevredengesteld te zijn, werd hij nu des duivels, zei dat hij mijn leugens beu was, dat hij me in de val gelokt had en dat ik er als een muis in gelopen was en ik moest hem om vergiffenis smeken omdat ik met Pere uit geweest was en hem had gezegd dat ik niet met hem was uit geweest en ten slotte geloofde ik zelf dat ik met hem was uit geweest en toen wilde Quimet dat ik voor hem op mijn knieën zou vallen.
—Hier, midden op straat?
—Nee, je moet innerlijk voor me knielen.
En zo moest ik, innerlijk voor hem geknield, om vergiffenis vragen omdat ik met Pere uit geweest was, die ik, ocharme, niet eens meer had gezien sinds ik met hem gebroken had. Zondags ging ik weer behang afkrabben. Quimet kwam pas toen we juist met het werk ophielden want hij had nog een meubelstuk af moeten maken dat hij onder handen had. Mateu was bijna klaar met de keuken. Nog één middag en dan was het zover. Helemaal wit betegeld tot zo hoog als je arm reikte. En boven het fornuis glanzende rode tegels. Mateu zei dat alle tegels van de bouw kwamen. En dat dit zijn huwelijksgeschenk was. Quimet en hij vielen elkaar om de hals en Cintet, met zijn verwonderde koeieogen, wreef zich in de handen. We gingen alle vier samen vermouth drinken en inktvis eten. Cintet zei dat als we trouw-

ringen nodig hadden, hij wel een juwelier kende die
ze ons voor een heel schappelijke prijs zou verkopen.
En Mateu zei dat hij er een wist die ze ons voor de
halve prijs zou verkopen.

—Ik begijp niet hoe je dat allemaal klaarspeelt, zei
Quimet.

En Mateu, met zijn blauwe ogen en een vuurrood
gezicht, lachte tevreden en keek ons tersluiks aan,
eerst naar de een, dan naar de ander.

—Kwestie van handigheid.

5

Op de dag voor Palmzondag vroeg mijn vader me wanneer we gingen trouwen. Hij liep voor me uit naar de woonkamer, de hakken van zijn schoenen waren aan de randen helemaal afgesleten. Ik zei dat we het nog niet wisten... dat eerst het huis klaar moest zijn.

—Duurt dat nog lang?

Ik zei dat ik dat niet kon zeggen want het hing er vanaf hoeveel tijd we eraan konden besteden. En ik vertelde dat er minstens vijf lagen behang op de muur zaten en dat die er van Quimet allemaal af moesten want hij wilde alles piekfijn voor elkaar hebben.

—Vraag of hij zondag mee komt eten.

Ik vroeg het aan Quimet en hij werd meteen pisnijdig.

—Toen ik hem om je hand ging vragen deed hij net of het hem niet interesseerde en zei dat ik al de derde was en dat hij nog moest zien of ik de laatste zou zijn, om me alle lust te ontnemen, en nu nodigt hij me uit? Wacht maar, als we eenmaal getrouwd zijn, dan...

We gingen naar de palmwijding. Op straat liepen jongens met palmtakken en meisjes met palmpaasstokken, jongetjes en meisjes met ratels en sommigen droegen in plaats van ratels houten kloppers om de joden dood te slaan tegen de muren, op de grond, op een oude emmer of blik of op wat dan ook, het was een hels kabaal. Toen we bij de Jozefkerk aankwamen liep iedereen te schreeuwen. Mateu was met ons meegegaan met zijn dochtertje op zijn schouders, een bloem van een meisje en hij droeg haar ook alsof zij werkelijk een bloem was. Ze had blonde haren met pijpekrullen en net zulke blauwe ogen als Mateu, maar het was een meisje dat nooit lachte. Ze droeg een palmpaas vol gekonfijte kersen, die Mateu haar hielp vasthouden. Een andere vader droeg een jongetje op zijn schouders met een palmtak en beide vaders, door de massa voortgeduwd, naderden elkaar en kwamen zonder dat ze het merkten naast elkaar te staan, en toen begon het jongetje snel de kersen van de palmpaas van Mateu's dochtertje af te plukken en de palmpaas was al half leeggegeten voor we het in de gaten hadden.

We gingen eten bij de moeder van Quimet: er lagen een heleboel bundeltjes bukstakjes op tafel, met een rood lintje samengebonden. En kleine palmtakjes met een hemelsblauw lintje eromheen. Ze zei dat ze die bundeltjes ieder jaar klaarmaakte om de vriendschap te onderhouden. En ze gaf mij een boeketje met een rood lintje, omdat ik haar verteld had dat ik naar de palmwijding was geweest. En er kwam een vrouw door de tuin naar binnen die door Quimets moeder aan ons voorgesteld werd: het was een buurvrouw die bij Quimets moeder haar toevlucht zocht omdat ze ruzie had gemaakt met haar man.

Toen we aan tafel zaten en net begonnen waren met eten, vroeg Quimet om het zout. Zijn moeder keek verstoord op en zei dat ze altijd genoeg zout in het eten deed. Maar Quimet zei dat het vandaag te flauw was. De buurvrouw zei dat volgens haar het eten noch te zout noch te flauw was, maar precies goed. Maar Quimet hield vol dat het niet flauwer kon zijn dan het nu was. Zijn moeder stond kaarsrecht op en liep naar de keuken om de zoutstrooier te halen. Het was een konijntje en het zout kwam uit de oortjes. Ze zette het op tafel en zei kortaf, het zout. Maar in plaats van het zout op zijn bord te strooien begon Quimet nu te vertellen dat we allemaal uit zout bestonden sinds die vrouw destijds haar man niet gehoorzaamde en zich had omgedraaid terwijl hij haar gezegd had recht voor zich uit te kijken en door te lopen. Zijn moeder vroeg of hij nu zijn mond wilde houden en door wilde eten, maar hij vroeg aan de buurvrouw of hij gelijk had of niet als hij zei dat die vrouw zich destijds niet had mogen omdraaien, en de buurvrouw die geheel in beslag werd genomen door het op welopgevoede wijze kauwen en doorslikken van haar voedsel, zei dat ze er geen verstand van had.

En toen kwam Quimet met de duivel aan, en, hij had het woord nog niet uitgesproken of hij zweeg plotseling, keek zijn moeder aan, schudde het zoutkonijntje boven zijn bord en zei, kijk, geen korreltje zout. De hele voormiddag is ze bezig geweest met lintjes strikken en dan is er geen korrel zout in huis. Ik begon Quimets moeder te verdedigen en zei dat ze wèl zout in het eten had gedaan. En de buurvrouw zei dat ze niet zo goed tegen te zout eten kon en Quimet zei dat hij nu wel begreep waarom zijn moeder geen zout in het middageten gedaan had, natuurlijk om haar een genoegen te doen, en, dat het één ding was het eten naar de zin van een buurvrouw te maken maar een ander ding om je eigen zoon dan wijs te maken dat er wèl genoeg zout in het eten zat. En hij bestrooide zijn bord met zout terwijl zijn moeder een kruisteken sloeg en toen Quimet genoeg zout in zijn eten had, zette hij de strooier op tafel en begon weer over zout te praten. En dat iedereen wel wist dat de duivel... Zijn moeder zei dat het nu wel genoeg was, maar hij trok er zich niets van aan en vertelde dat de duivel de diabetici, die immers uit suiker bestonden, enkel en alleen maar zo gemaakt had om te kwellen. We bestaan allemaal uit zout: het zweet, de tranen... lik maar eens aan je hand, zei hij tegen mij, dan zul je zien waar die naar smaakt. En weer kwam hij met de duivel op de proppen en de buurvrouw vroeg of hij soms nog een klein kind was dat aan de duivel geloofde maar Quimet ging er maar over door en zijn moeder zei, zwijg toch. Quimet had nog geen hap gegeten terwijl wij al half klaar waren en toen zei hij dat de duivel de schaduw Gods was, die eveneens alomtegenwoordig was, in de planten, de bergen, buiten op straat en binnen in de huizen, onder en boven de aarde en dat hij soms de gedaante aannam van een grote zwarte paardevlieg, met blauw-rode weerschijn, die zich dan dik vrat aan uitwerpselen en half vergane dode dieren die op de mestvaal gegooid waren. En hij trok zijn bord weg en zei dat hij geen trek had en alleen maar het nagerecht wilde eten.

De zondag daarop kwam hij bij mij thuis eten en gaf een dikke sigaar aan mijn vader. Ik had een gebakrol meegebracht. Quimet praatte de hele tijd over hout, over de verschillen in hardheid van de ene en de andere houtsoort. Terwijl we koffie dronken vroeg Quimet me of we nu meteen zouden opstappen of dat ik nog wat wilde blijven. Ik zei dat het mij niets uitmaakte. Maar de vrouw van mijn vader zei dat de jeugd zich maar moest vermaken en zo stonden we al om drie uur op straat in de verzengende zon. We gingen naar ons huis om behang af te krabben. We troffen er Cintet aan die twee rollen behang had meegebracht en deze samen met Mateu aan het bekijken was en Cintet zei dat hij een behanger wist die gratis wilde behangen als Quimet hem een paar poten kon bezorgen voor een tafeltje waar veel houtworm in zat en waarvan al een poot half los zat omdat de kinderen van die man het tafeltje expres lieten wiebelen als ze alleen thuis waren. En ze werden het eens.

Toen de woonkamer behangen was, zagen we aan de rechterkant een vlek door het papier heen komen. We lieten de jongen komen die de klus gedaan had, maar die zei dat het niet zijn fout was en dat die vlek er later op gekomen moest zijn. Het moest aan de muur liggen, misschien was er ergens iets kapot. Toen zei Quimet dat die vlek er dus al eerder geweest moest zijn en dat hij dan wel eens had kunnen waarschuwen als die muur vochtig was. Mateu zei dat we beter eens bij de buren konden gaan kijken want het kon best zijn dat bij hun op die plaats de afvoer liep en als er dan ergens een lek was dan waren we mooi de klos. Ze gingen met zijn drieën naar de buren maar daar werden ze niet al te vriendelijk ontvangen en ze kregen te horen dat wij best een vlek konden hebben maar dat zij er helemaal geen hadden en ze gaven het adres van hun huisbaas. Die zei dat hij wel iemand zou sturen om naar die vlek te kijken maar er kwam niemand en ten slotte kwam hij zelf, bekeek de vlek en zei dat het een beschadiging was die wij zelf maar moesten betalen of onze eigen huisbaas, want die beschadiging moest ontstaan zijn door ons getimmer op de muren. Quimet zei dat we daar helemaal niet getimmerd hadden. Maar de huisbaas zei dat het kwam van het gedreun toen we met de keuken bezig waren en dat hij er niets mee te maken had. Quimet raakte buiten zichzelf van kwaadheid. Mateu zei dat het het beste zou zijn als elk de helft betaalde. Maar daar wilde de huisbaas niets van weten en hij zei, ga maar naar je eigen huisbaas.

— Waarom zouden we met onze huisbaas moeten gaan praten als die vlek van uw kant afkomstig is? Maar de man zei dat de vlek helemaal niet van de andere kant kwam en dat daar niets was wat de oorzaak kon zijn. De huisbaas vertrok en iedereen bleef zitten mokken. Alles voor niets, al dat heen en weer gedraaf, al dat gepraat en geruzie voor niets, voor iets dat nauwelijks de moeite waard was, voor iets dat al opgelost was als je er een kast voor zette.

Iedere zondag gingen we naar café Monumental om vermouth te drinken en gebakken stukjes inktvis te eten. Op een keer kwam er een man in een geel overhemd naar ons toe die ansichtkaarten wilde verkopen van een actrice die jaren geleden de koningin van Parijs was geweest. De man zei dat hij haar zaken behartigde en dat deze vrouw die eens door prinsen en vorsten was aanbeden, nu eenzaam leefde en haar bezittingen en herinneringen moest verkopen. Quimet joeg hem weg. Toen we buiten waren zei hij dat ik wel naar huis kon gaan want hij had nog een afspraak met een heer die drie slaapkamerameublementen door hem wilde laten opknappen. Ik wandelde wat door de Carrer Gran en bekeek de winkels. En de etalage met de poppen van de bazar. Een paar halve garen begonnen me lastig te vallen en er kwam een zigeunerachtig type op me af dat tegen me zei, lekker. Alsof ik een snoepje was. Ik vond het allesbehalve leuk. Het was wel waar, wat mijn vader altijd zei, dat ik veeleisend was... maar dat kwam alleen maar doordat ik niet goed wist waarvoor ik nu eigenlijk op de wereld was.

6

Hij had gezegd dat hij me aan pastoor Joan wilde voorstellen. En terwijl we daarheen liepen, opperde hij plotseling het idee om de huur van de woning samen te delen. Alsof we twee vrienden waren. Dat zou thuis woorden geven, want mijn vader beheerde het geld dat overbleef nadat zijn vrouw mijn kostgeld ervan afgetrokken had. Ten slotte stemde mijn vader toe en betaalde ik de helft van de huur. Maar ik weet nog dat Quimet dat van die woninghuur ter sprake bracht op weg naar pastoor Joan.

Het leek wel alsof pastoor Joan vliegevleugels droeg: ik bedoel zijn soutane. Die had net zo'n vaalzwarte kleur. Hij ontving ons als een heilige. Quimet zei tegen hem, wat mij betreft trouwen we... het is in een oogwenk gebeurd, hoe minder poespas hoe beter, en als het kan nog liever in vijf minuten dan in tien minuten. Pastoor Joan, die Quimet al als kleine jongen kende, legde zijn opengevouwen handen op zijn knieën, boog naar voren en met zijn wazige, door de leeftijd getekende ogen, zei hij, geloof dat maar niet. Het huwelijk is een zaak voor het leven en daar moet je de nodige aandacht aan besteden. Je trekt toch zondags ook je goede kleren aan. Zo is het ook met het huwelijk: in het begin is het één grote zondag, er hoort feestelijkheid bij. Als we nergens belang aan zouden hechten dan zou het net zijn alsof we geen beschaving hadden... En ik veronderstel dat je toch wel voor beschaafd wilt doorgaan... Quimet luisterde met gebogen hoofd en telkens wanneer hij wat wilde zeggen, legde pastoor Joan hem met zijn hand het zwijgen op.

— Ik zal jullie trouwen en ik denk dat het beter is er rustig de tijd voor te nemen. Ik weet wel dat de jeugd zich laat opjagen en dat het leven hen niet snel genoeg kan gaan... maar het leven, het werkelijke leven, moet in rust geleefd worden... En ik denk dat je verloofde ook liever in een bruidsjurk gekleed zal gaan zodat iedereen kan zien dat zij de bruid is, dan in een gewone jurk, ook al is die nieuw... Zo zijn de meisjes. Bij alle huwelijken die ik heb gesloten, bij alle goede huwelijken, gingen de meisjes als bruid gekleed.

Toen we weggingen zei Quimet dat hij veel respect had voor pastoor Joan omdat hij een goed mens was.

Alles wat ik van thuis meenam was het koperen bed, het enige wat ik bezat. Cintet schonk ons de smeedijzeren lamp voor de eetkamer, met een fraisekleurige zijden kap die met drie ijzeren kettingen aan het plafond werd opgehangen en deze kettingen kwamen samen in een smeedijzeren bloem die uit drie bloembladen bestond. Ik droeg een lange witte bruidsjurk. Quimet droeg een zwart pak. De leerjongen en Cintet met zijn familie waren er ook: drie zussen en twee getrouwde broers met hun vrouwen. Mijn vader was er om me naar het altaar te begeleiden en Quimets moeder, in een zwarte zijden jurk die overal kraakte als ze zich bewoog. Julieta had een askleurige kanten jurk aan met een roze strik. Alles bij elkaar was het een heel gezelschap. De vrouw van Mateu, die Griselda heette, kon op het laatste moment niet komen omdat ze zich niet goed voelde, en

Mateu zei dat dat wel vaker voorkwam en of we haar wilden verontschuldigen. Het duurde allemaal erg lang en pastoor Joan hield een mooie preek: hij sprak over Adam en Eva, over de appel en de slang en hij zei dat de vrouw gemaakt was uit de rib van de man en dat Adam haar slapende aan zijn zijde aantrof nadat Onze Lieve Heer haar bij wijze van verrassing had geschapen. Hij beschreef ons het paradijs: met beekjes, weiden met mooi kort gras en hemelsblauwe bloemetjes en het eerste wat Eva deed toen ze ontwaakte, was een blauwe bloem plukken en ertegen blazen zodat de blaadjes in de lucht dwarrelden, maar Adam berispte haar omdat Eva een bloem pijn had gedaan. Want Adam, de vader van alle mensen, wilde alleen het goede. Het verhaal eindigde met het vlammende zwaard... Een mooie boel! zei senyora Enriqueta, die achter mij zat en ik vroeg me af wat pastoor Joan zou zeggen als hij het schilderij met de langoesten zou zien met die rare koppen en hun staarten die alles doodsloegen. Iedereen zei dat de preek een van de mooiste was geweest die pastoor Joan ooit had gehouden en de leerjongen zei tegen Quimets moeder dat pastoor Joan bij het huwelijk van zijn zuster ook over het paradijs had gesproken en over de eerste mensen en ook over de engel met het vlammende zwaard... precies eender: alleen de bloemetjes waren bij het huwelijk van zijn zuster geel en het water van de beekjes 's ochtends blauw en in de namiddag roze.

We gingen naar de sacristie om te tekenen en daarna gingen we per auto naar de Montjuich om nog wat te wandelen voor het eten. En terwijl de bruiloftsgasten een aperitief namen, lieten Quimet en ik ons fotograferen. Er werden foto's van ons genomen: Quimet staande en ik zittend en Quimet zittend en ik staand. Allebei zittend met half naar elkaar toe gedraaide ruggen en nog een zittend met het hoofd naar elkaar toe gedraaid zodat het niet net was alsof we altijd ruzie hadden, zei de fotograaf. En nog een foto waarop we naast elkaar stonden en ik mijn hand op een laag driepotig tafeltje moest leggen, dat wiebelde, en nog een waarbij we alle twee op een bank zaten onder een boom van papier en tule. Toen we bij Monumental aankwamen, klaagden de gasten dat ze al zo lang zaten te wachten, maar wij legden hun uit dat de fotograaf echt artistieke foto's van ons had gemaakt en dat dat veel tijd kostte. Er waren in ieder geval geen olijven en ansjovis meer maar Quimet zei dat het niets gaf want we gingen toch aan tafel, hoewel hij ze nog wel even wilde zeggen dat ze een onbeschoft stelletje waren. En onder het eten zat hij nog de hele tijd met Cintet over de olijven te discussiëren. Mateu zei niets, keek alleen af en toe even naar mij en lachte dan. En vanachter mijn vaders stoel zei hij tegen mij, ik moet altijd lachen om die twee. Het eten was erg lekker en na het diner werden er platen gedraaid en gingen we dansen. Mijn vader danste met mij. Ik danste met mijn sluier, maar om beter te kunnen dansen deed ik hem ten slotte af en gaf hem aan senyora Enriqueta. Onder het dansen hield ik mijn rok wat omhoog opdat niemand er op zou trappen. Met Mateu danste ik een wals en hij danste zo goed dat ik me zo licht als een veertje voelde, alsof ik in mijn leven nooit iets anders gedaan had dan dansen, zo goed leidde hij me. Mijn gezicht gloeide. Ik danste ook met de leerjongen die er niets van kon en Quimet lachte hem plagend uit maar de leerjongen deed net of hij er niets van merkte. Hal-

verwege het bal kwamen er vier heren binnen die in
de zaal ernaast hadden gegeten en ze vroegen of ze
ook mee mochten doen. Ze waren al wat ouder, zo
rond de veertig. En na die vier kwamen er nog een
paar bij. Een half dozijn bij elkaar. En ze vertelden
dat ze de blindedarmoperatie hadden gevierd van de
jongste van hen, degene die een snoertje aan zijn oor
had hangen omdat hij een beetje doof was. De operatie
was goed geslaagd en dat was wel te merken ook,
en toen ze gehoord hadden dat er in de aangrenzende
zaal een bruiloftsbal was wilden ze ook graag van de
partij zijn want wat blijdschap en jeugd konden ze
wel gebruiken. En al die heren kwamen me feliciteren
en vroegen me wie de bruidegom was en ze gaven
Quimet een dikke sigaar en wilden allemaal met
me dansen terwijl iedereen lachte. En toen de kelner
die de drankjes had rondgebracht, zag dat de heren
van het blindedarmfeestje zich bij ons gevoegd hadden,
vroeg hij of hij ook eens met de bruid mocht
dansen, want dat deed hij altijd en het bracht geluk.
Hij zei dat hij, als we het goed vonden, mijn naam
zou opschrijven in een boekje waarin alle namen
stonden van de bruiden waarmee hij gedanst had. En
hij liet ons het boekje zien waarin zeven pagina's vol
met namen stonden en schreef mijn naam erbij. Hij
was lang en mager als een asperge, had nogal ingevallen
wangen en nog maar één tand in zijn mond.
Zijn haar was naar een kant gekamd om de kale plek
te bedekken en hoewel de kelner graag een wals wilde
dansen, had Quimet een heel felle paso doble opgezet,
zodat de kelner en ik heen en weer vlogen als
twee bliksemschichten en iedereen had de grootste
lol, maar halverwege de dans zei Quimet dat hij met
mij de paso doble ten einde wilde dansen omdat hij

mij bij deze dans had leren kennen, en de kelner gaf me over aan Quimet en streek met zijn hand over zijn hoofd om zijn haar weer goed te doen, maar het raakte hoe langer hoe meer in de war en zijn haren staken nu alle kanten op. De heren van de blindedarmoperatie stonden nog in de deuropening, allemaal in het zwart met een witte anjer in hun knoopsgat, en terwijl ik danste keek ik naar hen vanuit mijn ooghoeken en het leek wel of ze uit een andere wereld kwamen. Terwijl ik met Quimet danste zei hij, wat die wel dachten om hem zo belachelijk te maken, en dat nu alleen pastoor Joan er nog maar aan ontbrak met zijn preek, en toen was de dans afgelopen. Iedereen applaudisseerde en ik was buiten adem terwijl mijn hart tekeerging en de blijdschap me uit de ogen straalde. En toen het allemaal voorbij was wenste ik dat het de vorige dag was, om alles nog eens over te kunnen doen, zo prachtig was het...

7

We waren al twee maanden en zeven dagen getrouwd. Van Quimets moeder hadden we de matras voor ons bed gekregen en van senyora Enriqueta een ouderwetse sprei met gehaakte rozetten. De matras had een blauwe overtrek met een motief van glanzende, golvende veren. Het bed was van licht hout. Hoofdeinde en voeteneinde bestonden uit een rij dikke spijlen van op elkaar gestapelde bollen. Er kon gemakkelijk iemand onder het bed. Dat wist ik uit ervaring sinds de dag waarop ik voor het eerst mijn zelfgemaakte kastanjebruine jurk had aangetrokken met het hele fijne beige kraagje. De rok was helemaal geplisseerd en aan de voorzijde van de jurk zat een rij gouden knoopjes van boven tot onder. We hadden 's avonds net gegeten en Quimet zat een meubelstuk te tekenen onder de smeedijzeren lamp die een lichtcirkel op tafel wierp. Zonder iets te zeggen, ik wilde hem verrassen, ging ik de jurk aantrekken en kwam weer in de woonkamer om hem te laten zien. Zonder op te kijken van zijn werk vroeg Quimet:

— Wat voer jij zo stilletjes uit?

Hij keek en de schaduw van de fraisekleurige franje viel half over zijn gezicht, ik had al dagen geleden gezegd dat we die lamp hoger moesten hangen zodat hij meer licht kon verspreiden. Ik stond voor hem en hij keek naar me zonder een woord te zeggen en ik stond daar nog een hele tijd zo totdat ik het niet meer kon verdragen dat hij alsmaar naar me bleef kijken.

In de schaduw waren zijn ogen nog kleiner en lagen
ze nog dieper dan anders, en juist toen ik er niet meer
tegen kon, schoot hij overeind als een fontein, hief
zijn armen omhoog met wijd uitgespreide, gekromde vingers en wilde zich op mij storten terwijl hij
riep oeoeoeoe... oeoeoeoe... Ik rende de gang door
met Quimet achter me aan, oeoeoeoe... oeoeoeoe...
Ik ging de slaapkamer in maar zelfs daar achtervolgde hij me, gooide me op de grond en trok me aan
mijn voeten onder het bed. Zelf sprong hij op het
bed en iedere keer als ik probeerde eronderuit te komen gaf hij me een mep op mijn hoofd. Voor straf!
riep hij dan. Aan welke kant ik het ook probeerde,
steeds weer kreeg ik, pats, een mep op mijn hoofd,
voor straf! Deze grap heeft hij nadien nog menigmaal met me uitgehaald.

Op een dag had ik hele mooie chocoladebekers
gezien en er zes gekocht: ze waren helemaal wit en
van dik aardewerk. Zo gauw Quimet ze zag werd hij
kwaad: Wat moeten we met die chocoladebekers?

Op dat moment kwam Cintet binnen en zonder
eerst goedendag te zeggen vertelde hij dat een vriend
van Mateu een heer kende die in de Carrer Bertran
woonde en die alle meubels van zijn huis wilde laten
opknappen. Morgen om één uur moet je langskomen, zei hij. Het huis heeft drie verdiepingen. Alles
wat je aan je bruiloft kwijt bent geweest kun je nu terugverdienen want die heer heeft haast en je zult
voor deze klus heel wat overuren moeten maken.
Quimet schreef het adres op en opende toen de keukenkast: Hier kun je zien waarmee we onze tijd verdoen... Noch zij, noch ik houden van chocolademelk. Dat is toch te gek om los te lopen... Cintet
pakte lachend een beker, deed net of hij eruit dronk

en zette hem weer naast de andere. Het is wel duidelijk dat ik sindsdien ook geen chocolademelk meer lustte.

Van het geld dat hij verdiende met het opknappen van de meubels van de heer uit de Carrer Bertran, kocht hij een tweedehands motor. Hij kocht de motor van iemand die verongelukt was en pas de volgende dag was gevonden. Met deze motor reden we in razende vaart over de wegen waarbij de kippen in de dorpen opvlogen en de mensen verschrikt opzij sprongen.

— Hou je vast, nu komt het pas!

De bochten vond ik nog het ergste: dan lagen we zowat plat op de weg, pas op het rechte stuk reden we weer rechtop. Had je dat ooit gedacht toen je me leerde kennen, dat ik je nog eens zoveel kilometers zou laten vreten? In de bochten werd mijn gezicht ijskoud en het voelde aan als karton, mijn ogen traanden en met mijn wang tegen Quimets rug gedrukt zat ik er de hele tijd maar aan te denken dat ik nooit levend thuis zou komen.

— Vandaag rijden we langs de kust.

In Badalona aten we en verder dan Badalona kwamen we ook niet want we waren te laat vertrokken. Het leek wel of de zee niet meer uit water bestond, zo grauw en triest zag hij eruit onder de bewolkte lucht. En het zwellen van de zee dat van binnenuit kwam, was de ademhaling van de vissen en de levensdrift van de vissen was de ademhaling van de zee wanneer het water omhoogkwam met schuim en geborrel. Terwijl we koffie dronken, kwam het weer, als een verraderlijke dolkstoot, arme Maria...

Mijn neus begon te bloeden en ik kon het niet meer stelpen. Ik legde een muntstuk op mijn neusbrug, ik hield de huissleutel, die erg groot was, in mijn nek. De kelner van het café liep met me mee naar het toilet om me te helpen en water over mijn hoofd te gieten. Toen ik terugkwam zat Quimet met opeengeperste lippen en een paarse neus van woede te wachten, je kunt je de gezichten wel voorstellen toen het moment voor de fooi aanbrak. Geen stuiver.

Hij zei dat de kelner helemaal niet met me mee had hoeven gaan en ik vroeg waarom hij dan niet zelf was meegegaan. Ik was groot genoeg om alleen naar de wc te gaan, vond hij. Toen hij op de motor stapte, begon hij weer: als Maria deze honderd paardekrachten eens had gezien...

Ik begon het ernstig op te vatten. Een paar dagen voordat hij arme Maria zei, voelde ik het al aankomen, begon ik al aan te voelen dat dat arme Maria er weer aankwam, want dan liep hij maar met zijn ziel onder zijn arm. En als hij dan arme Maria gezegd had en zag dat ik het me aantrok dan bleef hij zwijgend zitten kijken, alsof ik niet meer bestond, maar dan wist ik dat hij van binnen weer rustig was. En die Maria liet me niet meer met rust, geen moment. Als ik aan het schoonmaken was dan dacht ik, Maria zal wel beter schoonmaken. Als ik de borden afwaste dan dacht ik, bij Maria waren ze schoner geweest. Bij het bedden opmaken dacht ik, Maria trekt de lakens vast strakker aan... Aldoor dacht ik aan Maria, aldoor. De chocoladebekers verstopte ik: bij de gedachte alleen al dat ik ze gekocht had zonder toestemming aan Quimet te vragen kreeg ik het al benauwd. En dan de moeder van Quimet, zo gauw ze me zag vroeg ze, en, is het nog niet zo ver?

Quimet liet dan zijn armen hangen, strekte ze met

de handpalmen naar voren, haalde zijn schouders op en zweeg. Ik voelde dat hij innerlijk met bittere stem zei, mijn schuld is het niet. En zijn moeder keek me dan aan met glasharde ogen en zei, misschien eet ze te weinig... En terwijl ze mijn armen aanraakte, zo mager is ze toch eigenlijk ook niet...

— Aanstellerij, zei Quimet en keek ons allebei aan. Steeds als we erheen gingen, zei zijn moeder dat ze een extra duur gerecht voor ons had klaargemaakt. En als we dan weggingen zei Quimet altijd, wat zeg je van de kookkunst van mijn moeder? En dan stapten we op de motor en vroemmm, vroemmm, als de bliksem vlogen we ervandoor. 's Avonds, terwijl ik me uitkleedde, wist ik het al, vandaag gaan we een kind maken want het is zondag. De volgende dag vloog Quimet dan als een wervelwind het bed uit en gooide het beddegoed van zich af zonder erop te letten of ik niet bloot kwam te liggen. Buiten op de veranda haalde hij dan diep adem, ging zich met veel lawaai wassen en kwam zingend de woonkamer binnen. Hij ging aan tafel zitten terwijl hij met zijn voeten over de sporten van zijn stoel schuurde. Ik had nog steeds zijn werkplaats niet gezien en op een dag vroeg hij of ik meeging. De raamkozijnen waren verveloos en de ramen zaten vol stof en je kon van binnen niet naar buiten kijken en van buiten niet naar binnen. Toen ik hem voorstelde om de ramen te lappen zei hij, bemoei je niet met de werkplaats. Er lag heel mooi gereedschap en er stonden twee potten met lijm, uitgedroogde lijm die langs de buitenkant was afgedrupt, als tranen, en omdat ik de roerstok pakte die erin stond, gaf hij me een tik op mijn hand, afblijven, niet mee bemoeien!

En alsof ik de leerjongen nog niet kende, stelde hij

me aan hem voor, Colometa, mijn vrouw. De leerjongen met zijn schalkse gezicht reikte me zijn hand alsof hij me een dode tak gaf. Andreuet, aangenaam.

Altijd weer hetzelfde, Colometa, Colometa... En zijn moeder, en, is het nog niet zover? De dag dat ik zei dat ik misselijk werd van het overvolle bord en haar vroeg of ze er astublieft een beetje vanaf wilde halen, zei Quimets moeder, het werd wel tijd ook! Ik moest met haar mee naar haar kamer. Aan alle vier de hoeken van het bed waarop het sprei met de rode rozen lag, hingen linten, een blauw, een lila, een geel en een oranjerood lint. Ik moest gaan liggen en zij betastte en beluisterde me alsof ze de dokter was. Nog niet, zei ze, terwijl ze de woonkamer weer in liep. En Quimet zei, terwijl hij de as van zijn sigaar op de grond tipte, o, dat dacht ik wel.

8

Eindelijk maakte hij de stoel. Hij had al heel wat avonden ontwerpen zitten maken en kwam pas naar bed als ik al sliep. Ik werd dan wakker en hij zei dat het moeilijkste was het evenwicht te bepalen. Hij sprak erover met Cintet en Mateu op de zondagen dat het slecht weer was en zij binnen bleven. Het was een vreemd geval: half fauteuil, half schommelstoel, half leunstoel, en het duurde erg lang voor hij klaar was. Majorcaanse stijl, zei hij. Helemaal van hout. Je kon er maar een beetje in schommelen. Ik moest er een kussen voor maken in de kleur van de franjes aan de lamp. Twee eigenlijk: een om op te zitten en een voor achter het hoofd. Alleen hijzelf zou in de stoel mogen zitten.

— Het is een mannenstoel, zei hij. Ik liet hem maar. Hij voegde er nog aan toe dat ik hem iedere zaterdag in de boenwas moest zetten om het hout mooi te doen glanzen en de nerven goed uit te laten komen. Als hij in de stoel zat, legde hij zijn ene been over het andere. En als hij dan zo zat en de rook uitblies, sloot hij even zijn ogen en leek het alsof hij van louter gelukzaligheid wegsmolt. Ik vertelde het aan senyora Enriqueta.

— Daar steekt geen kwaad in. Hij kan beter in zijn stoel zitten dan op zijn motor rondrazen.

Ze zei me dat ik op moest passen met Quimets moeder en haar vooral niet moest laten merken wat ik dacht, want als zij zo iemand was die er alleen maar op uit was om anderen het leven zuur te maken, dan was het beter dat ze mijn zwakke plekken helemaal niet kende. Ik vertelde haar dat ik Quimets moeder, die arme vrouw, toch wel aardig vond vanwege die charmante manie voor linten. Maar senyora Enriqueta beweerde dat dat gedoe met die linten maar een truc was om iedereen erin te luizen en in haar onschuld te doen geloven. In ieder geval moest ik ervoor zorgen dat ze me mocht want Quimet zou tevredener over me zijn als zijn moeder me ook aardig vond.

Op de zondagen dat we niet uitgingen vanwege de regen, en Cintet en Mateu niet kwamen, brachten we de middag in bed door, in ons honingkleurige bed met de spijlen van opgestapelde bollen. Onder het eten kondigde hij het al aan:

—Vandaag gaan we een kind maken.

En dan liet hij me alle sterren van de hemel zien. Het was al een poosje geleden dat senyora Enriqueta me te verstaan had gegeven dat ze erg graag wilde weten hoe onze huwelijksnacht was verlopen. Maar ik durfde het haar niet te vertellen omdat we geen huwelijksnacht hadden gehad. Een huwelijksweek was het geweest. Tot op het moment dat Quimet zich uitkleedde, had ik hem eigenlijk nog nooit goed gezien. Ik zat in een hoekje weggedoken en durfde me niet te verroeren, tot hij ten slotte zei, als je je schaamt om je hier voor mijn ogen uit te kleden, dan ga ik wel even weg, maar als dat niet zo is, dan zal ik wel beginnen zodat je kunt zien dat het niets bijzonders is. Hij had een heel dichte haardos op zijn ronde kop, glanzend als zwarte lak. Hij kamde zich altijd met stevige halen en bij iedere haal met de kam streek hij dan zijn haar glad met zijn andere hand. Als hij geen kam had dan kamde hij zich met zijn handen, met snelle bewegingen, alsof de ene hand de andere achterna zat. Als hij zich niet had gekamd dan viel er een lok over zijn brede en nogal lage voorhoofd. Hij had dikke wenkbrauwen die even zwart waren als zijn haar, boven twee kleine, glinsterende ratachtige ogen. Zijn oogranden waren altijd wat vochtig alsof ze een beetje ingevet waren en dat maakte hem mooi. Zijn neus was niet te breed en niet te smal en ook niet te lang, wat ik helemaal niet leuk had gevonden. Hij had volle wangen, die zomers rozig en in de winter rood waren, en twee oren die aan de bovenkant een beetje afstonden. Zijn lippen waren altijd rood en dik; zijn onderlip stak wat naar voren. Als hij lachte of praatte, dan zag je een mooie rij tanden die stevig in het tandvlees stonden. Hij had een mooie gladde nek. En in zijn neus, die zoals ik al zei niet al te breed en niet al te smal was, had hij in ieder neusgat een plukje haar om de kou en het stof tegen te houden. Aan de achterkant van zijn benen, die nogal mager waren, lagen zijn aderen dik als slangen. Hij had een slank postuur, maar het was gevuld waar het gevuld moest zijn. Zijn borstkas was breed, zijn heupen smal. Zijn voeten waren lang en smal en een beetje plat want als hij op blote voeten liep sleepte hij wat met zijn hielen. Hij zag er goed uit, wat ik hem ook zei terwijl hij zich langzaam omdraaide en vroeg, hoe vind je me?

In mijn hoekje weggedoken overviel mij een diepe angst. En toen hij al in bed lag en mij zoals hij zei het goede voorbeeld had gegeven, begon ik me langzaam uit te kleden. Altijd al had ik dit moment gevreesd. Ze hadden me verteld dat de weg erheen een weg vol bloemen is maar dat je ten slotte uitkomt in een dal vol tranen. En dat je met vreugde naar een teleurstelling wordt gevoerd... Want als kind had ik al horen zeggen dat je opengespleten zou worden. En als ik ergens bang voor was dan was het wel om opengespleten te moeten sterven. Want vrouwen, zei men, sterven opengespleten... Het begint al bij het trouwen. En als ze niet goed opengespleten zijn dan helpt de vroedvrouw ze met een mes of een glasscherf en ze blijven altijd zo, hetzij opengesneden of weer dichtgenaaid, en daarom zijn getrouwde vrouwen eerder moe als ze een tijdje moeten staan. En de mannen die dat weten, gaan staan als de tram vol is, en laten de vrouwen zitten. Die het niet weten blijven staan. Toen ik begon te huilen stak Quimet zijn hoofd boven het omgeslagen laken uit en vroeg wat er aan de hand was en ik biechtte hem de waarheid op: dat ik bang was om opengespleten te moeten sterven. Hij begon te lachen en zei dat het inderdaad een keer was gebeurd, bij koningin Bustamante, omdat haar man, die zelf geen moeite wilde doen, haar had laten openmaken door een paard, met het gevolg dat ze stierf. En hij lachte en lachte maar, hij lachte zich krom. Zo kwam het dat ik senyora Enriqueta geen verslag kon doen van onze huwelijksnacht, want op de dag van ons huwelijk had Quimet me, zo gauw we in ons huis waren, boodschappen laten halen, de deur vergrendeld en de huwelijksnacht een week laten duren. Wat ik wel aan senyora Enriqueta vertelde was het verhaal van koningin Bustamante en zij zei, afschuwelijk. Maar nog afschuwelijker is wat mijn man, die nu al jaren onder de groene zoden ligt, met me heeft gedaan: hij bond me vast aan het bed als een gekruisigde omdat ik steeds weg wilde lopen. Maar steeds als ze weer eens bleef aandringen over mijn huwelijksnacht, probeerde ik haar af te leiden met het verhaal van de schommelstoel. Of met het verhaal van de verloren sleutel.

9

Eens liepen we 's nachts met Cintet door de straten nadat om twee uur café Monumental dichtgegaan was. Toen we voor ons huis stonden en Cintet al weg wilde gaan, bleek dat we niet naar binnen konden. De sleutel van de buitendeur was verdwenen. Quimet zei dat hij hem aan mij had gegeven om hem in mijn portemonnee te doen. Cintet, die 's avonds bij ons gegeten had, meende gezien te hebben dat Quimet de sleutel van de spijker achter onze huisdeur had gepakt, waar hij altijd hing, en hem in zijn zak had gestoken. Quimet voelde in al zijn zakken om te onderzoeken of er geen gaten in zaten. Ik zei dat hij de sleutel misschien niet in zijn zak had gestoken, maar dat alleen maar dacht. Quimet zei dat hij misschien wel aan Cintet had gevraagd de sleutel te pakken en dat deze hem, zonder er bij na te denken, bij zich had gestoken maar het zich niet meer herinnerde en nu de sleutel had verloren. Ten slotte zeiden ze dat ik degene moest zijn die de sleutel gepakt had, hoewel ze niet wisten te zeggen wanneer dat was geweest en het ook niet gezien hadden. Cintet zei, bel toch aan bij de eerste verdieping. Maar dat wilde Quimet niet en hij had nog gelijk ook. Je kon maar beter niet bij de benedenburen aanbellen. Ten slotte zei Quimet, gelukkig dat we de werkplaats nog hebben, laten we gereedschap gaan halen.

Ze liepen allebei weg om gereedschap te gaan halen waarmee ze de deur open konden krijgen. Ik bleef bij de voordeur staan kijken of de nachtwaker er nog aankwam, want we hadden hem vooraan in de straat bij de hoek opgeroepen door in onze handen te klappen, maar hij was niet komen opdagen en hij was nergens te bespeuren. Moe geworden van het staan was ik op de grond gaan zitten, op het stoepje voor de deur; met mijn hoofd tegen de muur geleund keek ik naar het stukje hemel dat tussen de huizen door te zien was. Er stond een beetje wind, een klein beetje maar, en de hemel was erg donker en vol wolken die voorbijdreven. Het kostte me moeite om mijn ogen open te houden. De slaap overviel me. En de nacht, de zachte wind en de wolken die allemaal in dezelfde richting dreven, maakten me nog slaperiger, en ik overdacht wat Quimet en Cintet zouden zeggen als ze terugkwamen en mij slapend als een marmot op het stoepje bij de voordeur zouden vinden, zo diep in slaap dat ik zelfs de trap niet meer op zou kunnen... In de verte hoorde ik voetstappen op het plaveisel.

Quimet maakte met een handboor een gaatje in de deur boven het slot. Cintet bleef maar volhouden dat zo iets niet mocht maar Quimet zei dat hij het gat wel weer dicht zou maken, maar dat hij toch op de een of andere manier in zijn eigen huis moest kunnen komen. Toen het gaatje klaar was, dwars door het hout heen, maakte hij een haakje van ijzerdraad, viste naar het koord – de deur kon namelijk van boven af geopend worden door aan een koord te trekken – en kon de deur juist opentrekken op het moment dat de nachtwaker om de hoek kwam. We gingen snel naar binnen en Cintet ging ervandoor. Het eerste dat we zagen toen we in onze woning kwamen, was de sleutel die achter de deur hing. De volgende dag maakte Quimet het gaatje dicht met een stukje kurk en als iemand het al ooit gemerkt heeft, niemand heeft er ooit iets over gezegd. Die sleutel hebben jullie dus helemaal niet verloren, zei senyora Enriqueta. Maar ik zei dat doordat we al die tijd gedacht hadden dat we de sleutel verloren hadden, het net was alsof we hem werkelijk hadden verloren.

En toen kwam het grote feest. Quimet had gezegd dat we zouden gaan dansen op de Plaça del Diamant en dat we de grote bloemendans zouden dansen... Maar we brachten die hele dag thuis door, omdat Quimet kwaad was vanwege een meubelreparatie die hem veel werk had gekost en waarvoor hij van de opdrachtgever die een echte jood was gebleken en had afgepingeld, ten slotte maar minder had gevraagd om ervanaf te zijn. Ik kreeg zijn slechte humeur over me heen. Als hij een slecht humeur had dan ging het de hele tijd van, doe niet zo onnozel Colometa, wat heb je nu weer voor stommiteit uitgehaald Colometa, Colometa kom hier, Colometa ga weg. En daarbij moest je nog rustig blijven ook... Terwijl hij van de ene kant naar de andere liep alsof hij in een kooi opgesloten was. En dan trok hij alle laden open en gooide alles wat erin zat op de grond en als ik vroeg wat hij dan toch zocht dan gaf hij geen antwoord. Hij was dan kwaad omdat ik niet kwaad was op die man die afgedongen had. En omdat ik hem niet nog kwader wilde maken, liet ik hem alleen. Ik kamde mijn haar en terwijl ik naar de deur liep zei ik, ik ga even iets te drinken halen: van alle wanorde die hij aangericht had, had ik namelijk dorst gekregen, en toen deed hij opeens weer normaal. Op straat was het een en al feestvreugde, er liepen knappe meisjes in mooie jurken en vanaf een balkon werd er een regen van confetti in allerlei kleuren naar me gegooid. Ik drukte een paar snippertjes stevig in mijn haar omdat ik wilde dat ze erin bleven zitten. Ik keerde naar huis terug met twee flesjes; Quimet zat in zijn stoel en was half in slaap. Buiten waren de straten vol feestelijkheid en plezier en ik raapte de kleren van de vloer op, vouwde ze op en legde ze weer in de laden. 's Avonds reden we op de motor naar het huis van zijn moeder om haar goedendag te zeggen.

—Kunnen jullie het samen goed vinden?
—Ja mevrouw.

Toen we weer vertrokken en Quimet zijn motor startte vroeg hij, waar stonden jullie over te fluisteren? Ik antwoordde dat ik tegen zijn moeder gezegd had dat hij erg veel werk had, waarop hij zei dat ik dat niet had moeten zeggen want zijn moeder was nogal verkwistend en had hem al een poos geleden gevraagd om een nieuwe bezem en grijs-witte stof voor haar matras. Op zekere dag vertelde zijn moeder me dat hij altijd al erg koppig was geweest en dat ze daar, toen hij nog klein was, al gek van werd. Als ze iets van hem gedaan wilde krijgen waar hij geen zin in had, dan ging hij op de grond zitten en stond pas op als ze hem een paar stevige draaien om zijn oren had gegeven.

Het was op een zondagochtend dat Quimet over zijn been begon te klagen. Hij zei dat zijn been pijn deed als hij sliep, alsof er een vuur brandde in het merg van zijn botten en soms ook wel tussen bot en vlees in. Maar niet tegelijkertijd want als hij het vuur in zijn beenmerg voelde branden, dan brandde het niet tussen bot en vlees en als het tussen bot en vlees brandde dan voelde hij het niet in het merg. En wan-

neer hij beide benen op de grond zette dan was het
meteen weg.
—In welk bot?
—Bot? In alle botten, soms zit het in mijn scheenbeen maar soms ook in mijn dijbeen: alleen in mijn
knie heb ik het nog niet gevoeld. Misschien is het wel
reuma, zei hij. Senyora Enriqueta geloofde er niets
van, hij wil alleen maar aandacht hebben, zei ze. De
hele winter bleef hij over zijn been klagen. 's Morgens, zo gauw hij zijn ogen opendeed en onder het
ontbijt deed hij uitgebreid verslag van wat hij 's nachts
allemaal in zijn been had gevoeld. Zijn moeder zei,
laat Colometa er warme omslagen om doen. Maar hij
zei dat hij met rust gelaten wilde worden, dat hij zo al
genoeg uit te staan had. Zo gauw hij thuiskwam, 's
middags of 's avonds, informeerde ik naar zijn been
maar dan zei hij dat hij er overdag niets van voelde.
Dan ging hij languit op bed liggen. Als een zoutzak liet hij zich vallen waarbij ik doodsbenauwd was
dat hij nog eens door de vering van het bed heen zou
gaan. Hij wilde dan dat ik zijn schoenen uittrok en
hem zijn bruin-witte pantoffels aan deed. Als hij een
tijdje gerust had kwam hij eten. Voordat hij ging slapen wilde hij dat ik hem met alcohol inwreef, over
heel zijn lichaam, tegen de pijn, zei hij. Het moest
over het hele lichaam, want als je een plekje over-
sloeg dan trok de pijn, geraffineerd als die was, naar
boven of naar beneden, alnaargelang...
Ik vertelde aan iedereen dat hij de pijn enkel 's
nachts voelde, en men zei dat dat erg merkwaardig
was. De vrouw van de kruidenier beneden vond het
ook vreemd. Kan hij nog steeds niet slapen vanwege
zijn been? Hoe gaat het met het been van uw man?
Het gaat wel, dank u. Alleen 's nachts voelt hij pijn.

Heeft hij nog steeds pijn in zijn been? vroeg zijn moeder.

Op een dag, midden op de Rambla de les Flors, midden in een zee van geuren en kleuren, hoorde ik een stem achter me...

—Natàlia...

Eerst dacht ik dat het niet voor mij was bedoeld, zo was ik er al aan gewend enkel Colometa, Colometa te horen. Het was Pere, mijn vroegere verloofde. De verloofde die ik de bons had gegeven. Ik durfde hem niet te vragen of hij al getrouwd was of verkering had. We gaven elkaar een hand en ik zag dat zijn onderlip een beetje trilde. Hij zei dat hij nu alleen op de wereld was. Pas op dat moment merkte ik op dat hij een zwarte band om zijn arm droeg. En hij keek me aan als iemand die dreigt te verdrinken tussen al die mensen, al die bloemen en al die stalletjes. Hij zei dat hij Julieta een keer was tegengekomen en dat Julieta hem verteld had dat ik getrouwd was en dat hij me toen veel geluk had toegewenst. Ik liet mijn hoofd hangen want ik wist niet wat ik moest doen of zeggen, en ik besefte dat ik al mijn droefheid nu meteen moest verjagen, onmiddellijk klein krijgen, zodat het niet meer terug kon komen en geen seconde langer meer door mijn aderen stroomde en me ziek maakte. Ik moest er een klein balletje van maken, een bolletje, een klein propje. En het wegslikken. En terwijl ik daar zo stond, met gebogen hoofd, voelde ik al het verdriet van Pere, die groter was dan ik, zwaar op me wegen, en het leek wel alsof hij dwars door me heen keek en alles zag, al mijn leed. Gelukkig waren de bloemen er nog.

Toen Quimet 's middags thuiskwam vertelde ik hem meteen dat ik Pere ontmoet had.

—Pere? zei hij en trok een grimas met zijn mond.
Over wie heb je het?
—Die jongen die ik heb laten lopen om met jou te trouwen.
—Je hebt toch zeker niet met hem gepraat?
Ik zei dat we elkaar gevraagd hadden hoe we het maakten, maar Quimet vond dat ik net had moeten doen alsof ik hem niet kende. Daarop zei ik dat Pere mij nauwelijks herkend had: hij had gezegd dat hij een paar keer goed had moeten kijken of ik het wel werkelijk was, voordat hij me had durven aanspreken, zo mager was ik geworden.
—Laat hij zich met zijn eigen zaken bemoeien!
Ik vertelde hem maar niet dat ik nog naar de poppen was gaan kijken in de etalage van de bazar nadat ik uit de tram was gestapt en dat daarom het eten nog niet klaar was.

10

Quimets moeder gaf me een kruisje op mijn voorhoofd en wilde niet dat ik de borden afdroogde. Het was zover, ik was in verwachting. Zo gauw de borden afgewassen waren, deed ze de keukendeur dicht en gingen we op de veranda zitten, die aan de ene kant met druivenranken begroeid was en aan de andere kant met bloeiende klimop. Quimet zei dat hij slaap had en liet ons alleen; die middag vertelde Quimets moeder me wat Quimet en Cintet eens hadden uitgehaald toen ze nog klein waren, op een donderdagmiddag, want dan was Cintet altijd bij hen. Ze vertelde dat ze hyacintenbollen in de grond had gestopt, drie dozijn hyacintenbollen, en elke morgen zo gauw ze op was ging ze kijken of ze al wat gegroeid waren. Ze kwamen heel langzaam uit, alsof ze er geen zin in hadden, maar eindelijk zaten er bloemknopjes aan de stengel, keurig op een rij als in een processie. Aan de knopjes kon je al zien wat voor kleur de bloemen later zouden hebben. De meeste waren rose. Op een donderdagmiddag speelden de twee jongens in de tuin en toen ze naar buiten kwam om hun brood te brengen, zag ze meteen dat al haar hyacinten omgekeerd in de aarde stonden: de bollen met de vier dunne wortelharen staken in de lucht terwijl de bloemknopjes, de stengel en de bladeren in de grond waren gestopt. Ze had toen maar één woord tegen de jongens gezegd, hoewel ze nooit grove woorden gebruikte. Ja, zei ze, kinderen doen je veel verdriet. Hou er maar rekening mee als je zelf een kind hebt.

Toen mijn vader hoorde dat ik zwanger was, Quimet had het hem verteld, kwam hij me opzoeken en zei dat het hem niets uitmaakte of het een jongen of een meisje zou worden, want er was toch geen stamhouder meer. Senyora Enriqueta wilde steeds maar weten of ik zwangerschapslusten had.

— Als je zwangerschapslusten hebt, zei ze, raak jezelf dan nergens aan, hoogstens op je achterwerk.

Ze vertelde me vreselijke verhalen over moedervlekken: over rozijnenvlekken, kersenvlekken, levervlekken... De ergste vlek was wel de geitekop. Ze had een vrouw gekend die onbedaarlijke trek kreeg in geitekop. En de geitekop die die vrouw gegeten had, had senyora Enriqueta later teruggezien op de wang van het kind van deze vrouw, in het klein, met de schaduw van een oog en een oor erin. En toen begon ze me uit te leggen dat de mens zich ontwikkelt in water, allereerst het hart en dan langzamerhand de zenuwen, de aderen en ten slotte de wervels. Ze vertelde dat onze ruggegraat afwisselend bestond uit wervels en kraakbeen zodat we, als we niet meer in de buik pasten, er opgerold in konden liggen. Als de ruimte groter zou zijn dan zouden we er gestrekt in kunnen liggen en dan zou onze ruggegraat zo stijf zijn als een bezemsteel. En zelfs als kind zouden we ons dan niet kunnen buigen.

Toen het zomer werd, vertelde de vroedvrouw me dat ik veel frisse lucht nodig had en vaak in zee moest baden. Dus op de motor en naar het strand. We namen alles mee: eten en badgoed. Achter een handdoek met gele, blauwe en zwarte strepen die Quimet met wijd uitgestrekte armen als een gordijn voor me hield, kleedde ik me om. Er werd om gelachen, ik zag er natuurlijk ook belachelijk uit met die buik die niet meer van mij was. Ik keek naar de golven, hoe ze kwamen en gingen, steeds weer... en steeds weer met evenveel zin om te komen als om te gaan. Ik zat met mijn gezicht naar de zee, die soms grijs, soms groen, maar meestal blauw was, deze vlakte van water die bewoog en leefde, die zelfs praatte, mijn gedachten meenam en me leeg maakte. En als Quimet me zo lang stilletjes zag zitten, vroeg hij, hé, hoe gaat het ermee?

Het ergste was altijd de terugweg, als we zigzaggend over de weg reden en mijn hart me in de keel bonsde. Quimet zei dat ons kind later beslist motorraces zou gaan winnen omdat hij al aan een motor gewend was nog voordat hij was geboren. Hij weet natuurlijk niet dat hij op een motor rijdt, maar hij voelt het en zal het zich later herinneren. Een keer kwamen we iemand tegen die ik niet kende en toen had ik wel door de grond kunnen zinken van schaamte want hij zei: die zit goed vol.

Zijn moeder schonk me de luierhemdjes die nog van Quimet waren geweest toen hij een baby was en senyora Enriqueta gaf me navelbandjes waarvan ik maar niet begreep waar die voor dienden. Aan de hals van de hemdjes was een lintje door een aangezet kantje geregen. Ze leken me eigenlijk meer voor een meisje bestemd. Mijn vader zei dat hij, al ging zijn achternaam verloren, graag wilde dat het kind Lluís zou heten als het een jongen was en Margarita als het een meisje zou zijn, naar de overgrootmoeder van moederszijde. Quimet zei, peter of geen peter, hij zou zelf wel een naam voor zijn zoon of dochter uitkiezen. 's Nachts als hij de slaapkamer in kwam, hij bleef altijd nogal lang aan tafel zitten tekenen, deed hij het licht aan en als ik al sliep maakte hij zoveel mogelijk lawaai om me wakker te maken en dan vroeg hij:

—Beweegt hij al?

En als Cintet en Mateu langskwamen dan zei hij, het wordt een boom van een kerel.

Ik weet niet hoe ik eruitzag, rond als een grote bol met voeten eronder en een hoofd erop. Op een zondag liet Quimets moeder me iets heel vreemds zien, het leek een soort kluwenachtige knol. Ze zei dat het een roos van Jericho was en dat ze die nog bewaard had van vroeger toen Quimet geboren werd; als het zover was dan zou ze hem in het water leggen en als de roos zich in het water zou openen dan zou ik ook opengaan.

En toen kreeg ik een schoonmaakmanie. Ik was altijd al erg netjes geweest maar nu werd het een manie. De hele dag door liep ik te soppen en stof af te nemen, en als ik klaar was dan begon ik weer van voren af aan. Urenlang stond ik een kraan te boenen en als ik ermee klaar was en toch nog een vlekje zag, dan begon ik opnieuw tot ik betoverd werd door de glans. Quimet wilde dat ik iedere week zijn broek streek. Ik had nog nooit gestreken en de eerste keer wist ik niet hoe ik het aan moest pakken. Er bleef maar steeds een dubbele vouw van achteren in zitten, van de kuit af tot boven toe, hoewel ik er toch goed mijn best op had gedaan. Ik sliep slecht en alles hinderde me. Als ik wakker werd hield ik mijn handen met gespreide vingers voor mijn ogen en bewoog ze om te zien of ze werkelijk van mij waren en of ik werkelijk ik was. Als ik opstond deden al mijn botten pijn maar dan begon Quimet hevig over zijn been te klagen. Senyora Enriqueta zei dat de ziekte van Quimet beentuberculose heette en dat hij zwavel nodig had. Toen ik dat aan Quimet vertelde zei hij dat hij niet het slachtoffer wilde worden van de bemoeienissen van senyora Enriqueta. Ik had al een lepeltje honing met zwavelpoeder vermengd voor hem klaargemaakt, maar hij zei dat hij van honing kiespijn kreeg en daarna had hij het de hele dag over een droom die hij gehad had en die over zijn tanden ging: hij had geprobeerd met de punt van zijn tong een voor een zijn tanden aan te raken en toen hadden al zijn tanden zich een voor een uit het tandvlees losgemaakt en waren ze als losse steentjes in zijn mond blijven liggen. En zo had hij met zijn mond vol steentjes moeten blijven liggen en omdat zijn lippen aaneengenaaid waren, had hij ze niet kunnen uitspuwen. En na die droom had hij steeds het idee gehad dat zijn tanden los zaten en volgens hem was deze droom een aankondiging van de dood. En zijn tanden deden ook pijn. De vrouw van de kruidenier die beneden woonde, gaf hem de raad zijn mond met een slaapmiddeloplossing te spoelen, want van een slaapmiddel werd je versuft, en zo'n oplossing zou de pijn verdoven, maar senyora Enriqueta zei dat slaapmiddelen de pijn wel even verzachten maar dat deze toch terugkomt. Wat Quimet nodig had, dat was een stevige tandartstang en dan zou die droom zo afgelopen zijn.

En terwijl we ons zo bezighielden met tanden en steentjes en dromen over de dood, kreeg ik plotseling een aanval van netelroos waarvan ik bijna gek werd. Omdat ik beweging nodig had gingen we 's avonds een eindje wandelen, naar het park en terug. Mijn handen zwollen op en mijn enkels werden dik, er ontbrak slechts een touwtje aan mijn been om als een ballon de lucht in te kunnen gaan. Als ik op het dakterras in de wind en onder de blauwe hemel de was ophing, er zat te naaien of wat heen en weer liep, dan voelde ik me alsof ik van binnen was uitgehold en met een vreemde substantie was opgevuld. Om de een of andere duistere reden had ik er plezier in mijn lippen naar binnen te stulpen en net te doen alsof ik mezelf opblies. Zo zat ik daar op het dak, helemaal alleen met de middag en omringd door de balustraden, de wind en de blauwe hemel, naar mijn voeten te kijken, en terwijl ik zo naar mijn voeten zat te kijken en er allemaal niets van begreep, kreunde ik voor de eerste maal.

II

Mijn eerste schreeuw ging me door merg en been. Nooit had ik geweten dat mijn stem zo doordringend en aanhoudend kon zijn. En dat al die pijn er boven uit mijn mond als schreeuw uitkwam en onder uit mijn buik als baby. Quimet liep in de gang heen en weer en bad het ene onzevader na het andere. En toen de vroedvrouw even de slaapkamer uit kwam om warm water te halen zei hij tegen haar, met een gezicht dat groen en geel zag, had ik me maar ingehouden...

Toen zijn moeder zag dat ik even rust kreeg, kwam ze aan mijn bed zitten en zei, als je eens zag hoe zwaar Quimet het te verduren heeft... De vroedvrouw haalde een handdoek tussen de spijlen van het bed door en liet me deze aan beide uiteinden vasthouden om zo meer kracht te kunnen zetten. En toen het bijna voorbij was brak er een spijl van het bed en ik hoorde iemand iets zeggen, zo ver weg dat ik niet kon horen wie het was: ze had het bijna gewurgd.

Zo gauw ik weer adem kon halen hoorde ik huilen en zag dat de vroedvrouw een klein schepseltje ondersteboven bij de voetjes vasthield, als een klein diertje dat van mij was, en ze gaf het met de vlakke hand klapjes op de bips en de roos van Jericho op het nachtkastje had zich geheel geopend. Alsof ik droomde streek ik met mijn hand over een bloem op de gehaakte sprei en trok er een blaadje uit. En toen zeiden ze tegen me dat ik nog niet klaar was, dat het huisje van het kind er nog uit moest. En ze lieten me niet slapen, al vielen mijn ogen haast dicht... Van het voeden bracht ik ook niets terecht. Mijn ene borst was klein en plat als altijd en de andere zat vol melk. Quimet zei dat hij altijd wel gedacht had dat ik hem zo'n poets zou bakken. De jongen, het was een jongen, woog bij zijn geboorte ongeveer vier kilo; een maand later was het nog maar twee en een half. Hij smelt nog weg, zei Quimet. En hij smolt inderdaad weg, als een suikerklontje in een glas water. Als hij nog maar één pond weegt dan zal hij doodgaan, en we hebben hem nog maar net...

Toen senyora Enriqueta de eerste keer kwam kijken wist ze het hele verhaal al van de vrouw van de kruidenier beneden. Ik heb gehoord dat jij hem bijna gewurgd had. Quimet was druk bezig en liep te mopperen, ik kan het weer opknappen, ik kan weer een nieuwe spijl gaan maken want ze heeft hem zo weten te breken dat hij niet gelijmd kan worden. Het kind huilde 's nachts. Zo gauw het donker werd begon het te huilen. Quimets moeder zei dat het uit angst voor het donker was maar Quimet zei dat het kind het verschil tussen dag en nacht nog helemaal niet kende. Niets kon hem tot bedaren brengen, geen fopspeen, geen zuigfles, daar dronk hij zelfs niet uit, hem ronddragen, een liedje zingen, lieve geluidjes maken, niets hielp. Ten slotte verloor Quimet zijn geduld en het bloed steeg hem naar het hoofd. Dit was geen leven, zei hij, dit kon in geen geval nog langer zo duren, want als dit nog zo door bleef gaan dan zou hij wel eens degene kunnen zijn die doodging. Hij zette de wieg met het kind in een klein kamertje naast de woonkamer en als we gingen slapen dan deden we de deur dicht. De benedenburen moeten hem

wel hebben horen huilen want al gauw liep het
praatje dat wij slechte ouders waren. Ik gaf hem
melk, maar die wilde hij niet. Ik gaf hem water, dat
wilde hij ook niet. Ik gaf hem sinaasappelsap en dat
spuugde hij uit. Als ik hem een schone luier gaf, dan
huilde hij. Als hij in bad ging, dan huilde hij. Hij was
nerveus, gewoon nerveus. Hij kronkelde zich als een
klein aapje met zijn luciferbeentjes. Als hij uitgekleed
was huilde hij nog harder dan wanneer hij aangekleed was en dan bewoog hij zijn teentjes alsof het
vingers waren en ik was bang dat hij nog eens zou
breken. Of dat hij zou openbarsten bij de navel.
Want die was nog niet afgevallen terwijl dat toch al
lang had moeten gebeuren. Toen ik hem voor de
eerste keer helemaal goed zag – de vroedvrouw
deed me voor hoe ik hem moest baden – zei ze, terwijl ze hem in het badje stopte:
— Voordat we geboren worden zijn we net peren:
we hebben allemaal aan zo'n steeltje gehangen.
En ze deed me voor hoe ik hem uit zijn wiegje
moest nemen en daarbij zijn hoofdje moest on-
dersteunen, want als je het hoofdje niet steunde dan
zou hij met die zwakke botjes zo zijn nekje kunnen
breken. En steeds weer vertelde ze dat de navel het
belangrijkste was van de mens. Net zo belangrijk als
de middelste plek op het hoofd die nog week is zolang het hoofd zich nog niet heeft gesloten. En het
kind kreeg met de dag meer rimpels. En hoe mager-
der het werd, hoe meer het huilde. Het was duidelijk
dat dat kind geen zin had om te leven. Julieta kwam
op bezoek en bracht een zijden halsdoek voor me
mee, wit, met lieveheersbeestjes erop. En een zak
bonbons. Ze zei dat de mensen altijd alleen maar aan
het kind dachten en nooit aan de moeder. En toen zei

ze dat het kind wel dood zou gaan, dat we ons geen illusies meer moesten maken want een kind dat niet wilde drinken was eigenlijk al zo goed als dood... In de borst waar melk in zat kreeg ik kloven. De melk wilde maar niet weggaan. Ik had altijd wel gehoord dat al die dingen erbij hoorden, daar was je vrouw voor, maar dat het zo erg zou zijn dat had ik nooit gedacht... Toen het kind eindelijk beetje voor beetje uit de fles begon te drinken, genas mijn borst ook weer en Quimets moeder kwam de roos van Jericho halen, die al weer dicht was gegaan, wikkelde hem in zijdepapier en nam hem mee.

12

Senyora Enriqueta nam het kind, Antoni heette hij, in haar armen en riep, kijk, een kastanje, kijk eens! En het kind lachte, maar toen ze hem het schilderij met de langoesten liet zien betrok zijn gezicht meteen. En hij pruttelde brrrrrr... brrrrrr... Quimet klaagde weer over zijn been, het deed meer pijn dan ooit, want behalve dat hij het nu tegelijkertijd in zijn botten en eromheen voelde branden, kreeg hij nu ook steken aan de andere kant, in de buurt van zijn middel. Er zit een zenuw in de knel, zei hij. Senyora Enriqueta zei op een keer tegen me dat ze toch wel vond dat hij er erg blakend van gezondheid uitzag, maar ik vertelde haar dat hij 's nachts niet kon slapen van de pijn.

—En jij gelooft dat nog steeds? Terwijl zijn wangen blozen als appels en zijn ogen schitteren als diamanten.

Quimets moeder paste 's maandags op het kind zodat ik dan de grote was kon doen. Quimet zei dat het hem helemaal niet beviel dat zijn moeder op het kind paste want hij wist precies hoe ze was: op een dag zou ze, terwijl ze met haar linten in de weer was, het kind op tafel laten liggen en dan zou het op de grond vallen, zoals hem ook was overkomen toen hij nog geen jaar oud was. 's Middags ging ik vaak met het kind op de arm naar de poppen kijken: daar zaten ze dan, met hun ronde wangen, met hun diepliggende glazen ogen en daaronder hun neusje en de mond

die half openstond, altijd even lachend en stralend;
en boven op hun voorhoofd een haarlok die glansde
van de lijm waarmee hij opgeplakt was. Sommige
poppen lagen in hun dozen, met gesloten ogen en
hun armen rustig naast het lichaam. Andere poppen
waren met doos en al rechtop gezet, en hadden hun
ogen wijdopen, en dan waren er nog de armere poppen, de poppen die altijd bleven kijken, of ze nu
rechtop stonden of lagen. In het blauw gekleed of in
het rose, met kanten kraagjes rond de hals en linten
rond de lage taille en met gesteven onderrokken.
Hun lakschoentjes glansden in het licht; de sokjes
waren wit en mooi glad aangetrokken, de vleeskleurige knieën waren zelfs van een iets donkerder tint
dan de rest van de benen. Ze stonden daar maar mooi
te wezen in de etalage, wachtend tot er iemand zou
komen die haar kocht en mee naar huis nam. De
poppen met hun porseleinen gezicht en celluloid ledematen, naast plumeaus, mattekloppers, zemen,
echte en imitatie: alles in de bazar.

Ik herinner me nog de duif en de trechter, want
Quimet ging de trechter kopen op de dag voordat de
duif kwam. De duif zag hij op een ochtend zitten
toen hij de luiken van de woonkamer opendeed. Hij
had een beschadigde vleugel en was al half dood. Op
de grond waren bloedsporen te zien. Het was nog
een jong dier. De duif genas en Quimet zei dat we
hem zouden houden en dat hij een kooi voor hem
zou maken op de veranda, zodat we hem vanuit de
woonkamer konden zien: een kooi als een villa met
een galerij rondom, een rood dak en een deur met
een klopper. En de duif zou ons kind veel vreugde
verschaffen. We hielden hem een paar dagen aan een
poot vastgebonden aan de ijzeren balustrade van het

balkon. Cintet kwam langs en zei dat we hem los moesten laten: hij zou vast en zeker van een van de buren zijn want anders had hij nooit met een bloedende vleugel ons balkon kunnen bereiken. We gingen het dak op en keken naar alle kanten, alsof we nog nooit hadden rondgekeken, maar we zagen nergens een duiventil. Cintet trok zijn mond scheef en zei dat hij er niets van begreep. Mateu vond dat we hem beter konden slachten, het dier kon beter dood zijn dan zo vastgebonden en gevangen te moeten leven. Quimet haalde de duif toen weg van het balkon, zette hem in het dakkamertje en zei dat hij van gedachten veranderd was en in plaats van een villakooi een echt duivenhok zou gaan maken, en de vader van de leerjongen, die ook duiven hield, zou ons zeker wel een duif willen verkopen om uit te proberen of die met de onze wilde paren.

De leerjongen kwam met een korf waarin een duif zat. Pas bij de derde duif lukte het paren. De gevonden duif noemden we Mokka omdat hij een koffiekleurige vlek onder zijn vleugel had: het vrouwtje noemden we Maringa. Maar Mokka en Maringa brachten boven in het dakkamertje opgesloten geen nageslacht voort. Ze legden wel eieren, maar daar kwamen geen jongen uit. Senyora Enriqueta zei dat het mannetje waardeloos was en dat we die wel weg konden gooien. Wie weet waar hij vandaan komt, zei ze. Het kon wel een postduif zijn die ze vreemde dingen te eten hadden gegeven om hem op te peppen, zodat hij heel hoog en ver kon vliegen. Toen ik dit aan Quimet vertelde zei hij dat senyora Enriqueta zich met haar eigen zaken moest bemoeien, dat ze wel genoeg had aan het poffen van haar kastanjes. De moeder van Quimet zei dat we wel moesten be-

seffen dat zo'n duivenhok veel geld zou gaan kosten.
En dan was er nog iemand, ik weet niet meer wie, die
ons aanraadde brandnetels te verzamelen die we dan
in kleine bundels aan het plafond te drogen moesten
hangen en als ze dan goed gedroogd waren dan
moesten we ze fijnhakken en met geweekt brood
vermengd aan de duiven te eten geven. Daar zouden
ze sterk van worden en dan zouden ze eieren gaan
leggen met jongen erin. Senyora Enriqueta vertelde
me dat ze een Italiaanse had gekend die Flora Caravella heette en in het leven was geweest, maar die later, toen ze ouder en rijper was geworden een huis
met een aantal Flora's Caravella's had geopend met
een dak vol duiven als vermaak. En zij had ze ook
brandnetels gegeven. En ze zei dat Quimets moeder
het bij het rechte eind had met die brandnetels, maar
ik zei haar dat dat van die brandnetels niet van Quimets moeder kwam en toen zei ze, nou ja, het maakt
ook niet uit wie het heeft gezegd, het is in ieder geval
zo dat de duiven brandnetels moeten hebben. Die
gewonde duif en de trechter waren twee verschillende dingen die bijna gelijktijdig in huis kwamen: de
dag vóór de duif had Quimet de trechter gekocht om
de wijn gemakkelijker uit de kruik in de karafjes te
kunnen schenken. Hij was wit met een donkerblauw
randje en Quimet zei dat ik er voorzichtig mee moest
zijn, want als ik hem per ongeluk zou laten vallen,
dan zou hij uit zijn vel springen.

13

Het duivenhok werd gemaakt. Precies op de dag dat Quimet eraan wilde beginnen regende het pijpestelen. De woonkamer werd als werkplaats in gebruik genomen. Hier werden de latten gezaagd en hier werd alles klaargemaakt; de deur werd kant en klaar van de woonkamer naar het dak gebracht. Cintet kwam helpen en op de eerste de beste zondag dat het mooi weer was gingen we allemaal het dak op om te kijken hoe Mateu een raam in de dakkamer maakte met een brede vensterbank ervoor zodat de duiven, alvorens weg te vliegen, erop konden zitten om rustig te overdenken waar ze heen zouden vliegen. Alles wat maar in het dakkamertje stond, werd eruit gehaald: de wasmand, de lage stoelen, de mand voor vuil wasgoed, het knijpermandje...
— We gooien Colometa eruit.

Ze beloofden me dat ze later een afdakje zouden maken om mijn spullen onder te zetten, maar nu moest ik alles mee naar beneden nemen, en als ik op het dakterras wilde gaan zitten dan moest ik iedere keer mijn stoel meenemen. Voordat de duiven konden uitvliegen moest eerst het hok geverfd worden, zeiden ze. De een wilde het groen verven, de tweede blauw en de derde chocoladebruin. Het werd uiteindelijk blauw en de schilder was ik. Want toen het duivenhok klaar was had Quimet zondags steeds werk en hij zei dat als we te lang zouden wachten met verven, het hout aangetast zou worden door de regen. Terwijl Antoni op de grond lag te slapen of te huilen, was ik aan het verven. Drie lagen. Toen de verf droog was gingen we met zijn allen het dak op om de duiven uit hun hok te laten. Eerst kwam de witte naar buiten met de rode ogen, de rode poten en zwarte nagels. Daarna kwam de zwarte naar buiten, met de zwarte poten, grijze ogen met een smal geel randje rond het grijs. Ze bleven allebei een hele tijd alle kanten uit staan kijken voordat ze wegvlogen. Ze trokken hun kop een paar maal in en strekten zich dan weer zodat het leek alsof ze weg gingen vliegen, maar dan moesten ze er toch nog een poosje over denken. En eindelijk vlogen ze met krachtige vleugelslagen weg; de ene landde weer bij de drinkbak en de andere bij de voederbak. En het vrouwtje schudde haar kop en halsveren als een vrouwtje in de rouw, met een zekere ijdelheid, en het mannetje kwam naar haar toe en begon met gespreide staart om haar heen te draaien. En hij koerde dat het een lust was. Quimet begon als eerste te praten, want we waren sprakeloos, en hij zei, nu zijn ze pas echt gelukkig.

Hij zei dat als ze goed wisten dat ze door het raam in en uit moesten gaan, hij ook de deur open zou zetten zodat ze dan twee uitgangen hadden. Maar als hij de deur nu al open zou zetten dan zouden ze enkel de deur gaan gebruiken. Hij plaatste ook nog nieuwe broedkastjes, want de oude broedkastjes die er stonden had de vader van de leerjongen ons geleend. En toen alles klaar was vroeg Quimet me of er nog verf over was en toen ik ja zei, moest ik ook nog de balustrade van het balkon verven. Een week later bracht hij een nieuw duivenpaartje mee, een eigenaardig stelletje, met een soort kap op hun kop waardoor je hun nek niet zag en hij zei dat het nonnetjes waren. En hij noemde ze Monnik en Nonnetje. Ze begonnen meteen met de andere twee ruzie te maken, want die wensten geen indringers en dachten dat zij de baas waren in het duivenhok, maar het nonnetjespaar veroverde geleidelijk aan toch een plaats, door net te doen alsof ze er niet waren, door niet te veel te eten en af en toe een vleugelslag te incasseren, en zo, stilletjes in een hoekje levend, bereikten ze dat de eerste bewoners aan hen wenden en dat ze ten slotte zelf de baas werden. Ze deden waar ze zin in hadden en als dat niet lukte dan vielen ze de anderen aan met wijd opgezette kap. En na veertien dagen bracht Quimet weer een ander duivenpaartje mee, met pauwestaarten, en heel hooghartig: de hele dag liepen ze met hun borst vooruit en hun staart opengevouwen, maar deze keer, de anderen waren aan de leg, ging alles goed.

14

De geuren van vlees, vis, bloemen en groenten vermengden zich met elkaar, en zelfs met mijn ogen dicht had ik meteen kunnen raden dat ik vlak bij de markt was. Ik kwam uit de richting van mijn straat en stak de Carrer Gran over waar de gele trams met hun belletjes af en aan reden. De trambestuurder en de conducteur droegen gestreepte uniformen, met zulke fijne streepjes dat het net was alsof de uniformen grijs waren. De volle zon viel van boven de Passeig de Gràcia, ploef! tussen de lange huizenrijen door op het wegdek, op de mensen en op de tegels van de balkons. De straatvegers veegden met hun grote bezems van heidestruiken heel langzaam, alsof ze betoverd waren, de goten schoon. Ik begaf me in de geuren en het geschreeuw van de markt en kwam midden in het gedruw terecht, in een stroom vrouwen met boodschappenmanden. Mijn mosselenverkoopster met haar blauwe morsmouwen en blauwe schort, woog de mosselen af die, hoewel ze al in zoet water waren gespoeld, toch nog in hun schelpen de zeelucht vasthielden en verspreidden. In de rijen waar orgaanvlees werd verkocht hing de bedwelmende geur van de dood. Daar lag het dierlijk afval uitgespreid op koolbladeren: geitepoten, geitekoppen met glazige ogen, opengesneden harten met een lege slagader in het midden waarin nog zwart gestold bloed zat: een klonter zwart bloed... Aan de haken hingen bloederige levers en vochtige darmen en gekookte koppen, en alle verkoopsters hier hadden bleke gezichten, wasbleek geworden door het lange staan bij deze onsmakelijke waren en door het opblazen van de rozige blaas, wat ze met de rug naar de klanten deden, alsof het iets zondigs was... Mijn visvrouw, die altijd lachte en daarbij haar gouden tanden liet zien, stond juist kabeljauw af te wegen en in iedere schub weerspiegelde zich heel klein, nauwelijks zichtbaar het kleine lampje dat boven de viskorf hing. Daar lagen de harders, snoeken, zeebaarzen en zeeschorpioenen met hun grote koppen die er net zo uitzagen alsof ze pas geschilderd waren, met hun stekels op hun ruggegraat als dorens van een grote bloem... En dat kwam allemaal uit die golven die me altijd zo'n leeg gevoel gaven als ik ernaar zat te kijken, al die zwiepende staarten en al die koppen met uitpuilende ogen. Mijn groentevrouw bewaarde altijd andijvie voor me. Ze was oud en mager en altijd in het zwart gekleed en ze had twee zoons die haar moestuin verzorgden...

En zo ging alles zijn gangetje, met af en toe wat kleine kopzorgen, tot de Republiek kwam en Quimet in vuur en vlam stond en schreeuwend door de straten liep, zwaaiend met een vlag, waarvan ik nooit te weten ben gekomen waar hij die vandaan had. Ik herinner me die frisse wind van toen, een frisse wind die ik sindsdien nooit meer gevoeld heb. Nooit meer. En met deze wind vermengden zich de geuren van jonge bladeren en bloesem, maar deze frisheid verdween en alles wat daarna kwam zou nooit meer worden als die frisse wind van die dag die mijn leven doormidden zou snijden, want het was in april toen de bloemen nog in knop zaten dat mijn kleine zorgen begonnen te veranderen in grote zorgen.

— Ze hebben hun koffers moeten pakken... en met de koffers, weg ermee!... zei Cintet, en hij vertelde dat de koning iedere nacht met drie verschillende actrices sliep en dat de koningin als ze uitging een masker opzette. En Quimet zei dat dat nog lang niet alles was.

Cintet en Mateu kwamen vaak langs en Mateu werd met de dag verliefder op Griselda en hij zei, als ik bij Griselda ben dan voel ik mijn hart smelten... Quimet en Cintet zeiden hem dat hij niet goed bij zijn hoofd was, dat de liefde hem week maakte, maar hij bleef maar praten over Griselda en hij kon het werkelijk nergens anders meer over hebben en hij stelde zich aan als een dwaas maar ik mocht hem toch graag. En hij vertelde dat hij degene was geweest die op hun trouwdag de ontroering niet de baas had gekund, en dat mannen gevoeliger zijn dan vrouwen en dat hij bijna flauw was gevallen, toen ze ten slotte alleen waren. Quimet die zachtjes in zijn stoel zat te schommelen, grijnsde en hij en Cintet raadden hun vriend aan wat aan sport te gaan doen, immers als het lichaam vermoeid is dan kunnen de hersenen niet meer zo goed werken, want als hij de hele dag steeds maar aan hetzelfde bleef lopen denken, dan zou hij nog wel eens kunnen eindigen in zo'n hemd met hele lange mouwen die op de rug met een zeemansknoop werden vastgebonden. En toen begonnen ze over de tak van sport te praten die het beste bij hem zou passen, maar Mateu zei dat hij al genoeg lichaamsbeweging had als opzichter bij de bouw waar hij de hele dag heen en weer moest rennen om de zaak in de gaten te houden, en dat het, als hij zich dan ook nog moe moest maken met voetballen of zwemmen bij de Astillero, erop uit zou draaien dat hij Griselda niet meer gelukkig kon maken, en dan zou ze wel eens een ander kunnen nemen die meer tijd aan haar kon besteden. Ze spraken hier uitvoerig over, maar als Mateu Griselda meebracht dan kropen ze in hun schulp en wisten ze hem geen adviezen meer te geven. Dan liep het gesprek uit op de Republiek of op de duiven en hun jongen, en zodra Quimet merkte dat het gesprek hierheen voerde, nam hij hen mee naar het dakterras en besprak de levenswijze van de duiven, wees de paartjes aan en vertelde dat er enkele bij waren die het wijfje van een andere duif afpikten maar dat er ook waren die altijd hetzelfde vrouwtje hadden, en dat de eieren zo goed uitkwamen dat kwam doordat hij ze water met zwavel te drinken gaf. En zo waren ze uren aan het praten over Patxulí die voor Tigrada een nest aan het maken was en over de eerste duif, die van het balkon en het bloed, Mokka, die haar eerste jongen had gekregen, helemaal bezaaid met donkere vlekjes en met grijze pootjes. Quimet zei dat duiven net als mensen waren, alleen met dit verschil dat ze eieren leggen en kunnen vliegen en veren op hun lichaam hebben, maar als het erom gaat kinderen op de wereld te zetten en ze te voeden, dan gaat het precies eender als bij ons. Mateu zei dat hij niet van dieren hield en dat hij nooit een duif zou kunnen opeten die in zijn eigen huis was opgegroeid want dat leek hem hetzelfde als iemand van je eigen familie slachten. En Quimet tikte hem met zijn vinger tegen zijn broekband en zei, wacht maar af, als je nog eens flinke honger hebt...

Dat de duiven uit hun hok kwamen en dat wij ze lieten vliegen, dat kwam door Cintet, want die vond dat duiven moesten vliegen, dat ze niet geschapen waren om achter tralies te leven maar in de blauwe lucht hoorden. En ze zetten de deur wagenwijd open terwijl Quimet met zijn handen tegen het hoofd sloeg en als versteend bleef staan en zei, die zien we nooit meer terug.

De duiven kwamen wantrouwend hun hok uit, een voor een, bang in de val te zullen lopen. Sommige gingen eerst, alvorens weg te vliegen, op de balustrade zitten om de boel te verkennen. Ze waren nu eenmaal niet aan de vrijheid gewend en draalden lang voor ze zich erin stortten. Er vlogen er maar drie of vier weg. Daarna volgden er meer, tot het er ten slotte negen waren, de rest zat te broeden. Toen Quimet zag dat de duiven boven het dak bleven vliegen, alleen maar boven het dak, verdween de gelige kleur van zijn gezicht en hij zei dat het prima ging. Toen de duiven genoeg kregen van het rondvliegen, kwamen ze een voor een weer terug en tripten het hok in als oude dames die naar de mis gingen, met korte pasjes en knikkende kopjes als goed gesmeerde mechaniekjes. En van deze dag af kon ik de was niet meer op het dak te drogen hangen want dan zouden de duiven die helemaal smerig maken. Ik moest de was maar op het balkon hangen. En daarmee uit.

15

Quimet zei dat het kind frisse lucht nodig had en de grote weg op moest: aan het dakterras, het balkon en het tuintje van oma had het niet genoeg. Hij maakte een soort houten wieg en bevestigde die achter op de motor. Hij pakte het kind alsof het een pakketje was, het was nog maar een paar maanden oud, bond het in de wiegbak vast en nam een zuigfles mee. Elke keer als ik ze zo zag wegrijden dacht ik dat ik ze nooit meer terug zou zien. Senyora Enriqueta zei dat Quimet, al liet hij het niet zo merken, stapelgek was op de kleine jongen. En dat wat hij deed nog nooit vertoond was. Zo gauw ze wegreden ging ik de balkondeuren aan de straatkant openzetten om meteen als ze terugkwamen, het geluid van de motor te kunnen horen. Quimet haalde het kind, meestal slapend, uit de wiegbak, stormde met vier treden tegelijk de trap op en gaf hem aan mij met de woorden, hier, helemaal vol gezondheid en frisse lucht. Die slaapt wel een week achter elkaar.

Anderhalf jaar later, precies anderhalf jaar nadat het kind geboren was, kregen we de grote verrassing. Ik was weer in verwachting! Het werd een vreselijke zwangerschap, ik voelde me zo ziek als een hond. Quimet streek soms met een vinger onder mijn ogen en zei dan... blauw als een viooltje... het wordt een meisje. En ik voelde me zo ellendig als ik ze op de motor weg zag rijden dat senyora Enriqueta zei dat ik me rustig moest houden want als ik me te veel zorgen maakte dan zou de baby in mijn buik wel eens om kunnen draaien en dan zou het met tangen gehaald moeten worden. Quimet zei dat hij wel eens wilde zien of ik weer een spijl zou breken, want als dat weer gebeurde en hij er weer een nieuwe in moest zetten, dan zou hij er een ijzeren staaf in draaien. Want niemand had er enige notie van hoe hij zich in allerlei bochten had moeten wringen en hoe duur hem die dans op de Plaça del Diamant was komen te staan. Blauw als een viooltje... en tussen het ene en het andere viooltje, zat Colometa's neusje als een kooltje. Blauw als een viooltje... blauw...

Het werd een meisje en we noemden haar Rita. Ik was er bijna in gebleven want het bloed liep in stromen uit me en ze konden het niet stelpen. Antoni was jaloers op zijn zusje en ik moest hem goed in de gaten houden. Een keer was hij naast de wieg op een krukje geklommen en had een tol op de keel van het meisje gedrukt, en toen ik toeschoot lag het meisje er al voor dood bij, met haar kleine kokosnootkopje als van een klein Chineesje... Voor de eerste keer sloeg ik Antoni, die drie uur lang bleef huilen, samen met het meisje, allebei helemaal onder het snot en de tranen. Terwijl ik Antoni sloeg had hij me, zo klein als hij was die kleine driftkikker, tegen mijn scheenbeen geschopt. Nog nooit had iemand me met zoveel woede aangekeken als dat kind toen ik hem sloeg. En toen Cintet en Mateu met Griselda en hun dochtertje kwamen en er iemand zei dat Rita zo schattig was, liep de jongen meteen naar de wieg, trok zich omhoog tot zover hij kon, gaf haar een klap en trok aan haar haren. Dat komt ons duifje nog te kort, zei Griselda met haar dochtertje op schoot. Het was een heel mooi meisje, al lachte ze nooit. Griselda was

moeilijk te beschrijven: ze had een blanke huid met
een handvol zomersproeten op haar wangen en
rustige groene ogen. Ze had een slanke taille en ging
in zijde gekleed. In de zomer zag ze eruit als een pop
in haar kersenrode jurk. Ze zei niet veel. Mateu zat
maar naar haar te kijken, en terwijl hij zat te kijken,
smolt hij weg... we zijn al zoveel jaren getrouwd...
en het ziet er niet naar uit dat... Quimet zei, blauwe
viooltjes... Kijk maar, blauwe viooltjes... Colometa
heeft viooltjes. Want ik had ze nog steeds, net als
voor de geboorte van het meisje, de blauwe kringen
onder mijn ogen.

Om het kind van zijn jaloezie op Rita af te brengen, kocht Quimet een revolver voor hem met veel
nikkel eraan en met een trekker en een houten handgreep. Om oma bang te maken zei hij, als ze komt,
handen omhoog of ik schiet! Quimet was erg kwaad
op zijn moeder omdat ze de jongen wijs wilde maken
dat hij misselijk werd en niet op de motor wilde. Hij
zei dat zijn moeder een meisje van de jongen wilde
maken, dat was immers een oude manie van haar, we
zouden wel eens zien hoever ze hiermee kwam! De
jongen had ook geleerd om mank te lopen want hij
hoorde Quimet altijd klagen over zijn been. Hij had
het er een hele tijd niet meer over gehad maar toen ik
Rita kreeg begon het weer, vannacht was het weer
raak, heb je me niet horen kreunen? En de jongen
aapte dat na en zei dat zijn been pijn deed als hij ergens geen zin in had. Dan smeet hij zijn bord soep
door de lucht en zat stijf rechtop als een rechter op
zijn hoge stoel en tikte met zijn vork als ik niet snel
genoeg met de stukjes lever kwam die hij het liefste
at; als hij geen trek had gooide hij ze weg. Als senyora Enriqueta of Quimets moeder op bezoek kwamen

dan ging hij met zijn revolver voor hen staan en schoot hen dood. Op een dag deed senyora Enriqueta net alsof ze echt dood was, maar daar werd de jongen zo wild van dat hij niet meer ophield met schieten en we moesten hem op het balkon opsluiten om rustig te kunnen praten.

16

En toen begon dat andere. Quimet voelde zich soms beroerd. Hij zei dan, ik voel me niet goed, maar over zijn been had hij het niet, het was een onbehaaglijk gevoel dat hij kreeg nadat hij had gegeten; en toch had hij een prima eetlust. Als hij aan tafel ging was alles in orde, maar tien minuten na het eten begon de ellende. Het werk op de timmerwerkplaats was wat minder geworden en ik dacht dat hij misschien zei dat hij zich niet goed voelde, om niet te hoeven toegeven dat hij zich zorgen maakte over zijn werk... Op een ochtend, toen ik het bed opmaakte, vond ik aan de kant waar Quimet sliep, een soort lint dat leek op een stuk darm met golvende randen. Ik wikkelde het in een velletje wit briefpapier en toen Quimet thuiskwam van zijn werk liet ik het hem zien en zei hem dat hij ermee naar de apotheek moest gaan om het te laten zien, maar hij zei, als dat een stuk darm is, dan is het gedaan met mij. 's Middags hield ik het niet meer uit en ik nam de jongen en het meisje mee naar de werkplaats. Quimet werd kwaad en vroeg wat we kwamen doen en ik zei dat we gewoon even langs kwamen, maar hij had het wel door en stuurde de leerjongen weg om chocolade voor de kinderen te gaan kopen. Zo gauw de leerjongen de glazen deur achter zich gesloten had zei hij: ik wil niet dat die snotneus iets te weten komt want dan weten zelfs de straatstenen het binnen vijf minuten. Ik vroeg hem wat ze bij de apotheek hadden gezegd en hij antwoordde dat ze hem verteld hadden dat hij een enorme lintworm had, groter dan ze ooit hadden gezien. En dat ze hem een middel hadden gegeven om die te doden. Toen zei hij dat we meteen weg moesten gaan als de jongen met de chocolade terug was, we zouden er 's avonds wel verder over praten... De leerjongen kwam met een tablet chocolade terug, die Quimet aan de jongen gaf, het meisje kreeg alleen maar een stukje om op te sabbelen, en we gingen weer naar huis. 's Avonds kwam hij thuis en zei, breng snel het avondeten want in de apotheek hebben ze me gezegd dat ik veel moest eten omdat anders de worm mij opeet. Na het eten kreeg hij een ondraaglijke pijn, maar hij zei dat hij het middel zondag pas zou innemen want het was de kunst om de worm er in zijn geheel uit te krijgen: als je hem niet helemaal te pakken had, van de kop tot het puntje van zijn staart, dan groeide hij weer aan en kon hij wel een halve meter langer worden. Ik vroeg hem of ze ook gezegd hadden hoe lang zo'n lintworm was en toen zei hij, er zijn er in alle maten, het hangt af van de leeftijd en de soort, maar over het algemeen heeft alleen de hals al een lengte van ruim twee meter.

Cintet en Mateu kwamen kijken toen hij het middel in zou nemen maar hij vroeg ze te vertrekken, want hij had behoefte aan rust. Na enkele uren begon hij, half verdwaasd, door de gang heen en weer te lopen en hij zei dat het nog erger was dan op een schip. En hij mompelde, als ik het medicijn eruit gooi dan is alles voor niets geweest, en die worm stelt alles in het werk opdat ik het eruit gooi. Toen de kinderen al sliepen als engeltjes en mijn oogleden zwaar begonnen te worden en ik haast omviel van de slaap, kwam de worm eruit. Ik had nog nooit zoiets gezien: hij had de kleur van bleke vermicelli, en we legden hem in een glazen jampot op sterk water. Cintet en Quimet wisten hem er zo mooi opgerold in te krijgen dat de hals bovenop kwam te liggen, dun als een garendraadje, en de kop die zo klein was als een speldeknop of zelfs nog kleiner, er helemaal bovenop. We zetten hem op de kast en we bleven er nog langer dan een week over praten. Quimet zei dat we nu gelijk stonden want ik had de kinderen gebaard en hij een worm van vijftien meter lang. Op een middag kwam de vrouw van de kruidenier eens boven kijken en vertelde dat haar grootvader ook een lintworm had gehad, en dat hij 's nachts als hij lag te snurken, soms moest slikken en hoesten omdat de worm dan met zijn kop in zijn mond zat. Daarna gingen we het dak op om naar de duiven te kijken, wat ze erg leuk vond, en ze ging tevreden weg. Toen ik de huisdeur opendeed, hoorde ik het meisje heel hard huilen en ik vond haar helemaal van streek in haar wiegje, wild zwaaiend met haar armpjes en helemaal overdekt door de lintworm, en toen ik die had opgepakt en de kamer uit ging om de jongen een klap te geven, glipte deze lachend onder mijn neus door met een stuk worm als een serpentine achter zich aan.

Quimets woede valt niet te beschrijven. Hij wilde de jongen een pak slaag geven maar ik vroeg hem hem met rust te laten omdat het eigenlijk onze eigen schuld was geweest want we hadden de pot hoger moeten zetten. We hadden kunnen weten dat de jongen met een kruk overal bij kon, zeker sinds de dag dat hij de tol op Rita's keel had gedrukt. En Cintet zei hem dat hij zich niet zo druk moest maken want misschien had hij binnenkort wel weer een andere worm in die glazen pot, want hij kon er best nog een hebben die nu aan het groeien was. Maar dat was gelukkig niet zo.

17

Met het werk ging het slecht. Quimet zei dat het nu wel niet zo best ging maar dat het ten slotte wel weer goed zou komen: de mensen hadden andere dingen aan hun hoofd en dachten er niet aan hun meubels te laten repareren of nieuwe te laten maken... De rijken die maken zich maar kwaad over de republiek. Maar mijn kinderen...

Ik weet het niet, iedereen weet dat je als moeder altijd overdrijft, maar ik had twee bloemen van kinderen. Niet om er een eerste prijs mee te winnen, maar twee bloemen waren het. Met een paar ogen... als ze je met die ogen aankeken... Ik begrijp niet hoe Quimet zo vaak kwaad kon zijn op de jongen. Ik was ook wel eens kwaad op hem, maar alleen wanneer hij echt iets ergs had gedaan, anders liet ik het maar passeren. Ons huis zag er niet meer zo uit als vroeger, toen we trouwden. Soms, om niet te zeggen bijna altijd, zag het er rommelig uit. En dan heb ik het nog niet eens over het duivenhok, toen het helemaal een chaos was met overal houtspaanders, zaagsel en latten... Maar met het werk ging het steeds slechter en we begonnen allemaal steeds meer honger te lijden hoewel het leek alsof Quimet het erg druk had want hij en Cintet waren in weet ik wat voor zaak verwikkeld geraakt. Ik kon echter niet met mijn armen over elkaar blijven toezien en besloot op een dag werk te gaan zoeken, alleen voor de ochtenden. De kinderen zou ik in de woonkamer opsluiten en de jongen goed waarschuwen: als ik hem aansprak als een volwassene dan luisterde hij wel naar me en een ochtend was zo voorbij.

Ik stortte mijn hart uit bij senyora Enriqueta. En ik ging me voorstellen, alleen en trillend van de zenuwen, niet in het huis van senyora Enriqueta maar bij de mensen naar wie ze mij verwezen had omdat deze huishoudelijke hulp zochten voor 's ochtends. Ik belde aan. En wachtte. Ik belde nog een keer aan. En wachtte weer. En net toen ik dacht dat ik bij een leeg huis stond aan te bellen, hoorde ik een stem, maar omdat er juist een vrachtwagen langs kwam kon ik door het lawaai niet verstaan wat de stem zei, en ik bleef wachten. De traliedeur was hoog, van ijzer met matglas, en door het matglas heen, dat een patroon van kleine belletjes had, zag ik een briefje dat er met pleisters opgeplakt was en waarop stond: bij de tuinpoort aanbellen. Ik belde nog een keer en hoorde de stem voor de tweede keer door een raam naast de voordeur, een raam tot aan de grond, waarboven een balkon was, dat helemaal een ijzeren hekwerk had. Voor het raam zaten ook lange ijzeren spijlen waar bovendien nog een soort kippengaas achter zat, maar dan van betere kwaliteit. De stem riep: omlopen!

Ik bleef nog even staan weifelen, maar toen ik nog eens naar het briefje keek met de letters die helemaal misvormd waren door de belletjes, begon het eindelijk een beetje tot me door te dringen, en ik stak mijn hoofd om de hoek, het huis was een hoekhuis, en zag ongeveer vijftig meter verder de halfgeopende tuinpoort. Daar stond een man in een huisjas die me met zijn arm wenkte dat ik verder moest komen. Het was een lange man met diepzwarte ogen. Het leek me een goedaardig persoon. Hij vroeg me of ik de dame was die een werkhuis zocht voor de ochtenden. Ik zei van ja. Om in de tuin te komen moest je vier bakstenen treden af, die aan de randen afgesleten waren, en onder een pergola door van dichte jasmijn met van die kleine sterretjes erin die 's avonds als de zon ondergaat zo sterk ruikt. Links achter in de tuin zag ik bij de tuinmuur een waterval, en midden in de tuin een fontein. Ik liep met de man in de huisjas mee door de tuin naar het huis. Aan de achterkant had het huis een benedenverdieping en een bovenverdieping, terwijl je aan de voorkant enkel een souterrain zag en één verdieping. In de lange smalle tuin stonden twee mandarijnenbomen, een abrikozenboom en een citroenboom, waarvan de stam evenals de onderkant van de bladeren een soort ziekte vertoonde, die leek op spinnewebachtige blaasjes waar beestjes in zaten: voor deze citroenboom stond ook nog een kersenboom en naast de waterval stond een grote mimosastruik die haast geen bladeren had en dezelfde ziekte had als de citroenboom. Dat heb ik natuurlijk allemaal pas later opgemerkt. Voordat je de benedenverdieping betrad kwam je door een cementen patio die in het midden een afvoerputje had voor het regenwater. Het cement was al tamelijk gebarsten en bij de scheuren zag je kleine hoopjes zand liggen waaruit legers mieren kropen. Zij waren het die die hoopjes zand opwierpen. Voor de patiomuur die aan het buurhuis grensde stonden vier potten met camelia's, die er eveneens kwijnend uitzagen, en aan de andere kant leidde een trap naar de bovenverdieping. Onder deze trap was een wasplaats en een put met een katrol. Als je de patio gepasseerd was, dan kwam je in een overdekte galerij, en het dak van deze galerij was weer de vloer van de open galerij op de eerste

verdieping, of van de benedenverdieping van de
straat af gezien. Op de benedengalerij kwamen twee
deuren uit, de ene van de woonkamer en de andere
van de keuken. Ik weet niet of ik het duidelijk vertel.
Met de man in de huisjas dus, die de schoonzoon van
de familie was en de eigenaar, ging ik de woonkamer
binnen. Ik moest op een stoel tegen de muur gaan
zitten, met mijn hoofd vlak onder een raam dat tot
aan het plafond kwam. Dit plafond was gewelfd,
maar het raam was ter hoogte van de straat, dat wil
zeggen de straat waar de tuinpoort zich bevond
waardoor ik was binnengekomen. Toen ik was gaan
zitten kwam er een vrouw binnen met wit haar, de
schoonmoeder van de man met de huisjas, en zij ging
tegenover me zitten. Tussen ons in stond een tafel
met een vaas bloemen erop die de vrouw met het
witte haar een beetje aan mijn gezichtsveld onttrok.
De man in de huisjas bleef staan en vanonder een rieten
stoel met cretonnen kussens kroop een mager
jongetje te voorschijn met een bleek gezicht, dat
naast de vrouw ging staan, zijn grootmoeder, en ons
stuk voor stuk aankeek. De financiële kant van de
zaak moest ik met de man in de huisjas afhandelen.
Hij vertelde dat ze met zijn vieren waren, zijn
schoonouders en zij zelf, dat wil zeggen hij en zijn
vrouw, de dochter dus van zijn schoonouders, wat
inhield dat hij en zijn vrouw bij zijn schoonouders
inwoonden, bij de ouders van zijn vrouw dus. Terwijl
de man in de huisjas het woord voerde, greep hij
af en toe naar zijn adamsappel, en zei dat er ook mensen
waren die alleen maar een werkster namen voor
één dag in de week. En bij zulke mensen trof je het
slecht want een mens wil natuurlijk zekerheid hebben.
Als je bij zo'n familie werkte dan wist je natuur-

lijk nooit waar je aan toe was. Het tarief was drie reaal* per uur, maar omdat ik hier zekerheid had voor het hele jaar en zij stipte betalers waren aan wie ik nooit twee keer om mijn loon hoefde te vragen, en ze, als ik dat wilde, dagelijks aan het einde van de ochtend uitbetaalden, zouden ze me in plaats van drie peseta's voor die vier uur tien reaal betalen. Het was net zoiets als kleinhandel en groothandel, ik verkocht immers nu mijn arbeid in het groot en dan krijg je altijd korting. En hij voegde eraan toe dat hij bekend stond als een goede betaler, een betere betaler dan zomaar de eerste de beste, of dat soort dat als de maand om is, het geld voor de volgende maand al heeft uitgegeven. Het duizelde me een beetje maar we werden het eens over die tien reaal. En toen zei de vrouw, die de hele tijd geen woord gezegd had, dat ze me eerst het huis zou laten zien.

---

* 4 reaal = 1 peseta (vert.)

18

De keuken grensde aan de woonkamer en kwam eveneens op de galerij uit en boven het fornuis was een schouw zoals je die in ouderwetse keukens zag, en hoewel deze ouderwetse schouw niet meer gebruikt werd — er werd op gas gekookt — kon je merken dat hij nog vol roet zat want iedere keer als het begon te regenen vielen er klodders roet op het gasfornuis. Aan de andere kant in de woonkamer was een glazen deur waardoor je in de gang kwam. In deze gang stond een heel hoge en brede antieke kast, en wanneer het in huis helemaal stil was dan hoorde je de houtwormen knagen. Die kast was de voedselvoorraad van de wormen. Soms hoorde je ze 's ochtends heel vroeg, en ik vertelde het aan mevrouw.

— Hoe eerder ze hem opeten, hoe liever.

We liepen dus langs de kast de gang door en gingen een kamer met alkoof binnen die ze hadden gemoderniseerd door de glazen tussendeuren eruit te halen zodat enkel de omlijstende boog er nog was. In deze kamer stond ook een kast, van zwart mahonie, waarvan het spiegelglas vol vlekjes zat. Precies onder het raam dat tot aan het dak reikte, net als dat in de woonkamer, en vanwaar de vrouw had geroepen dat ik om moest lopen, stond een kaptafel met een spiegel erboven die ook gevlekt was, en een nieuwe wastafel ernaast met een nikkelen kraan. In de alkoof stonden boekenrekken, tot aan het plafond vol met boeken, en achterin stond nog een houten boekenkast met glazen deuren in het bovenste gedeelte, waarvan er een gebroken was. De vrouw zei dat haar dochter die glazen deur gebroken had, de moeder van de kleine jongen met het bleke gezicht die de hele tijd achter ons aan liep. Het was met een speelgoedrevolvertje gebeurd dat de kerstman haar had gebracht, zo'n luchtdrukrevolver met een rubberen dopje in de loop. Zo te zien moest het meisje wel erg onhandig geweest zijn want ze had op de gloeilamp gemikt die aan een snoer boven de tafel hing, maar omdat ze niet goed kon richten schoot ze in plaats van het lampje het glas van de boekenkast aan scherven.

—Zo gaat dat, zei de vrouw.

In het midden van de alkoof stond een tafel met een molton kleed erover waar een schroeivlek van een strijkbout in zat, en hier zat de echtgenoot van de vrouw met het witte haar 's avonds te lezen (hij was de enige in het huis die werkte en ik heb hem al die tijd dat ik daar was nauwelijks gezien) en die tafel was ook de strijktafel. De muur waartegen de wastafel stond en de muur bij het raam waren schimmelig van de regen die door de muur heen drong en langs de muren naar beneden droop, het was immers een souterrain. Naast deze kamer, op de gang waar de kast met houtworm stond, opende de vrouw een kleine deur, daar was de badkamer. De badkuip werd het bad van Nero genoemd. Het was vierkant en betegeld met heel oude Valenciaanse tegels waarvan het voegwerk erg slecht was, en er waren al heel wat tegels gebarsten. De vrouw zei dat ze alleen in de zomer de badkamer gebruikten, als het erg warm was, en dan nog alleen maar de douche, want om het bad vol te krijgen kon je de zee wel leeg laten lopen.

Boven het bad viel gedempt licht binnen door een
glazen luikje en dit luikje kwam bij de ingang uit,
naast de voordeur met de ijzeren spijlen waar het
briefje op geplakt hing. Het luikje werd vaak geopend om de badkamer te luchten en het werd dan
gestut met een bamboestokje. Ik vroeg wat er zou
gebeuren als het kind het luikje buiten eens optilde
om naar binnen te kijken terwijl zich daar een volwassene stond te wassen. De vrouw zei, kletst u niet
zo! Het plafond en de muur boven de Valenciaanse
tegels waren even beschimmeld als de slaapkamermuur en als je de schimmel van dichtbij bekeek
glansde die als kristal. Het ergste was nog, vertelde
ze, dat het zo lang duurde voordat de badkuip leeg
was, want de afvoerbuizen lagen buiten iets hoger
dan de afvoer van het bad en je moest soms, als het
water niet meer wegliep, het bad leegscheppen met
een pannetje of een schep. Vervolgens gingen we via
een houten trap naar de begane grond, wat eigenlijk
in werkelijkheid de bovenverdieping was: halverwege de trap was een raam dat op de straatkant uitkwam, aan de kant van de tuinpoort, en vanuit dit
raam riepen ze, als ze allemaal boven waren, ook
naar mensen die aan de tuinpoort aanbelden dat ze
via de getraliede voordeur binnen moesten komen
waar het met pleisters opgeplakte briefje hing. Als je
halverwege de trap was dan kon je op de bovenkant
van de kast kijken waar een dikke laag stof op lag.
We kwamen in de hal, het kind achter ons aan.
Opeens stonden we voor een donkere kist van
houtsnijwerk en een paraplustandaard in de vorm
van een omgekeerde paraplu, alles hing vol met jassen en oude hoeden en petten. Als Quimet die kist
had gezien dan zou hij er meteen weg van zijn ge-

weest: dat zei ik ook tegen de vrouw en terwijl zij
met haar vinger over het houtsnijwerk gleed zei ze:
weet u wat het voorstelt?
— Nee mevrouw.
Op het deksel, precies in het midden, zag je de
hoofden van een jongen en een meisje, met erg grote
neuzen en negerlippen, naar elkaar toe gekeerd; en
de vrouw zei, het eeuwige vraagstuk, en ze voegde
eraan toe, de liefde. Het kind schoot in de lach.
We gingen een kamer binnen die een balkon aan
de straatkant had, precies boven het raam waardoor
de vrouw me had toegeroepen dat ik door de tuinpoort moest. Het was eveneens een kamer met een
gemoderniseerde alkoof. Er stonden een zwarte piano, twee fauteuils met rose velours bekleed en een
kastje dat vier grappige poten had; haast zo hoog als
paardebenen en de vrouw vertelde dat ze deze poten
speciaal door een meubelmaker had laten maken,
precies op maat voor dit kastje dat eigenlijk een se-
cretaire was waarvan de laden met parelmoer inge-
legd waren. Het zijn faunepoten, zei ze. Het ledikant
in de alkoof was oud en van verguld metaal en had
aan het voeteneinde alleen maar twee bedposten.
Boven het hoofdeinde hing een houten kapelletje
met daarin een Christusfiguur in een rode vergulde
mantel die de handen gevouwen hield en een smarte-
lijke gelaatsuitdrukking had. De vrouw vertelde dat
dit eigenlijk de kamer van de jongelui was maar dat
zij en haar man nu hier sliepen, de oudelui dus, want
haar dochter kon hier geen oog dicht doen vanwege
al die auto's die buiten op straat af en aan reden: zij
wilde liever in de slaapkamer aan de achterkant slapen, aan de kant van de tuin waar het rustiger was.
Naast het bed met de Christusfiguur was een kleine

deur waardoor je in een klein kamertje zonder raam kwam waar een bed stond met een blauw muggengaas eroverheen. Verder stond daar niets: het was het kamertje van de jongen die ons nog steeds volgde. Toen gingen we naar de salon. Ik merkte onmiddellijk een kist op die van boven tot onder verguld was, blauw en verguld, met een serie bontgekleurde wapens helemaal rondom, en boven op het geopende deksel knielde de heilige Eulalia in extase neer met een Antoniuslelie in haar hand, en naast haar zat op een kale berg een draak met omgekrulde staart en wijd opengesperde muil waaruit drie vurige tongen kwamen als drie opflakkerende vlammen. Een bruidskist, zei de vrouw, gotisch. Naast de kist was een balkondeur die uitkwam boven het kamerhoge raam van de woonkamer. En rechts, als je uit de slaapkamer van de jongen kwam was ook een balkondeur. Deze kwam uit op de open bovengalerij. De slaapkamer van de jongelui, dus eigenlijk die van de oudelui, kon ze me niet laten zien omdat haar dochter daar lag te rusten. De vrouw en de jongen gingen op hun tenen lopen, en ik ook. We gingen de open galerij op van de beneden-bovenverdieping en via de trap boven de wasplaats en de waterput daalden we af naar de cementen patio die altijd vol kegels lag omdat de jongen daar graag speelde. De vrouw legde me uit dat haar dochter rust nodig had omdat ze een kwaal had, en ze legde me ook nog uit aan wat voor kwaal haar dochter leed, en dat ze die had opgedaan bij het verplaatsen van cameliapotten. De volgende dag was er bloed meegekomen. De dokter had hun gezegd dat hij niet precies kon bepalen aan welke ziekte hun dochter leed zolang hij niet een van haar nieren nader kon onderzoeken. En dat had die dokter, die niet hun huisarts was omdat deze net met vakantie was, gezegd terwijl ze op de marmeren trap bij de voordeur stonden, de deur naast het luikje boven de badkuip met de Valenciaanse tegels. Voordat ik vertrok deed ze me nog voor hoe je de tuinpoort vanaf de straatkant moest openen. De poort had een ijzeren paneel onderaan en ijzeren spijlen bovenaan, maar omdat er wel eens kinderen rotzooi in hun tuin gooiden, een dood konijn of iets dergelijks, had haar schoonzoon, de man in de huisjas dus, het hek aan de binnenkant met planken dichtgemaakt: de spijlen en het ijzeren paneel zaten nu aan de straatkant en vanuit de tuin zag je alleen maar een gat. Als je de poort van buitenaf wilde openen, als die tenminste niet op slot zat, maar ze sloten alleen 's avonds met de sleutel af, dan moest je eerst even aan het paneel trekken en dan je hand door een opening in het hout steken en de ring van een ketting van de haak in de muur nemen. Het was heel eenvoudig, je moest het alleen maar weten. Dat ik dit huis zo uitvoerig beschrijf komt doordat ik het me als een doolhof herinner, met al die stemmen die me riepen en waarvan ik nooit wist waar ze vandaan kwamen.

19

Als ik wou gaan werken, dan was dat mijn zaak, zei Quimet; hij wilde van zijn kant proberen de duivenmelkerij op gang te krijgen. En met die duiven zouden we rijk worden. Ik ging naar de woning van senyora Enriqueta om haar te vertellen over het onderhoud met mijn aanstaande werkgevers. En terwijl ik daar naar toe liep leken de straten, die nog steeds hetzelfde waren, me smaller. De jongen ging meteen naar de langoesten kijken. Senyora Enriqueta zei dat ze wel op de kinderen wilde passen; ze zou ze meenemen naar de hoek bij Smart en daar konden ze op een stoeltje bij haar zitten. Toen kwam Antoni van de stoel af waar hij op was geklommen en zei — hij had het helemaal door — dat hij thuis wilde blijven. Ik zei tegen senyora Enriqueta dat de jongen misschien best op zijn stoeltje zou blijven zitten, want als hij wilde was hij wel gehoorzaam, maar dat die arme kleine Rita nog veel te klein was om een hele ochtend op straat door te brengen. Terwijl we zo zaten te praten was Rita op mijn schoot in slaap gevallen en de jongen klom weer op de stoel, in beslag genomen door de langoesten. Buiten viel motregen. Ik weet niet hoe het kwam, maar bijna altijd als ik senyora Enriqueta ging opzoeken regende het. De regendruppels liepen langs de waslijnen, tot er zich een paar hele dikke uitrekten en als tranen naar beneden vielen.

Het begon al goed de eerste dag in het onderhuis.

Halverwege de afwas zat ik zonder water. De man in de huisjas die door mevrouw was gewaarschuwd kwam op zeer voorkomende wijze de keuken binnen, draaide de kraan open en toen hij zag dat er geen druppel water uitkwam, zei hij dat hij het dak op zou gaan om te kijken of daar iets aan de hand was, want omdat ze het waterreservoir altijd half open lieten staan om te kunnen zien of er nog wel genoeg water in stond, zat er soms een blad in het afvoergat. Mevrouw zei dat ik intussen in de woonkamer stof kon afnemen. En op dat moment dacht ik eraan dat thuis de kinderen in de woonkamer opgesloten zaten: Quimet vond ook dat senyora Enriqueta geen geschikte oppas was omdat ze niet op de kinderen kon letten terwijl ze met iedereen stond te kletsen, en dan zou de jongen haar misschien ineens kunnen ontglippen, de straat oprennen en overreden worden. En terwijl ik met een doek stof afnam, want de vrouw zei dat je met een plumeau het stof alleen maar in de lucht liet dwarrelen en dat het zogauw je je rug gekeerd had weer op dezelfde plaats lag waar je het net had weggehaald, kwam de dochter des huizes naar beneden, begroette me en ik vond dat ze er heel gezond uitzag. Mevrouw vroeg me een emmer water uit de put te halen om het hoge kamerraam te zemen: want omdat het op straathoogte lag zat het altijd onder het stof van de karren en vrachtwagens die voortdurend langsreden en als het regende zat het helemaal onder de modder: het was vechten tegen de bierkaai. De man met de huisjas kwam van het dak af en riep vanaf de overloop bij de houten trap die in de hal uitkwam, dat er nog wel wat water in stond en dat het reservoir niet verstopt was, maar dat waarschijnlijk de toevoer vanaf de straat verstopt zat. Mevrouw zei toen dat ik nog maar een paar emmers water uit de put moest halen om de afwas verder mee te doen, hoewel ze eigenlijk bang was voor putwater want ze moest er altijd aan denken dat er misschien wel eens iemand in was gegooid die verdronken was. Maar we konden er niet op wachten tot de man van de waterleiding kwam want dat kon wel een paar dagen duren en zo lang kon je de vuile vaat niet laten staan.

Met nog enkele emmers water spoelde ik de vaat schoon en mevrouw droogde af. De dochter was weer verdwenen. Daarna ging ik de bedden opmaken. Ik ging via de buitentrap boven de wasplaats naar boven. Het kind speelde bij de fontein en dacht dat niemand zag dat hij er een handvol zand in gooide, maar toen zag hij mij opeens. Hij bleef als versteend staan met grote heldere ogen. Terwijl ik het bed van de voorste slaapkamer opmaakte, die met het balkon boven het raam vanwaaruit ik de eerste dag die stem hoorde, die zei dat ik via de tuin moest gaan, riep mevrouw me vanuit de badkamer toe, de stem kwam via het luikje naast de voordeur, dat ik het meterkastje moest openen waar een dubbelgevouwen kaartje in lag dat ik achter het briefje moest steken waarop stond dat je om moest lopen, want als de man van de waterleiding zou komen dan zou hij zich misschien ergeren als hij zo'n omweg moest maken. Het afdekkaartje moest op de vouw blijven hangen, dat was precies zo uitgekiend omdat je anders iedere keer dat andere briefje weg moest halen. Ik schoof het witte kaartje tussen de ruit en het opgeplakte briefje en het bleef keurig hangen op de vouw. Mevrouw kwam naar boven om te kijken of ik haar goed begrepen had en wees me vervolgens hoe de traliedeur van de ruit gescheiden kon worden door een paar hendeltjes omhoog te duwen, zo kon je gemakkelijk de ruit zemen. Soms echter klemden deze hendeltjes door het vuil en dan moest je ze met een hamer los slaan. Maar het was erg praktisch, zei ze, als je ruit en traliehek van elkaar los kon maken, want anders zou het een drama zijn als je de ruiten schoon moest maken met je vingers tussen de tralies door. Ze vertelde verder nog dat een smid uit Sants de traliedeur had gemaakt, hoewel ze ook wel een smid hadden hier in Sant Gervasi. Maar hun schoonzoon had die smid in Sants wijsgemaakt dat hij aannemer was en zo'n vijftig traliedeuren nodig had voor een rij woningen die hij liet bouwen, en dat hij een traliedeur op proef wilde hebben. Zoiets had hij natuurlijk moeilijk kunnen vertellen aan de smid hier in Sant Gervasi want die kende hem en wist dat hij van zijn geld leefde. Zo had hij dat proefhek bijna voor niets gekregen en de smid in Sants zou nog wel steeds op zijn grote opdracht zitten wachten. De man met de huisjas hoorde ik niet meer in huis komen: waarschijnlijk was hij via de tuin gegaan. Om één uur werd ik uitbetaald, en ik holde door de straten naar huis. Terwijl ik de Carrer Gran overstak kon ik nog net op tijd stoppen voor de tram, gered door een of andere engelbewaarder. De kinderen hadden geen stoute dingen uitgehaald. Rita lag op de grond te slapen. En de jongen begon, zo gauw hij me zag, te pruilen.

20

De man van de waterleiding kwam de volgende dag om tien uur 's ochtends en ik deed open. Meneer kwam meteen naar boven en zei met een zeer somber gezicht dat ze sinds gisteren geen water meer hadden, dat de kleine 's avonds niet in bad had gekund en dat ze er niet van hadden kunnen slapen...

De man van de waterleiding was dik en had een snor. Terwijl hij de hoofdkraan onder het luik aan de straat opendraaide, keek hij omhoog en schoot in de lach. Daarna gingen ze samen het dak op om te kijken hoeveel water er nu in het reservoir stond en toen ze terugkwamen zag ik dat meneer de man een fooi gaf. De man van de waterleiding sloot het luik weer en vertrok. Ik liep de houten trap af en meneer die via de buitentrap was gekomen vroeg me om een lege literfles en verzocht me met hem mee het dak op te gaan om het minimumwaterpeil nog eens te meten want de man van de waterleiding had dat maar met een half oog gedaan. Hij had het idee dat die man, een beste kerel overigens, het dubbele van het minimum erin had gelaten. We gingen het dakterras op, ik hield de fles vast en hij keek op zijn horloge. Een vrouw van een naburig dakterras groette hem en hij begon een praatje met die vrouw die ook huurder was, want het buurhuis dat weliswaar minder verzorgd was dan dat waarin zij zelf woonden was ook van hen. Toen de fles volgelopen was riep ik hem, en hij kwam aanrennen met de slippen van zijn huisjas wapperend achter zich aan. Terwijl hij op zijn horloge keek zei hij dat ze nog nooit zoveel water hadden gekregen want de fles was anders altijd pas na zes minuten vol en nu al na drie en een halve minuut. 's Avonds, voor we gingen slapen, vertelde ik aan Quimet het verhaal van het traliehek en hij zei, hoe rijker hoe gekker.

Na twee dagen belde ik niet meer aan maar trok gewoon aan de poort en maakte de ketting los: mevrouw en haar schoonzoon zaten in een rieten leunstoel in de hoek bij de tuindeuren. Ik zag onmiddellijk dat de man met de huisjas een blauw oog had. Ik liep meteen door naar de keuken om af te wassen want de vuile vaat van de vorige dag lieten ze altijd staan en mevrouw kwam me gezelschap houden.

Ze legde me uit dat er iets vervelends was gebeurd. En ze vroeg me of ik het oog van haar schoonzoon had gezien waarop ik zei dat het me meteen was opgevallen. Ze vertelde dat ze een huurder hadden in een schuurtje en dat deze huurder in dit schuurtje paardjes van bordkarton fabriceerde. Haar schoonzoon was erachter gekomen dat die huurder met die kartonnen paardjes goed verdiende en had de huur willen verhogen. Hij was er dus tegen etenstijd heen gegaan en had de huurder aan tafel aangetroffen, want ze aten en woonden in dezelfde ruimte als waar gewerkt werd, en hadden er een tafel staan en in de hoek een bed. De schoonzoon had hem meteen de kwitantie met de huurverhoging overhandigd, maar de huurder had gezegd dat er geen enkele reden bestond om de huur te verhogen waarop de schoonzoon beweerde van wel, de huurder weer van niet, net zo lang tot de huurder zo kwaad werd dat hij het schapebot dat op zijn bord lag oppakte en het naar de schoonzoon slingerde, die de pech had dat het precies zijn oog trof. Mevrouw zei dat ze, toen ik binnenkwam, er juist over spraken een advocaat in de arm te nemen. Op dat moment ging de bel en mevrouw vroeg me open te doen want ze had zelfs haar gezicht nog niet gewassen. Ik vroeg haar welke bel het was want ik kon niet onderscheiden waar de bel vandaan kwam: mevrouw zei dat het de bel van de tuinpoort was geweest want die klonk in de galerij terwijl de bel van de voordeur vanuit de hal boven aan de trap klonk. Als het iemand is die op de kranteadvertentie afkomt, zei ze, zegt u dan dat we alleen mensen zonder kinderen willen. En dat het huis drie terrassen heeft. Als het ze wat lijkt dan roept u me maar en laat u ze maar binnenkomen. Mijn schoonzoon zal ze dan de nadere bijzonderheden en de condities uitleggen. Doet u de deur voorzichtig open, want u weet dat hij naar buiten opendraait, naar de straat toe, en je zou zo iemand pijn kunnen doen.

Ik ging opendoen en zag een heer en een dame staan, beiden zeer goed gekleed, heel keurig en al een beetje ouder. Ze vertelden dat ze hun auto bij de voordeur hadden laten staan en dat ze daar een hele tijd hadden staan bellen, maar dat die bel het niet deed en dat ze ten slotte toevallig het briefje hadden gezien en toen bij de tuinpoort waren gaan aanbellen.

—We komen namelijk op de advertentie van de bovenetage, ziet u.

De heer gaf me een keurig uitgeknipt stukje krant en liet het me lezen. Ik probeerde het te lezen maar kon er geen wijs uit worden want er stonden slechts letters en punten op. Een letter, punt. Twee letters, punt. Dan het adres. En dan nog enkele letters en punten. Geen enkel woord was voluit geschreven.

Ik begreep er niets van, gaf het kranteknipsel terug en zei dat de eigenaren geen kinderen wilden. De heer zei dat de bovenetage voor zijn zoon bestemd was en dat die drie kinderen had, en dat ze juist vanwege de kinderen een daketage wilden huren, dat sprak toch vanzelf, en ten slotte zei hij, half boos en half voor de grap, en wat zou mijn zoon dan met zijn kinderen moeten doen? Koning Herodes te hulp roepen soms?

Zonder te groeten gingen ze weg. Mevrouw wachtte me op bij de fontein met de stenen kinderfiguur. Een zittend kind met een strohoed op in flets groen en blauw met een boeketje bloemen in de hand. Uit het hartje van een margriet spoot een waterstraal. Meneer stond bij de galerij en keek naar ons terwijl hij zijn tanden poetste, met een handdoek rond zijn nek want omdat het leertje van de kraan in de badkamer was versleten, hadden ze die kraan met een touwtje dichtgebonden zodat hij niet meer drupte. En nu waste hij zich in de keuken. Ik vertelde mevrouw dat er een dame en een heer geweest waren, een echtpaar, en dat dat van die kinderen in slechte aarde was gevallen. En ik zei dat ze eerst een hele tijd boven hadden staan bellen maar dat die bel het niet deed. Mevrouw zei daarop dat er altijd wel eigenwijze lui waren die in plaats van het briefje te lezen maar bleven bellen en dat ze daarom de stroom hadden afgesloten, dan konden ze bellen zoveel ze maar wilden. Terwijl we stonden te wachten tot meneer klaar zou zijn met tanden poetsen, keken we naar de goudvis in de fontein. Die heette Balthasar want de jongen had hem op driekoningendag gekregen en daarom hadden ze hem de naam van een van de koningen gegeven. Ik vroeg haar waarom ze geen kinderen in de huurwoning wilden en ze zei dat kinderen alles maar vernielen en dat bovendien haar schoonzoon niet van kinderen hield. We gingen naar binnen en op het moment dat we de cementen patio betraden ging de bel van de tuinpoort weer. Weer voor de advertentie. Ik ging snel opendoen en zag een jongeman staan. Het eerste wat hij zei was dat het wel een doolhof leek, dat ze je eerst een adres opgaven en je dan drie uur verderop stuurden.

Mijn werkgevers hadden eigenlijk altijd huizen te huur en altijd moest ik naar de deur om de zaak uit te leggen, en soms gingen er zo twee, drie maanden voorbij voordat ze een huis konden verhuren, alleen maar omdat ze zoveel eisen stelden.

Ik besloot toch maar de kinderen naar senyora Enriqueta te brengen, want zo kon het toch niet langer. Ze vond het meteen goed en ze bond de kleine Rita met een sjaal op haar stoeltje vast. En ze zei dat ik de kinderen meteen de eerste dag al bij haar had moeten brengen. Ik vroeg haar de kinderen geen pinda's te geven want die lagen zo zwaar op de maag en de kinderen liet ik beloven er ook niet om te vragen want anders zouden ze geen eetlust meer hebben. Het heeft niet lang geduurd. De jongen werd lusteloos en zei steeds maar dat hij naar huis wilde. Dat hij niet op straat wilde zijn. Dat hij thuis wilde blijven en dat hij thuis wilde zijn. En ik liet ze maar weer thuis omdat er toch ook eigenlijk nooit iets gebeurd was die dagen dat ik ze alleen had gelaten.

Tot ik op een dag, toen ik binnenkwam, vleugelslagen hoorde. De jongen stond op de galerij met zijn rug naar het licht en hij had een arm rond Rita's schouder geslagen. Ze stonden daar heel stil. Maar omdat ik het zo gauw ik thuis was druk had met eten koken, lette ik er verder niet op. Ze hadden zich aangewend om met het duivenvoer te spelen. Ze hadden allebei een doos vol wikkezaad en maakten daarmee figuren op de vloer: wegen en bloemen en sterren.

We hadden al tien duivenpaartjes en op een dag toen Quimet van een klant vandaan kwam die niet ver van mijn werkhuis woonde, kwam hij me afhalen. Ik stelde hem voor aan mevrouw. Daarna liepen we samen naar huis en onderweg gaf ik de boodschappenlijst, die mevrouw me had meegegeven, af bij de kruidenier. Toen ik weer naar buiten kwam zei Quimet, die had staan wachten, dat ik dom was, dat ze hier het beste duivenvoer hadden dat hij ooit had gezien: dat was hem vroeger ook al eens opgevallen toen we nog verloofd waren, en ik moest meteen terug de winkel in om vijf kilo te kopen. De winkelier woog het zelf voor me af. Het was net zo'n type als Pere, de kok, lang, met keurig gekamd haar en pukkels op zijn gezicht, maar niet veel. Mevrouw zei altijd dat hij niet duur was en dat hij een eerlijk kruidenier was die altijd het juiste gewicht gaf. En hij was een man van weinig woorden.

21

Met de dag raakte ik vermoeider. Vaak vond ik de kinderen als ik thuiskwam in slaap. Ik had in de woonkamer een deken voor ze op de grond gelegd met twee kussens en daarop lagen ze dan te slapen, lekker dicht tegen elkaar, de jongen met zijn arm om Rita heen. Tot ze wakker werden en Rita, dat kleine ding, begon te giechelen, hihihi... hihihi... hihihi... Dan keken ze elkaar aan terwijl de jongen zijn vinger over haar lippen legde en ssst deed. Maar dan begon Rita weer met haar gegiechel, hihihi... hihihi... hi..., een eigenaardig gegiechel. Ik wilde weten wat er aan de hand was. Op een dag liep ik wat sneller, bleef nergens staan en kwam zo wat eerder thuis. Stilletjes als een dief maakte ik de huisdeur open en hield mijn adem in terwijl ik de sleutel in het slot ronddraaide. De veranda was vol duiven, er waren er zelfs een paar in de gang en de kinderen waren nergens te zien. Drie duiven vlogen, zo gauw ze mij zagen, naar het balkon aan de straatkant waarvan de deuren wijd open stonden, en vlogen op, waarbij ze hun schaduwen en een paar veren achterlieten. Vier andere vlogen halsoverkop met wijduitgespreide vleugels naar de veranda, draaiden zich daar om en keken me aan: ik verjoeg ze met mijn arm en ze vlogen weg. Daarna ging ik op zoek naar de kinderen, zelfs onder de bedden keek ik, en ten slotte vond ik ze in het kleine donkere kamertje waar we vroeger Antoni zetten als hij ons met zijn gehuil uit de slaap hield.

Rita zat op de grond met een duif op schoot en de jongen had drie duiven voor zich die hij zaad voerde dat ze van zijn hand oppikten. Toen ik zei, wat voeren jullie uit, schrokken de duiven, vlogen op en fladderden tegen de muren. De jongen begon te huilen met zijn handen aan zijn hoofd. En een werk dat ik had om de duiven uit dat kamertje te verdrijven... Het was een hels spektakel! Het was duidelijk dat de duiven 's ochtends, als ik weg was, heer en meester waren in huis. Ze kwamen dan via de veranda binnen, vlogen door de gang en gingen via het balkon aan de straatkant weer terug naar het duivenhok. Zo hadden de kinderen geleerd stil te zijn, om de duiven niet aan het schrikken te maken, zodat ze bij hen bleven. Quimet vond het prachtig en zei dat het duivenhok net als het hart was waaruit het bloed stroomt en via het lichaam weer terug in het hart komt. Zo kwamen de duiven uit het duivenhok, het hart, en circuleerden door het lichaam, het huis, om weer naar het hart terug te keren. En hij zei dat we moesten zorgen dat we nog meer duiven kregen want die leefden als schepselen Gods en gaven weinig werk. Als de duiven boven op het dak wegvlogen was het een flitsende golfslag van vleugels en als ze zich weer verzamelden dan pikten ze aan de balustraden en vraten aan het pleisterwerk zodat je op veel plaatsen grote kale plekken zag. Maar als Antoni met Rita achter zich aan midden tussen een zwerm duiven door liep dan stoorde hen dat niet: sommige maakten zelfs de weg vrij en andere liepen achter de kinderen aan. Quimet zei dat hij, nu de duiven toch aan het huis gewend waren, broedkastjes in het kleine kamertje wilde plaatsen. Als de kinderen op de grond gingen zitten op het dakterras dan werden ze meteen omringd door de duiven die zich door hen lieten aanraken. Quimet vertelde aan Mateu dat hij broedkastjes in het kleine kamertje wilde plaatsen dat precies onder het dakkamertje lag: je hoefde alleen maar een opening in het plafond te maken en een luik. En, zei hij, als we dan een ladder plaatsen vanaf de vloer naar het plafond dan hebben de duiven de kortste route van het huis naar het duivenhok. Mateu zei dat de huisbaas dat misschien niet goedvond, maar Quimet zei dat de huisbaas het helemaal niet hoefde te weten, en dat hij niets te klagen had aangezien zij hun duiven keurig verzorgden. En het was hem er voor alles om te doen zijn duivenhouderij uit te breiden, om ten slotte een duivenfarm te beginnen waar ik en de kinderen de duiven verzorgden. Ik zei dat ik het waanzin vond, maar hij zei dat vrouwen altijd de baas wilden spelen en dat hij best wist wat hij deed en zo gezegd zo gedaan; Mateu, met zijn engelengeduld, maakte het luik en Quimet zou de ladder maken maar Mateu zei dat hij wel een ladder van de bouw mee zou brengen, een oude, en dan hoefden ze er alleen maar een paar sporten af te zagen want hij zou wel te lang zijn, dacht hij.

En de broedkasten beneden werden geplaatst. Quimet sloot de duivenpaartjes op, zodat ze aan de ladder konden wennen en niet eerst weer hun ronde door het huis maakten. De duiven zaten in het donker want hij had ook het luik dichtgedaan dat van planken gemaakt was, en dat je van bovenaf aan een ijzeren ring omhoog kon trekken; van binnenuit moest je het, terwijl je op de ladder stond, met je hoofd en schouders omhoog duwen. Ik hoefde niet te proberen een duif te slachten, want dan zouden de kinderen het hele huis bij elkaar schreeuwen. Toen ik het kamertje binnen ging om schoon te maken en het licht aandeed, bleven de duiven verblind en als verlamd zitten. Cintet, met zijn mond schever dan ooit, was kwaad:

— Gevangenisduiven zijn het...

En de opgesloten duiven legden in het donker hun eieren en begonnen te broeden, en er kwamen jongen uit en toen de jongen genoeg veren hadden, maakte Quimet het luik open en we zagen door een kier die hij in de deur had gemaakt hoe de duiven de ladder beklommen, fladderend met een of twee treden tegelijk. En blij dat Quimet was!... Hij zei dat we wel tachtig duiven konden houden en dat het er nu, met de jongen erbij, al tachtig waren en binnenkort kon hij er wel over denken zijn werkplaats te sluiten en snel een stuk grond te kopen waarop Mateu dan voor hem een huis zou bouwen met materiaal waar hij goedkoop aan kon komen. Als hij van zijn werk kwam, at hij zonder te weten wat hij at en ik moest meteen de tafel afruimen. Dan begon hij onder de lamp met de fraisekleurige franjes berekeningen te maken op een oude papieren zak om papier uit te sparen: zoveel paartjes, zoveel jongen, zoveel voer, zoveel espartogras... tot hij de zaak rond had. Ik moet nog vertellen dat de duiven drie à vier dagen nodig hadden voor ze wisten hoe ze op het dak moesten komen, en dat ze door de duiven boven met gepik ontvangen werden, want deze kenden hen niet meer. De ergste van allemaal was de witte, de eerste, die van de veranda en het bloed. Toen ze aan elkaar gewend waren, de duiven van boven en die van beneden, gingen die van boven beneden eens op verkenning.

Het huis dat we zouden laten bouwen moest in het

hoge gedeelte van Barcelona komen te staan. De duiven zouden in een speciale toren wonen, met een wenteltrap erin tot helemaal bovenin, en aan de wand langs de wenteltrap zouden allemaal broedkastjes komen en naast elk broedkastje een raampje, en bovenop zou een met een puntdak overdekt dakterras komen vanwaar de duiven uit zouden vliegen naar de Tibidabo en over de omgeving. Hij zou met zijn duiven nog een beroemd man worden, want als hij een eigen huis had dan hoefde hij niet meer in de werkplaats te werken maar dan zou hij rassen gaan kruisen en op een dag een prijs winnen als duivenfokker. Toch zou hij in elk geval, want het beroep van meubelmaker beviel hem prima, door Mateu een schuurtje laten zetten waarin hij dan zijn werkplaats had om alleen nog maar meubels voor vrienden te maken. Want het werk beviel hem wel, wat hem ergerde was dat hij met kwaadwillende mensen zaken moest doen: er waren wel fatsoenlijke lui maar er waren ook zoveel kwade lieden die hem de lust tot werken ontnamen. Als Cintet en Mateu kwamen, was het een en al plannen maken, tot senyora Enriqueta me op een dag vertelde dat Quimet zeker twee van elke drie duivenpaartjes weggaf, gewoon, omdat hij het leuk vond ze weg te geven... En dat terwijl jij je doodwerkt...

22

Ik hoorde alleen nog maar het koeren van de duiven. Ik werkte me half dood met het schoonmaken van de duivenhokken. Ik rook zelf al helemaal naar de duiven. Duiven op het dak, duiven in huis; ik droomde er zelfs van. Het duivenmeisje. We zouden een fontein moeten maken, zei Cintet, met Colometa erbovenop met een duif in haar hand. Als ik door de straten naar mijn werkhuis liep dan klonk het duivengekoer nog in mijn oren en het bleef als een bromvlieg in mijn hoofd hangen. Soms zei mevrouw iets tegen me en dan was ik zo verstrooid dat ik haar zelfs geen antwoord gaf en dan vroeg ze, hoort u me niet?

Ik kon haar toch niet vertellen dat ik alleen maar de duiven hoorde, dat mijn handen naar de zwavel roken die ik in de drinkbakjes deed, en naar het duivenvoer dat ik voorzichtig in de voederbakjes verdeelde zodat ik niet morste en er overal evenveel in zat. Ik kon haar toch niet vertellen dat iedere keer als er een half uitgebroed ei uit het nest viel, ik terugdeinsde voor de stank en met duim en wijsvinger mijn neus dichtkneep. En hoe zou ik haar kunnen vertellen dat ik voortdurend het piepen van de jongen hoorde die om eten riepen met al de kracht die er in hun paarse, geel bestoppelde lijfjes zat. Hoe zou ik haar moeten zeggen dat ik dat koeren van de duiven steeds maar hoorde omdat ze in ons huis ingetrokken waren en zich, als ik de deur van het duivenkamertje open liet staan, overal verspreidden en via het balkon naar de straat vlogen als in een waanzinnig spel zonder einde. En dat het allemaal begonnen was doordat ik in hun huis moest gaan werken en zo moe was dat ik niet eens meer de fut had om nee te zeggen als dat nodig was. En ik kon haar toch niet zeggen dat ik me bij niemand kon beklagen, dat ik met mijn ellende alleen maar bij mezelf terecht kon, want als ik thuis klaagde dan zei Quimet dat zijn been pijn deed. Ik kon haar niet vertellen dat mijn kinderen een paar verwaarloosde bloemen waren en dat mijn huis, dat eerst een paleis was, nu een grote rommelkamer was, en dat ik 's avonds, als ik de kinderen naar bed bracht en hun nachthemdje optilde om op hun naveltje te drukken waarbij ik dan tingelingeling zei, om ze aan het lachen te maken, nog steeds het koeren hoorde en nog steeds de lucht van broedse duiven in mijn neus had. Het was net of alles aan mij, mijn haar, mijn huid en kleren naar duiven stonk. Als niemand me zag dan rook ik aan mijn armen en als ik me kamde rook ik aan mijn haren en ik kon maar niet begrijpen hoe die stank zo lang in mijn neus kon blijven hangen, die geur van duiven en duivenbroed die me haast verstikte. Senyora Enriqueta merkte het en zei dat ik geen karakter had en dat zij er al lang een eind aan had gemaakt en nooit zoiets over zich heen had laten gaan. Quimets moeder zag ik maar heel weinig meer. Ze werd oud en vond het veel te ver om naar ons te komen en zondags kon ik haar niet meer bezoeken omdat ik er geen tijd voor had. Op een dag kwam ze echter toch en wilde de duiven zien, want als Quimet en de kinderen bij haar waren, wat ook niet al te vaak gebeurde, zo merkte ze verwijtend op, dan hadden ze het alleen maar over de duiven en zeiden dat ze gauw rijk zouden zijn en de jongen had haar verteld dat de duiven achter hem aan kwamen en dat hij en Rita met de duiven praatten alsof het hun broertjes en zusjes waren. Toen ze het gekoer uit het kleine kamertje hoorde komen, schrok ze. Dat was nu echt weer iets voor haar zoon, zei ze. Ze wist niet dat we de duiven zo midden in ons huis hadden. Ik ging met haar het dak op en liet haar naar beneden kijken door het open luik en het duizelde haar.

—Misschien kan Quimet er toch wel geld mee verdienen...

Toen ze de zwavel in het water zag, zei ze, dat je alleen kippen zwavel mocht geven, duiven zouden er een opgezwollen lever van krijgen. Terwijl we zo stonden te praten, beheersten de duiven het dakterras. Ze kwamen en gingen, vlogen weg en streken weer neer, trippelden over de balustraden, pikten er met hun snavel in. Het waren net mensen. Ze vlogen op als een vlucht van licht en schaduw en scheerden over onze hoofden waarbij hun vleugels schaduwen wierpen over ons gezicht. De moeder van Quimet maaide met haar armen als een windmolen om ze weg te jagen, maar de duiven trokken er zich niets van aan. De mannetjes draaiden rond de vrouwtjes, de snavel vooruit, de snavel omhoog, de snavel omlaag, de staart gespreid en de vleugelpunten over de grond vegend. Ze wipten de nestkastjes in en uit, dronken het zwavelwater, aten wikke en met hun levers leek niets aan de hand. Toen Quimets moeder wat van haar duizelingen was bekomen, wilde ze de broedkasten zien. De broedse duiven keken ons met glazige ogen aan; hun donkere snavels in slagorde, scherp getekend, met twee gaatjes erin, het neusje... de kropduiven zaten er koninklijk bij, de nonnetjes leken een toef veren en de pauwestaarten werden een

beetje onrustig, kwamen naar buiten en lieten hun
nest in de steek.
— Zullen we nog even naar de eieren kijken?
vroeg ik.
— Nee, zei Quimets moeder, want dan willen de
duiven er misschien niet meer op zitten. Duiven zijn
erg jaloers en houden niet van pottekijkers.

23

Precies een week na dit bezoek stierf de moeder van Quimet. Een buurvrouw kwam het ons 's morgens zeggen. Ik bracht de kinderen naar het huis van senyora Enriqueta waar ik ze onder haar hoede achterliet, en ging er met Quimet naar toe. Aan de deurklink had iemand al een groot zwart lint vastgemaakt dat zachtjes heen en weer bewoog in de grauwe lucht van deze herfstdag. In de slaapkamer van de overledene zaten drie buurvrouwen. Ze hadden de linten van de vier beddeposten en van het crucifix aan het hoofdeinde eraf gehaald. En ze hadden haar al aangekleed. Ze hadden haar een zwarte jurk aangetrokken met een opstaand tulen kraagje waarin fijne baleintjes zaten. De onderkant van de rok was met fluweel gegarneerd. Aan het voeteneinde van het bed lag een grote krans van groene bladeren, zonder bloemen.

— Verbaast u zich er maar niet over, zei een van de drie buurvrouwen, een heel lange vrouw met drukbewegende slanke handen, dat het een krans zonder bloemen is, want dat is altijd al haar wens geweest. Mijn zoon is tuinman en we hadden afgesproken, dat als zij eerder zou sterven dan ik, zij een krans zonder bloemen zou krijgen... Dat was haar grote wens... zonder bloemen... zonder bloemen... zonder bloemen, zei ze altijd. Bloemen waren voor jonge meisjes, vond ze. En als ik het eerst zou overlijden dan zou zij voor mij een krans laten maken met de bloemen van het jaargetijde, geen onzin met zeldzame of nieuwe bloemsoorten. Want voor mij zou een krans van alleen bladeren net zo iets zijn als een groot diner zonder nagerecht. En zoals u ziet, zij is het eerst gegaan...

Quimet vroeg, en wat voor een krans moet ik nu bestellen, als ze er al een heeft?

— Als u wilt, kunt u er de helft van betalen... dan is hij van ons samen.

Een andere buurvrouw kwam zich er mee bemoeien: ze had een hese stem en zei, als mijn vriendin zakelijk was geweest dan had ze u voorgesteld nog een krans bij haar zoon te bestellen want een lijkwagen kan wel helemaal vol liggen met kransen, en op eersteklas begrafenissen rijdt er zelfs altijd een auto extra mee voor de kransen die de voorste wagen niet meer mee kan nemen...

— Mijn zoon is namelijk gespecialiseerd in rouwkransen, dat weet mijn vriendin omdat mijn zoon het haar eens gezegd heeft... hij maakt ook kunstkransen.

En ze vertelde dat hij kransen van kralen maakte die een leven lang goed bleven. Hij maakte bloemen van kralen, camelia's, rozen, irissen, margrieten... bloemen, bladeren en omgekrulde takjes helemaal van kralen, alles in heel zachte kleuren. En de draad waaraan hij de kraaltjes reeg, roestte niet, niet in de regen of in de vochtige doodslucht van het kerkhof. En de derde buurvrouw zei met een treurige stem: Uw moeder wilde een bladerenkrans. Zonder poespas. En ze vertelde dat ze een dood had gehad zoals maar weinigen ten deel viel: kalm als een heilige. Ze ziet eruit als een jong meisje. En ze keek naar haar, de handen voor haar schort gevouwen.

Quimets moeder lag op de sprei met de rode rozen, als een wassen beeld. Zonder schoenen aan, haar voeten werden met een grote veiligheidsspeld die door haar kousen heen gestoken was, bij elkaar gehouden. De vrouwen vertelden dat ze haar gouden halskettinkje en haar ring hadden afgedaan en ze gaven die aan Quimet. En de buurvrouw van wie de zoon tuinman was vertelde dat de moeder van Quimet al een dag of drie, vier hevige aanvallen van duizeligheid had gehad en dat ze gezegd had dat die aanvallen dezelfde waren als op die dag met de duiven, en dat ze er nogal van geschrokken was en niet meer alleen de straat op durfde omdat ze bang was te zullen vallen. Terwijl ze sprak, streek ze met haar hand enkele malen over het haar van de dode en zei, vindt u niet dat ze mooi gekamd is? Ze vertelde verder nog dat ze de avond voor ze stierf bij haar aan de deur was geweest omdat ze zich niet goed voelde, en dat ze haar tussen haarzelf en haar zoon in naar huis hadden gebracht, want toen ze hun huis wilde verlaten kon ze al niet meer lopen. Tussen haar en haar zoon in hadden ze haar naar bed gebracht... Ik wou dat ik zulk haar had.

De vrouw met de schorre stem ging naast het bed zitten en streek met haar hand over het voorhoofd van Quimets moeder en zei dat, zodra ze gemerkt hadden dat ze de geest ging geven, ze haar handen en gezicht hadden gewassen en dat pastoor Eladi zelfs nog op tijd was gekomen om haar de heilige zegen te geven. En ze vertelden dat het weinig moeite had gekost haar aan te kleden want ze had immers alles al lang klaar liggen, en ze had vaak genoeg de jurk laten zien die in de hangkast op een hanger met schouderkussentjes hing, zodat de schouders mooi in vorm bleven. En ze had hun ook altijd verteld dat ze geen schoenen aan wilde hebben, want als het waar mocht zijn dat de doden naar de aarde terugkeerden, dan wilde ze stilletjes terugkomen zonder dat iemand het hoorde. Quimet wist niet hoe hij moest bedanken en de buurvrouw wier zoon tuinman was zei: Uw moeder was een geliefd persoon, vlug als een eekhoorn en altijd bereid iemand te helpen... de arme vrouw... Voordat we haar in haar jurk hielpen hebben we haar nog een schoon scapulierlint gegeven en zo kan ze zich in de hemel gaan presenteren, als ze daar al niet is, gelukkig en wel.

De buurvrouw die nog het minst had gesproken, ging zitten, streek met haar vingertoppen haar rok glad en keek ons aan. Na een poosje zei ze tegen Quimet, omdat niemand iets zei: Uw moeder hield veel van u... en ook van uw kinderen... Maar soms zei ze dat de grootste droom van haar leven was geweest een meisje te hebben.

De buurvrouw van wie de zoon tuinman was zei toen tegen haar dat er dingen waren die je beter maar niet kon zeggen, zeker niet onder bepaalde omstandigheden... het gaf blijk van weinig inzicht als je tegen een zoon wiens moeder net gestorven was, zei dat zijn moeder liever een meisje had gehad. Maar Quimet zei dat het geen nieuws voor hem was, dat zijn moeder hem immers vroeger toen hij nog klein was, altijd als een meisje aangekleed had, alleen maar omdat ze dan toch haar zin had. Precies op dat moment kwam zonder te kloppen de buurvrouw binnen die destijds met ons had meegegeten, die keer toen er geen zout in het eten zat, met een bosje viooltjes in haar hand en ze zei dat het nu wel tijd werd om de begrafenisonderneming te waarschuwen.

24

Cintet als Quimet konden nu nergens anders meer over praten dan over de militie en ze zeiden dat ze weer soldaat moesten worden en zo. Ik zei hun dat ik die militie best vond, prima zelfs, maar dat zij al soldaat geweest waren en ik raadde Cintet aan Quimet met rust te laten en hem niet het hoofd op hol te brengen met die militie want we hadden al genoeg kopzorgen. Cintet keek me een week lang niet meer aan. En op een dag kwam hij me opzoeken en vroeg, wat steekt er dan voor kwaad in om bij de militie te gaan?

Ik antwoordde hem dat anderen maar bij de militie moesten gaan, de jongens die niet getrouwd waren zoals hij bij voorbeeld, en dat ik er natuurlijk niets tegen in kon brengen als hij bij de militie ging, maar dat Quimet thuis al werk genoeg had en dat hij er te oud voor was. Maar Cintet zei dat het misschien juist wel goed voor Quimet zou zijn want ze zouden dan getraind worden op de Planes... Waarop ik zei dat ik niet wilde dat Quimet militiesoldaat werd.

Ik was moe; ik werkte me dood en alles zat tegen. Quimet zag niet dat ik wat hulp nodig had in plaats van zelf altijd maar voor anderen klaar te staan, en niemand nam notitie van me maar iedereen vroeg steeds meer van me alsof ik geen mens was. En Quimet bracht maar duiven mee en gaf ze weer weg. Zondags ging hij met Cintet weg. En dat, terwijl hij ons beloofd had een zijspan aan zijn motor te maken zodat we allemaal mee naar buiten konden. De jongen bij hem achterop en ik met Rita in het zijspan. Maar zoals gezegd, zondags ging hij met Cintet op pad en ik vermoed dat ze al met de militie mee gingen doen zoals ze zich in het hoofd gezet hadden. Soms klaagde hij nog wel eens over zijn been maar dat hield al gauw op want de jongen bond dan een doek rond zijn been en hinkte door de woonkamer met Rita achter zich aan, haar armen in de lucht geheven. Quimet werd woedend en zei dat ik de kinderen als een stelletje zigeuners opvoedde.

Op een middag toen de kinderen hun middagslaapje deden werd er gebeld aan de deur beneden aan de straat. Twee keer bellen was voor ons; een keer bellen was voor de mensen van de eerste verdieping. Ik ging naar de overloop en trok aan het koord. Het was Mateu die riep dat hij naar boven kwam. Toen ik hem zag merkte ik meteen dat er iets was. Hij ging in de woonkamer zitten en we begonnen over de duiven te praten. Het mooist vond hij de duiven die een soort capuchon van veertjes achter op hun kop hadden en een groen-paars glanzende nek. Hij zei dat een duif zonder zo'n kleurenglans voor hem geen duif was. Ik vroeg of hem wel eens was opgevallen dat veel duiven met rode pootjes tevens zwarte nagels hadden. Maar hij zei dat daar niets bijzonders aan was, aan die rode pootjes en die zwarte nagels: wat hem boeide was die kleurenglans. Hoe zou dat toch komen dat die kleuren in de veren telkens veranderden, en naargelang de lichtval een groene of paarse gloed hadden?

— Ik heb het Quimet niet verteld maar ik heb een paar dagen geleden een man leren kennen die duiven heeft met een jabot...

Ik zei dat hij er goed aan gedaan had zijn mond te houden want het ontbrak er nog maar aan dat Quimet ook nog duiven van vreemde rassen meebracht. Die jabot, zei Mateu, bestond uit omgekrulde veertjes die in het midden van de borst samenkwamen in een geultje, zacht als satijn. Satinettes werden ze genoemd. Als Quimet zich niet zo met die andere dingen bezig zou houden, dan zou hij allang geweten hebben dat er ook duiven zijn die in plaats van naar beneden gekamde veertjes opgekamde hebben, en dat zijn dan de chinese satinettes. En hij zei dat hij zich wel kon voorstellen dat het erg veel werk gaf om zoveel duiven te verzorgen en duiven in huis te houden en dat Quimet geen kwade kerel was maar dat hij van die manies had... en dat hij, als Quimet hem iets vroeg, nooit nee kon zeggen omdat die hem op een bepaalde manier kon aankijken met van die half toegeknepen ogen, zodat je er niet meer onderuit kon... maar dat hij nu toch wel inzag dat hij had moeten weigeren om dat luik te maken. Hij informeerde naar de kinderen en toen ik zei dat ze sliepen zette hij zo'n triest gezicht dat ik ervan schrok... Ik legde hem uit dat de kinderen en de duiven samen een grote familie vormden... dat de duiven en de kinderen één waren. En dat het allemaal begonnen was omdat ik ze alleen had moeten laten... En ik praatte maar door hoewel ik al snel merkte dat Mateu niet meer naar me luisterde en voor zich uit zat te staren en ver weg was met zijn gedachten. Ten slotte hield ik op met praten en toen mijn stem stilviel vond hij zijn eigen stem weer terug en zei dat het al een week geleden was dat hij zijn dochtertje had gezien. Griselda had een baan als typiste en ze had om die reden het meisje bij haar ouders gebracht, maar hij kon niet leven zonder zijn dochtertje, in de wetenschap dat Griselda met allerlei types omging... mijn meisje weg... mijn meisje weg... zei hij maar steeds. Tot hij zich ten slotte verontschuldigde dat hij me lastig was komen vallen met zijn verhaal: een man moest dat alleen kunnen verwerken, maar hij kende me al zo lang en hij kende me zo goed dat het wel leek alsof ik een zuster van hem was, en toen hij dat zei, dat ik als een zuster voor hem was, begon hij plotseling te huilen waarvan ik erg schrok. Het was de eerste keer dat ik een man zag huilen, een man als een reus en met van die blauwe ogen. Nadat hij wat gekalmeerd was liep hij op zijn tenen weg om de kinderen niet wakker te maken, en toen hij weg was kreeg ik een vreemd gevoel van binnen: een pijn, verzacht door een zoete stroom van welbehagen, iets wat ik wellicht nog nooit gevoeld had.

Ik ging het dak op, en onder de strakke, rode hemel van de zonsondergang kwamen de duiven rond mijn voeten lopen, met hun gladde veren, zo glad dat het water er gewoon af gleed als het regende, zonder te kunnen doordringen. Af en toe blies de wind hun nekveertjes op... Twee of drie duiven vlogen op en tegen de rode achtergrond van de zonsondergang waren ze helemaal zwart.

's Nachts dacht ik, in plaats van aan de duiven en mijn vermoeidheid die me soms uit de slaap hield, aan de ogen van Mateu, die blauw waren als de zee. Blauw als de zee wanneer de zon scheen en ik met Quimet op de motor reed, en ongemerkt lag ik over dingen te denken die ik dacht te begrijpen maar die ik toch niet begreep... of misschien begon ik dingen te leren waarvan ik nu pas weet kreeg...

25

De volgende dag brak ik in het huis waar ik werkte een vaas en ze lieten me de nieuwprijs ervan betalen hoewel hij al wat gebarsten was. Toen ik thuiskwam, beladen met duivenvoer en doodmoe, moest ik even blijven stilstaan voor de weegschaal die op de muur was getekend, precies de plek waar ik geen adem meer had als ik moe was. Ik gaf de jongen een paar oorvijgen zonder goed te weten waarom en hij begon te huilen en toen het meisje dat zag begon ze ook te huilen, en zo zaten we met zijn drieën te huilen want ik begon ook terwijl de duiven maar koerden, en toen Quimet thuiskwam vond hij ons in tranen en zei dat dat er nog maar aan ontbrak.

— De hele ochtend zit ik houtwormgaatjes dicht te stoppen en meubels in de was te zetten en dan kom ik thuis en in plaats van rust en blijdschap te vinden vind ik hier gehuil en gejammer. Dat is wel het toppunt.

Met een ruk greep hij de kinderen en slingerde ze aan hun arm door de lucht de gang door, heen en weer, aan iedere kant een kind en ik zei dat ze zo wel hun arm konden breken waarop hij zei dat hij ze op hun kop het raam uit zou gooien als ze niet ophielden met huilen. Om er een eind aan te maken slikte ik mijn verdriet maar in en waste de gezichten van de kinderen en van mezelf en over de vaas die ik gebroken had en die ze van mijn loon hadden afgetrokken vertelde ik maar niets, want hij zou in staat geweest zijn naar mijn werkgevers toe te gaan en daar een hels schandaal te maken.

Die dag zei ik tegen mezelf dat het nu afgelopen moest zijn. Dat het afgelopen moest zijn met die duiven. Met de duiven, met het voer, de drinkbakjes, de eetbakjes, het duivenhok en de ladder, weg ermee! Maar hoe... dat wist ik niet. De gedachte bleef in mijn hoofd branden als een vuur. En terwijl Quimet zat te eten met zijn benen rond de voorste stoelpoten gedraaid, er een loshaakte, zijn voet bewoog en zei dat het wel leek of hij een soort vuur in zijn knie had dat bijna zijn botten verbrandde, zat ik er maar aan te denken hoe ik een eind kon maken aan dat duivenvolk en ik hoorde niet eens wat Quimet zei: het ging het ene oor in en het andere weer uit alsof daar net een gaatje in was geboord.

Ik voelde een gloed in mijn hoofd, rood en brandend. Duivenvoer, drinkbakjes, eetbakjes, duivenhok en emmers met duivenpoep, weg ermee! Ladder, espartogras, zwavelbolletjes, kroppen, rode ogen en rode poten, weg ermee! Pauwestaarten, capuchons, nonnetjes, vrouwtjes en mannetjes, weg met jullie! Het dakterras weer voor mij, het luik dicht, de stoelen weer in het dakkamertje, afgelopen met het duivengefladder, de wasmand weer op het dakterras en de was weer aan de lijnen. Ronde ogen, spitse snavels, paarse gloed en groene gloed, weg! De moeder van Quimet had me zonder het te weten de remedie gegeven... En ik begon de duiven te hinderen terwijl ze zaten te broeden. Als de kinderen gegeten hadden en sliepen maakte ik van de gelegenheid gebruik om het dak op te gaan en de duiven lastig te vallen. In het dakkamertje was het zo heet als in een oven: de hitte van de ochtendzon bleef hier onder het dak hangen en het was er smoorheet; met de broeierigheid en de stank van de broedse duiven er nog bij was het een hel.

Als een duif die zat te broeden me zag aankomen dan hief hij zijn kop op, strekte zijn hals en spreidde zijn vleugels uit, beschermend. Als ik mijn hand onder zijn borst stak dan begon hij erin te pikken. Er waren er ook die hun veren opzetten en zich niet verroerden, andere duiven verlieten hun nest en wachtten onrustig tot ik weg zou gaan om er dan weer op te gaan zitten. Een duiveëi is mooi, mooier dan een kippeëi, kleiner en langwerpiger want het past precies in je hand. Ik pakte de eieren van de duiven die bleven zitten weg en hield ze even voor hun snavel en omdat duiven niet het verschil kennen tussen een hand en een ei of wat dan ook, staken ze hun kop naar voren, openden hun snavel en probeerden erin te pikken. Klein en glad waren de eieren en warm van het broeden onder de veren en ze roken ook naar veren. Na een paar dagen waren al heel wat nesten verlaten. En midden in het nest van espartogras lagen de eieren stil te verrotten. Ze lagen te verrotten met het kuiken erin, dat nog maar half gevormd was, half bloed, half dooier, het hart het eerst ontstaan.

Daarna ging ik het huis in naar het kleine kamertje. Een keer vloog er een duif door het luik weg, als in een kreet. Na een poosje boog hij zich over de rand van het luik en hield me in de gaten. De kropduiven verlieten hun nest met logge vleugelslagen en bleven schuw op de grond zitten. De pauwstaartduiven weerden zich nog het felst. Ik hield er een poosje mee op en het leek net alsof er niets gebeurd was. Ik moest er echter een eind aan maken. En in plaats van de duiven aan het schrikken te maken opdat ze hun broedsel in de steek lieten, begon ik nu de eieren weg te nemen en deze flink te schudden. Ik hoopte dan dat er al een kuiken in zat. Dat het zijn kopje flink tegen de schaal van het ei zou stoten. Duiven broeden achttien dagen: als ze op de helft waren dan pakte ik de eieren weg. Hoe verder ze waren met broeden, hoe feller ze werden. En hoe broedser ze waren, hoe meer ze probeerden te pikken. Als ik mijn hand onder hun warme dons schoof dan zochten ze met hun kop en snavel mijn hand tussen de veren en als ik mijn hand met de eieren erin wegtrok, begonnen ze erin te pikken.

Een hele tijd sliep ik onrustig. Soms werd ik met een schok wakker, net als toen ik nog klein was en mijn ouders ruzie hadden, waarna mijn moeder altijd treurig en uitgeblust in een stil hoekje zat. Midden in de nacht werd ik wakker alsof er iemand aan een koord trok, alsof ik nog steeds aan een navelstreng hing en iemand er alles via mijn navel uit wilde trekken: mijn ogen, mijn handen, mijn voeten, mijn hart met een kanaal in het midden waarin geronnen zwart bloed zat, en de tenen van mijn voeten die aanvoelden alsof ze dood waren: het maakte niets uit. Alles werd weer in het niets teruggetrokken via deze navelstreng die opgedroogd was door het afbinden. En rondom dat trekken dat me meenam, hing een wolk van duivenveren, heel licht, zodat niemand iets in de gaten had. Het heeft maanden geduurd. Maandenlang sliep ik slecht en schudde ik de duiveëieren. Veel duiven broedden gewoon een paar dagen langer dan de broedtijd, die hadden nog hoop.

Na enkele maanden begon Quimet te mopperen en zei dat het waardeloze duiven waren die niets anders konden dan met espartostrootjes in hun snavel rondlopen en nesten maken, en dat allemaal voor niets. Zo maar.

En dat allemaal omdat ik er niet meer tegenop kon, omdat de kinderen thuis opgesloten zaten zodat ik bij andere mensen kon gaan afwassen, bij mensen die geen knip voor de neus waard waren, en die zich alleen maar met eten konden volstoppen, en die een broodmager kind hadden dat ze toch zelf gemaakt hadden... En op het dak koerden nog steeds de duiven.

26

En terwijl bij mij de grote duivenrevolutie aan de gang was, gebeurde er wat stond te gebeuren, als iets wat van voorbijgaande aard zou moeten zijn. Opeens zaten we zonder gas. Dat wil zeggen, in ons huis kwam het niet meer en in het huis van mijn werkgevers kwam het ook niet meer in het souterrain. De eerste dag moesten we op de veranda eten koken in een grijze aardewerk pot aan zwarte ijzeren stangen opgehangen boven houtskool dat ik natuurlijk moest halen, al kon ik niet meer op mijn benen staan.

—Het is de laatste, zei de vrouw die de houtskool verkocht. Haar man had zich namelijk in het straatgewoel gestort. Ook Quimet was de hele dag op straat en elke dag als hij de deur uit ging dacht ik dat ik hem niet meer terug zou zien. Hij droeg een blauwe overall en na een paar dagen vol rook overal en brandende kerken kwam hij thuis met een riem om waaraan een revolver hing en met een dubbelloops geweer op zijn rug. Het was warm, erg warm, de kleren plakten op je rug, zelfs de lakens bleven overal aan je lichaam plakken, en de mensen waren erg opgewonden. In een paar dagen tijd was de kruidenierswinkel beneden uitverkocht en iedereen sprak over hetzelfde. Een vrouw zei dat je het al lang had kunnen zien aankomen en dat zoiets altijd in de zomer gebeurde, dat het volk dan naar de wapens greep omdat het bloed dan sneller kookte. En ze zei dat Afrika maar beter van de aardbodem had kunnen verdwijnen.

Op een dag werd er op de vaste tijd geen melk bezorgd. In mijn werkhuis zaten ze er allemaal in de woonkamer op te wachten. Om twaalf uur werd er aan de voordeur gebeld en ik moest open gaan doen. De man in de huisjas kwam achter me aan. Het was de melkman met zijn karretje. Ik maakte de traliedeur open en de man gaf me de twee flessen aan. De man in de huisjas zei, nu ziet u wat ervan komt hè? Wat vindt u ervan? Hebben ze dan niet door dat het met de armen afgelopen is zonder de rijken?

De melkman deed de klep van zijn kar dicht en vroeg aan meneer of hij wilde betalen, hoewel hij anders per week betaald werd, maar hij wist niet of hij de volgende dag nog wel melk kon brengen. Mevrouw die ook naar boven was gekomen, had het gehoord en vroeg wat ze met de koeien gedaan hadden, koeien maakten toch geen revolutie! De melkman zei, nee mevrouw, dat denk ik ook niet... maar iedereen is de straat op en wij gaan sluiten. En wat moeten wij dan, zonder melk? vroeg mevrouw. Meneer kwam ertussen en zei dat als arbeiders de baas willen spelen ze niet weten hoe ze dat moeten doen. Wilt u het dan, revolutie? vroeg meneer. Nee meneer, zei de melkman. En hij duwde zijn karretje weer weg en vergat dat hij nog geld kreeg. Maar meneer riep hem terug om te betalen en zei dat je wel kon zien dat hij een goed mens was, al was hij dan een werkman. De melkman zei, ik ben er te oud voor... en duwde zijn karretje verder om aan te gaan bellen bij de andere huizen en zijn laatste flessen uit te delen. Ik sloot de traliedeur en onder aan de houten trap stond de dochter des huizes ons op te wachten.

Mevrouw, haar moeder, zei tegen haar, hij heeft gezegd dat er morgen geen melk meer is. En de dochter antwoordde: wat moeten we dan beginnen?

In de woonkamer gingen we allemaal zitten en meneer zei tegen me dat hij elke avond naar de kortegolf luisterde en dat alles wel weer in orde zou komen want ze waren in opmars. Toen ik de volgende ochtend de ketting van de tuinpoort nam en mijn voet op de eerste trede zette die helemaal bedekt was met jasmijn, zowel bloeiende bloemetjes als reeds verwelkte, zag ik dat mevrouw me bij de mimosastruik stond op te wachten. Op haar voorhoofd parelden zweetdruppeltjes en ze barstte meteen los.

—Gisteravond wilden ze mijn man vermoorden.

—Wie? vroeg ik, en zij zei, laten we naar de woonkamer gaan, daar is het wat koeler. Zodra we in de rieten stoelen zaten, vertelde ze dat haar man om acht uur 's avonds thuis was gekomen van kantoor en dat ze hem toen hadden horen schreeuwen vanuit de hal: kom naar boven, snel! Ik ging naar boven en zag achter hem een militiesoldaat staan die hem met een geweer in de rug duwde.

—Waarom? vroeg ik.

—Geduld, zei mevrouw lachend. Ze hadden hem voor een priester aangezien... omdat hij helemaal kaal is... Die militiesoldaat dacht dat hij zich met opzet had laten kaalscheren om zijn identiteit te verbergen en hij had hem zo vanaf de Travessera voor zich uit laten lopen, met het geweer in zijn rug. En die militiejongen zei dat hij hem wilde arresteren. U hebt geen idee wat voor moeite het mijn man gekost heeft hem mee naar huis te krijgen, om zijn familie te laten zien...

Even kreeg ik een kleur: ik was bang dat die militiesoldaat Quimet was geweest, helemaal door het dolle heen, maar meteen herinnerde ik me dat mevrouw hem kende. Toch had ik de schrik te pakken. Mevrouw had de soldaat verteld dat ze al tweeëntwintig jaar getrouwd waren, en toen was hij met excuses afgedropen, en 's avonds hadden ze allemaal aan de radio gehangen en haar schoonzoon, de man met de huisjas, wilde de koptelefoon aan niemand geven en hij had een erg bezorgd gezicht getrokken en gezegd dat hij deze avond niets kon verstaan.

Twee dagen na de grap van de militie werd er 's middags om drie uur aangebeld. Mevrouw ging opendoen en zo gauw ze de marmeren treden naar de voordeur afdaalde, sloeg de schrik haar om het hart, zoals ze later zei, want door het matglas met de bolletjes heen zag ze een hele groep mensen staan waarboven zich lange schaduwen van geweerlopen aftekenden.

Ze deed de deur open en er kwamen vijf militiemannen binnen en een man en een vrouw die ze kende. Het waren de eigenaren van een etagewoning in de Carrer de Provença. Nu wil het geval dat de man met de huisjas jaren geleden al een hypotheek op dat huis had gelegd en nu, aangezien die man en die vrouw hem de rente niet betaalden, hun het huis weer had afgenomen en het zich weer had toegeëigend. De man en de vrouw wilden het huis terug hebben. Met zijn allen gingen ze naar de salon met de kist met de heilige Eulalia. Toen de man in de huisjas boven was, beval een van de militiesoldaten, een tengere, goedgebouwde jongeman, hem aan de tafel te gaan zitten, drukte hem een revolver tegen de slapen en zei hem een papier te ondertekenen waarin stond dat hij het huis weer teruggaf aan de man en de vrouw, de rechtmatige eigenaren. Verder stond er in dat hij het huis van hun had afgepakt. En dat ze de rente van de hypotheek niet konden betalen kwam omdat hij twaalf procent vroeg, en aangezien ze dat niet konden betalen, moest hij maar op zijn geld wachten. De militiesoldaat zei, maak onmiddellijk het formulier in orde waarmee u het huis aan deze mensen teruggeeft, want het is alles wat ze hebben.

En meneer, zei mevrouw, zat er muisstil bij want met die revolver aan zijn slapen kon hij zijn hoofd niet bewegen en hij sprak geen woord, tot de militiesoldaat langzamerhand deze zwijgzaamheid beu werd. Na enige tijd zei meneer voorzichtig en op zachte toon dat die mensen ongelijk hadden en dat hij volgens de wet had gehandeld. Maar de man en de vrouw zeiden daarop tegen de soldaat, laat hem zijn mond maar houden want als hij eenmaal aan het woord is dan praat hij iedereen omver. Hij is zelfs in staat Onze Lieve Heer te overtuigen.

De militiesoldaat gaf hem toen een klap met de revolver en beval: schrijf! En meneer bleef weer onbeweeglijk zitten. Iedereen kreeg er genoeg van maar niemand zei iets: en toen iedereen het goed zat was begon hij weer te spreken en wist hen om te praten hoewel ze hem toch nog meenamen naar het comité. Om tien uur 's avonds kwam hij pas thuis en vertelde dat alle revolutionairen gezegd hadden dat hij gelijk had. Ze hadden hem eerst, voordat ze hem gelijk gaven, een tijdlang in een auto rondgereden met flessen spiritus achter in die auto waarmee ze hem op een braakliggend terrein wilden verbranden. En hij vertelde dat hij zijn rol zo goed gespeeld had dat het comité ten slotte stampei ging maken bij die lui die hun huis kwijt waren, omdat die hun veel kostbare tijd hadden doen verliezen, en zij als comité juist helemaal geen tijd te verliezen hadden. Terwijl mevrouw het hele verhaal vertelde liep mij het zweet over de rug alsof ik er een levende slang over voelde kruipen. En de volgende dag was het weer raak. Mevrouw stond me op te wachten onder aan de traptreden bij de ingang, ze stond onder de jasmijnstruik die helemaal verbrand was door de zon, en ze zei: vannacht om twaalf uur dachten we dat we er geweest waren.

Ze hadden huiszoeking gehad omdat zij aangegeven waren door huurders die zijden halsdoeken beschilderden met revolvers in een garage die haar schoonzoon aan hen verhuurd had, omdat de huurders van de bijbehorende woning toch geen auto hadden. Maar omdat ze bij het doorzoeken van hun huis alleen maar paperassen in de laden en kasten vonden, waren de heren van de huiszoeking weer vertrokken. Mevrouw zei, weet je wat die huurders eigenlijk wilden? Dat de militie ons zou oppakken en ons in die garage zou laten wonen zodat zij in ons huis konden gaan wonen. Wat vindt u er eigenlijk van zoals het er nu in de wereld toegaat?

Het werd steeds moeilijker om aan duivenvoer te komen en de duiven begonnen te vertrekken.

27

Senyora Enriqueta vond dat het zo te gek werd en dat ze haar nering naar de bliksem hadden geholpen. Daar kon ze wel mee ophouden. En dan moest ze nog maar afwachten wat er met haar geld op de bank zou gebeuren. Ze ging knopen en sokophouders verkopen, op de grond in de Carrer de Pelayo. Quimet zag ik erg weinig, hij kwam hooguit nog wel eens thuis slapen. Op een dag zei hij dat het er somber uit begon te zien en dat hij naar het front in Aragon moest. En hij vertelde dat ze pastoor Joan nog hadden kunnen redden en dat deze, met kleren van Mateu aan over de grens was gebracht in een vrachtwagen waar Cintet voor had gezorgd. Hier, zei hij. En hij gaf me twee gouden muntstukken en zei dat pastoor Joan die aan hem had gegeven voor mij en voor de kinderen, die het misschien harder nodig zouden hebben dan hij, want hij zou, waar hij ook terecht mocht komen, hulp krijgen van God die hem niet zou laten sterven voor het zijn tijd was. Ik borg de twee geldstukken op en Quimet zei nog dat ik mijn werkhuis maar niet moest opgeven want gezien het feit dat ik nu al een hele tijd bij die mensen werkte, konden ze me in geval van nood altijd helpen en zelfs al zag het er nu slecht uit, het zou spoedig voorbij zijn en er zat niets anders op dan de tanden op elkaar te zetten. En toen zei hij dat Griselda met een hoge piet scheen te gaan en niets meer van Mateu wilde weten... Zulke dingen gebeuren.

Hij vertrok naar het front in Aragon en ik leefde verder als tevoren. Als ik begon na te denken dan voelde ik me omringd door diepe putten waar ik ieder moment in kon vallen. Tot de preek kwam van de man in de huisjas, op een dag om één uur vlak voordat ik naar huis zou gaan.

— We zijn erg tevreden over u, u kunt ons komen opzoeken wanneer u maar wilt. Maar ze hebben ons alles afgenomen en we hebben geen huurders meer. We hebben ook gehoord dat uw man met die oproerkraaiers meedoet en met zulke mensen willen we niets te maken hebben, dat begrijpt u wel, hoop ik. We luisteren elke avond naar de radio, en dat zouden jullie allemaal moeten doen, dan zouden jullie wel beseffen dat jullie domkoppen zijn die met het hoofd in de wolken lopen. In plaats van met vlaggen te zwaaien konden jullie beter verband gaan maken want bij de grote klap die jullie allemaal staat te wachten zal er geen arm of been meer heel blijven. En terwijl hij dit vertelde, liep hij door de woonkamer heen en weer, van tijd tot tijd naar zijn adamsappel grijpend. En hij ging verder: denk niet dat we iets tegen u hebben... we kunnen u eenvoudig niet meer betalen. Ik heb de eerste dag al gezegd dat de armen niet zonder de rijken kunnen en al die auto's waarin nu slotenmakers, metselaars, koks en kruiers rondrijden zullen straks onder veel bloedvergieten teruggegeven moeten worden.

En hier hield hij op. Hij ging de tuin in om de mimosa naast de waterval te stutten, die als een worm naar boven kronkelde en helemaal scheefgroeide. Voordat ik vertrok zei mevrouw nog dat de firma waarbij haar man dertig jaar gewerkt had in handen van de werknemers was overgegaan en dat haar man er ook deel aan had. En ze zei nog, u weet het, u bent altijd welkom...

Rond etenstijd doken ineens Quimet en Cintet op, alsof ze op de benedenverdieping hadden gezeten. Cintet vertelde dat hij een kanon onder zijn beheer had en dat hij met dat kanon van de ene plek naar de andere ging. Ze waren van het front teruggekomen om me op te zoeken en om voedsel te brengen en ze gingen meteen weer weg. Quimet ging de kinderen, voordat hij vertrok, nog even een kusje geven, op zijn tenen, om ze niet wakker te maken. Dezelfde dag kwam Mateu, ook in een overall en met een geweer. Hij zag er erg tobberig uit. Ik vertelde hem dat Quimet een paar uur geleden thuis was geweest, samen met Cintet en hij zei dat hij ze graag had willen zien... De zon kwam telkens even door en verdween dan weer achter de wolken, waardoor de kamer beurtelings geel en wit werd. Mateu legde zijn geweer op tafel en zei droevig, zie ons hier nu toch, wij vredelievende jongens...

Hij had het er verschrikkelijk moeilijk mee, meer dan Quimet en Cintet, meer dan ik zelfs. En hij vertelde me dat er maar twee dingen waren waar hij voor leefde: voor zijn werk en voor zijn gezin, Griselda en zijn dochtertje. Hij kwam afscheid van me nemen want hij ging naar het front, en misschien stuurde God hem wel naar het front om hem daar te laten sterven want zonder zijn kleine meisje en zonder Griselda kon hij het leven niet meer aan. Hij bleef nog een poosje, nu weer pratend, dan weer minutenlang zwijgend. De kinderen werden wakker en kwamen binnen. Nadat ze hem gedag gezegd hadden gingen ze op de veranda met hun knikkers spelen, precies in een vlek zonlicht die steeds even verdween maar steeds weer terugkwam. En toen, precies op een moment tussen zonlicht en schaduw in, vroeg hij me of ik hem iets als aandenken mee wilde geven, want ik was de enige mens die hij op de wereld nog had. Ik moest diep nadenken want er schoot me niet zo snel iets te binnen dat als aandenken zou kunnen dienen. Tot ik het boeketje bukstakjes op de kast zag dat al lang verdord was en waar een rood lintje omheen zat. Ik pakte het boeketje, haalde het lintje eraf en gaf het hem. Hij pakte meteen zijn portefeuille en stopte het erin. En plotseling kreeg ik de opwelling hem iets te vragen wat ik nooit had kunnen vragen omdat zich nooit het geschikte moment had voorgedaan... of hij wist wie Maria was... dat Quimet die naam soms genoemd had... Maar hij zei me dat hij er zeker van was dat Quimet nooit een meisje had gekend dat Maria heette. Nooit.

Hij zei dat hij wilde vertrekken en ik riep de kinderen. Hij gaf ze een kus op hun voorhoofd en toen we bij de deur stonden en ik die al wilde opendoen, duwde hij de deur weer dicht met zijn hand op de mijne en hij zei dat hij voordat hij vertrok me nog één ding wilde zeggen: dat Quimet niet wist hoe hij het getroffen had met een vrouw als ik, en dat zei hij me nu op een moment waarop het onzeker was of we elkaar nog ooit zouden terugzien... opdat ik het me voor altijd zou blijven herinneren... het respect en de genegenheid die hij voor me had gevoeld al vanaf de eerste dag toen hij voor ons de keuken was komen verbouwen. En ik, om mezelf een houding te geven, vroeg hem waarom hij eigenlijk wegging, hij kon toch beter hier blijven, Griselda was per slot van rekening een beste meid en ze zou nog wel inzien wat voor stommiteit ze had uitgehaald, maar hij zei, er zit niets anders op, er is die kwestie met Griselda, maar er is nog iets anders dat veel belangrijker is dan dat soort dingen, want het is een zaak die ons allemaal aangaat en als wij die verliezen dan zullen we van de kaart geveegd worden. Hij ging nog triester weg dan hij gekomen was. Het duurde heel lang voor ik Quimet weer zag en dank zij senyora Enriqueta vond ik werk als schoonmaakster in het stadhuis.

28

We waren met een hele ploeg. De schoonmaakploeg. Als ik in mijn bed stapte dan raakte ik altijd even de spijl aan die ik gebroken had bij de geboorte van Antoni en die Quimet mopperend vervangen had, en ik streek over de bloemen van de gehaakte sprei die er een beetje bovenop lagen, en als ik zo in het donker die spijl en die bloemen aanraakte dan was het net alsof alles nog zoals vroeger was: de volgende ochtend zou ik opstaan om voor Quimet het eten klaar te maken, zondags zouden we naar zijn moeder gaan, de jongen lag te huilen in het kamertje waar de duiven in hadden gezeten en de arme Rita moest nog geboren worden... En als ik nog verder terugging dan dacht ik aan de tijd dat ik banket en bonbons verkocht in die winkel met al dat glas en die spiegels, waar het zo heerlijk rook, en dan dacht ik aan mijn witte jurk en aan de straten waarin je zomaar wat kon wandelen...

En toen ik al begon te geloven dat ik Quimet nooit meer zou terugzien, want die zat immers in de oorlog, dook hij op een zondag plotseling weer op, helemaal onder het stof en het vuil, en beladen met etenswaren. Hij legde de pakjes op tafel evenals zijn revolver en geweer. Ze hadden matrassen nodig, zei hij en hij wilde er twee meenemen: die van Antoni, want die kon wel bij mij slapen vond hij, en die van mijn koperen meisjesbed. Hij zei dat ze veilig in de loopgraven zaten en dat ze soms met de jongens aan de andere kant praatten, van loopgraaf tot loopgraaf maar als je niet goed oplette en je hoofd boven de loopgraven uit stak dan schoten ze dat er zo af. Hij vertelde dat ze geen gebrek aan eten hadden en dat iedereen hen hielp en op hun hand was, en er waren er zelfs een heleboel van het platteland die hun gelederen kwamen versterken maar die mochten naar huis als ze de velden moesten bewerken of het vee moesten voeren, en kwamen dan weer terug. Hij vertelde over de dagenlange verveling als er geen enkel schot viel, en er niet gepraat werd met de tegenpartij, dan lagen ze maar wat te slapen en van dat vele slapen bleef Quimet 's nachts wakker en zat dan urenlang naar de wolken en de sterren te kijken en nooit had hij gedacht dat er zoveel waren en dat ze zoveel verschillende afmetingen hadden, want hij had immers altijd binnen gezeten in zijn werkplaats om meubels te maken en nog eens meubels. Antoni wilde nog veel meer weten en ging op zijn schoot zitten en wilde zien hoe je een revolver moest afschieten en Quimet zei dat deze oorlog waarin hij vocht geen oorlog was en dat het wel de laatste zou zijn ook. Antoni en Rita leken wel verliefd op hun vader en hij beloofde hun dat hij de volgende zondag speelgoed en klederdrachtpoppen uit Aragon mee zou brengen. We aten heel lekker en daarna moest Quimet een touw hebben om de matrassen bij elkaar te binden. Hij ging naar beneden naar de kruidenier, die Quimet niet erg mocht omdat hij zijn duivenvoer bij een ander haalde. We hadden de kruidenier eerst vanaf de veranda geroepen omdat bij hem de metalen rolluiken naar beneden waren en hij gaf Quimet meteen een lang stuk touw, langer dan hij nodig had en hij gaf hem ook een paar zakken. Die zakken zouden goed als borstwering kunnen dienen, zei Quimet. Hij had een geweldig idee, hij zou die zakken met zand vullen en dan had hij het prima voor elkaar.

—Ziet u, zei de kruidenier, als ik net zo jong was als u dan zou ik met u mee gaan vechten. Dan zou ik nog wat te doen hebben ook, nu mijn winkel toch leeg is... in mijn tijd ging het er in de oorlog anders toe. U zult wel weten hoe de wereldoorlog toen werd gevoerd... met gifgas en alles. Quimet zei dat hij heel goed wist hoe het in de wereldoorlog was geweest want hij had altijd generaals verzameld van chocoladeplaatjes. Ja, zoals de jeugd nu oorlog voert, dat doet me goed... Per slot van rekening is deze oorlog, toen eenmaal het kwade bloed begon te vloeien, een oorlog die geen oorlog zijn kan... ik zeg u nogmaals, het bevalt me zeer. Nog een maand en dan is het vrede. Ik spreek uit ervaring. Waar ik het nooit mee eens geweest ben dat is dat vertoon op straat en die gevechten en dat in brand steken van kerken want dat soort dingen doet ons eerder kwaad dan goed... maar de manier waarop jullie oorlog voeren, dat bevalt me zeer en als u weer thuiskomt dan heb ik nog meer zakken, u weet het, u hoeft maar te roepen vanaf de veranda. En Quimet zei dat hij de volgende week terug zou komen.

Ik vertelde Quimet wat me overkomen was bij de familie waar ik werkte en dat ik nu in het stadhuis werkte en hij zei dat ik zo misschien wel beter af was: werken voor degenen die de stad besturen leek hem eerder gunstig dan ongunstig. Hij ging in het lege duivenkamertje kijken en ik zei dat er op het dak nog een paar over waren, de oudste. Maar dat die al half verwilderd waren van de honger: je kon ze niet te pakken krijgen. Quimet zei dat ik me daar maar geen zorgen over moest maken, het was niet meer van belang nu het leven helemaal veranderd was en het zou nog wel meer gaan veranderen maar dan ten goede en dan zouden we er allemaal de vruchten van kunnen plukken. Het werd al licht. In het oosten kleurde de zon bloedrood. Het getoeter van de vrachtwagen die Quimet kwam ophalen schudde zelfs de muren wakker. Twee militiesoldaten laadden de matrassen op en een van hen zei tegen Quimet dat Cintet verdwenen was. Ze waren hem op gaan halen maar ze hadden hem niet kunnen vinden. Quimet zei dat ze zich niet druk hoefden te maken, het was eigenlijk zijn schuld want hij had hun moeten vertellen dat Cintet naar Cartagena moest om bankbiljetten op te halen en dat hij vast en zeker niet voor het midden van de week terug zou zijn.

29

Toen Quimet precies drie dagen weg was kwam Cintet langs, in een gloednieuwe gesteven overall, met over zijn borst en rug leren riemen gekruist. Hij had een grote mand sinaasappels bij zich. Voor de kinderen, zei hij. Hij vertelde dat hij naar Cartagena was geweest om bankbiljetten te halen in een stokoud vliegtuigje waarvan de wind steeds de vloerplaten optilde op de plaatsen waar onvoldoende tegenwicht was. Voordat ze de stad ook maar in de verste verte zagen, had de piloot al gezegd dat ze het misschien wel niet zouden halen met dat wrak van een vliegtuig en juist op het moment dat hij dat zei, vloog er plotseling een vogeltje naar binnen door een spleet in de vloer, door de wind naar binnen geblazen of door het vacuüm aangezogen, en terwijl we nog bezig waren het vogeltje er weer uit te krijgen, arriveerden we ongemerkt in Cartagena. Uit een rugzak die hij bij zijn binnenkomst op tafel had gezet haalde hij zes blikken melk en een pak koffie en hij vroeg me wat koffie voor hem te zetten, want wat hij nog het meest miste in deze ellendige oorlog dat was dat hij niet van een aardewerk bord kon eten of uit een porseleinen kopje kon drinken, en hij zei dat hij graag eens koffie zou willen drinken uit die chocoladebekers waarover Quimet zich zo kwaad gemaakt had; we moesten erom lachen. Hij zei dat hij al die spullen meegebracht had als herinnering aan de kwellingen die we samen doorstaan hadden bij het behang afkrabben. Terwijl het water voor de koffie stond te koken, zei hij dat het erg triest was dat wij, vreedzame en vrolijke mensen ons opeens verwikkeld zagen in een dergelijk stuk geschiedenis. En tussen de slokjes koffie door zei hij dat je nog beter de geschiedenis in de boeken kon lezen dan hem zelf met kanonschoten te schrijven. Ik luisterde verbaasd want dit was een andere Cintet, en ik overpeinsde hoe de oorlog de mannen toch veranderde. Toen hij zijn koffie op had, vertelde hij nog eens over die vliegreis naar Cartagena en hij zei dat dat een gebeurtenis was geweest die hij later nog aan zijn kleinkinderen zou vertellen; al heel gauw vlogen ze boven een wolkenveld, dat leek op het blauwe veld van de zee, en de zee, vertelde hij, had van bovenaf gezien heel veel kleuren en je kon zelfs de stromingen in het water zien. En toen dat vogeltje binnen was, was het in een hoekje gekropen want de wind had zoveel kracht dat hij behalve de vloer ook hem omhoogblies. En het vogeltje had er voor dood bij gelegen, op de rug, met stuiptrekkende pootjes. Uit zijn snaveltje kwam het laatste beetje speeksel en de oogjes waren half dicht en erg glazig. Ten slotte begonnen we over Mateu te praten. Cintet zei dat noch hijzelf noch Quimet hem raad hadden durven geven omdat Mateu wat ouder was dan zij, maar dat ze meteen al toen ze Griselda leerden kennen hadden gezegd dat zij een pop was en dat Mateu toch geen man was voor zo'n pop. Griselda zou hem alleen maar kopzorgen geven. Maar daar zou hij zelf door ervaring wel achter komen: goede raad helpt niet in zo'n geval. Ook vroeg hij me nog naar de duiven. Ik zei dat er nog maar een paar over waren en dat die erg verwilderd waren. En ik vertelde dat ik elke dag een broedkast met de vuilnisman meegaf, want hij wilde ze niet allemaal tegelijk meenemen. Ik liet hem het duivenkamertje zien dat ik al een poos geleden schoongemaakt had. De lucht van de duiven hing er nog steeds. Op het dakluik had ik oude blikken gezet en de ladder lag plat op de grond. Als we de oorlog gewonnen hebben dan zal ik dat kamertje rose verven, zei hij. Ik vroeg hem wanneer hij terugkwam. Misschien tegelijk met Quimet, zei hij. Bliksemsnel vloog hij de trap af naar beneden terwijl hij riep, adieu, adieu... En hij sloeg met een harde klap de straatdeur dicht. Ik liep weer naar de woonkamer en ging aan tafel zitten en begon met mijn nagel oude broodkruimels uit een brede spleet tussen de planken te peuteren. Zo bleef ik een hele tijd zitten. Tot er gebeld werd en ik open ging doen. Het was senyora Enriqueta met de kinderen die erg blij waren met de sinaasappels.

30

Op een dag, 's ochtends vroeg toen ik naar mijn werk ging, hoorde ik iemand naar me roepen vanuit een passerende auto. Ik draaide me om, de auto stopte, en daar kwam opeens Julieta naar me toe gerend in militiepak. Ze was erg mager en bleek en haar ogen hadden een koortsige en vermoeide uitdrukking. Ze vroeg me hoe ik het maakte en ik zei, goed, en vertelde dat Quimet aan het front in Aragon was. Ze zei dat ze me heel veel te vertellen had en vroeg of ik nog steeds in hetzelfde huis woonde: ze zou graag zondag bij me langs komen. Voordat ze in de auto stapte zei ze nog dat de banketbakker in de Arrabassada doodgeschoten was tijdens de eerste dagen van de revolutie, omdat er in zijn familie grote moeilijkheden waren, tussen een neef die hij steunde en een andere neef die hij niet wilde steunen omdat deze een nietsnut was en deze nietsnut heeft hem, naar men zegt, laten doodschieten, net alsof hij een slecht mens en een verrader was geweest. Ze zei ook dat ze verliefd was op een jongen die ook aan het front was. En daarna stapte ze in de auto en liep ik door naar mijn werk.

Zo werd het zondag. Ik zat al vanaf drie uur op haar te wachten. Senyora Enriqueta was de kinderen op komen halen en had ze mee naar haar huis genomen want ze had van een paar kennissen een paar potten abrikozenjam gekregen en ze wilde de kinderen een boterhammetje geven. Ik zei dat ik thuis

moest blijven omdat Julieta langs zou komen die nu
bij tehuizen voor vluchtelingetjes werkte want die
kwamen uit alle delen van Spanje. Senyora Enriqueta
was met de kinderen vertrokken en daarna kwam
Julieta die me meteen begon te vertellen dat ze zo
bang was dat haar verloofde doodgeschoten zou
worden en dat zij, als hij dood zou gaan, in het water
zou springen omdat ze zo verliefd op hem was. En ze
vertelde dat ze een nacht samen geslapen hadden
zonder dat er iets gebeurd was, en dat ze juist daarom
zo verliefd op hem was, want hij was zo'n goede jongen en het leek haar dat hij van haar hield zoals maar
weinigen dat weten te doen. Die nacht hadden ze samen doorgebracht in een in beslag genomen villa
waar hij de wacht moest houden want hij was van de
een of andere partij. Ze was daar aangekomen bij het
vallen van de avond in de maand oktober en toen ze
het hek opende waartegen ze flink hard moest duwen omdat er zich tijdens de laatste regenbuien zand
achter opeengehoopt had, kwam ze in een tuin vol
buksstruiken en cipressen en grote bomen en de
wind blies de bladeren van de ene kant naar de andere en plotseling zzjjt!... woei er een blad in haar gezicht als een dode die opgestaan was. Het hele huis
was door een tuin omringd en zo tussen de schaduwen en de heen en weer bewegende takken bij dat
huis met gesloten luiken en in die wind en die wervelende bladeren had ze met angst in het hart rondgelopen. Hij had gezegd dat hij aan de ingang bij het
hek op haar zou wachten, maar als hij daar niet was,
dan moest ze meteen de tuin maar in lopen want het
was beter dat de buren haar niet zagen. Maar het
duurde lang voor hij kwam en ze stond daar maar
terwijl het steeds donkerder werd en de cipressen

voortdurend sidderend heen en weer bewogen als de schaduwen van vele, vele doden, de zwarte cipressen, bomen van het kerkhof. Toen hij kwam, schrok ze nog meer, zei ze, want ze zag zijn gezicht niet en wist niet of hij het was. Meteen gingen ze het huis in en liepen erdoorheen met een zaklamp. Er hing de geur van een verlaten huis en hun voetstappen weerklonken alsof er nog meer mensen door andere kamers liepen en zij dacht dat het misschien wel de geesten van de voormalige bewoners waren, die men zonder pardon stuk voor stuk had doodgeschoten, en deze gedachte vervulde haar met afschuw. Het was een huis met grote salons, veel gordijnen, brede balkons en hoge plafonds en er was een zaal met spiegelwanden waarin zij elkaar van voren, van achteren en van opzij konden bekijken, terwijl hun schaduwen meedansten en de lichtkring van de zaklamp overal rondom hen scheen. Buiten sloeg een tak tegen de ruiten, tik, tik, of er schuurde er een langs, al naargelang de wind het wilde, slaan of schuren. Ze vonden een kast vol avondjaponnen en bontjassen en Julieta zei dat ze niet kon laten een van die japonnen aan te trekken, een zwarte met tule dat als een wolk om haar heen zweefde en met gele rozen op het lijfje en de rok, en zo liep ze met ontblote schouders rond en ze zei dat hij naar haar had gekeken zonder een woord uit te kunnen brengen. En daarna gingen ze naar een serre waar sofa's stonden met kussens erin waarop ze zich neervlijden, elkaar omarmden en naar de wind luisterden die de bladeren afrukte en de takken bewoog en zo brachten ze de nacht door: half slapend en half wakend, alleen op de wereld, met de oorlog en het gevaar vlakbij, en toen kwam de maan op en maakte alles witgestreept door de kieren van de luiken heen. Het leek de eerste en de laatste nacht voor altijd en voordat de dag aanbrak vluchtten ze weg. De hele tuin was een slagveld van takken en wind en het leek wel alsof de klimopranken levende wezens waren en op hen af kwamen en hun gezichten zochten, en ze had die avondjurk meegenomen omdat ze dacht dat het geen diefstal was als de eigenaren dood waren, en ze zei dat ze die jurk in een doos bewaarde en dat ze als ze erg treurig was hem een poosje aandeed, haar ogen sloot en dan de wind weer hoorde in die tuin, een wind die geen gewone wind was. En ze vertelde dat haar verloofde lang en slank was en dat hij zwarte ogen had, glanzend als antraciet. En dat zijn lippen gemaakt leken om zacht te praten en om rust te schenken. En dat ze, alleen al bij het horen van zijn stem zoals deze over zijn lippen kwam, de wereld anders zag. Als ze hem maar niet doodschieten, zei ze. Als ze hem maar niet doodschieten... Ik zei haar dat ik ook wel graag zo'n nacht als zij had willen meemaken, zo verliefd, maar dat ik kantoren schoon moest maken en stof afnemen en voor de kinderen zorgen, en dat alle mooie dingen in het leven, zoals die wind bij voorbeeld en die levende klimopranken en hoog oprijzende cipressen en door de tuin wervelende bladeren dingen waren, die voor mij niet weggelegd leken te zijn. Voor mij was alles voorbij en voor mij waren er alleen nog maar zorgen en verdriet. Julieta sprak me moed in, en zei dat ik het me niet zo moest aantrekken want de tijden zouden beter worden en iedereen zou gelukkig zijn want we waren immers op aarde om gelukkig te zijn en niet om altijd maar te lijden. En zij zou, zonder de revolutie, als arm arbeidersmeisje nooit zo'n nacht vol rijkdom en liefde gehad hebben. Wat er ook mag gebeuren, deze nacht zal me mijn leven lang bijblijven, met alle angst erbij en de bladeren en de klimop en de gestreepte maan en mijn jongen...

Toen ik senyora Enriqueta het verhaal vertelde wond ze zich erg op en zei dat die revolutiemeisjes zich nergens voor schaamden want waar had je dat ooit gehoord, een hele nacht in een huis doorbrengen waarvan de eigenaren misschien vermoord waren, helemaal alleen met een man en dan ook nog de kleren van mevrouw aantrekken om die jongen uit te dagen en dan ten slotte nog stelen ook. En ze zei dat je met zulke dingen niet mocht spotten. En toen vertelde ze dat de kinderen heel wat abrikozenjam op hadden en terwijl ze aan het praten was stonden de kinderen op een stoel voor het schilderij van de langoesten met de mensenkoppen die uit een rokende poel kropen. Ik had de grootste moeite om ze mee te krijgen. En toen we met z'n drieën op straat liepen, ik in het midden met aan weerszijden een kind, steeg, zonder dat ik begreep waarom, een warme pijnscheut uit mijn diepste binnenste omhoog die in mijn keel bleef steken. En in plaats van te denken aan die tuin en aan de klimop en de maanlichtstreepjes, dacht ik maar aan het stadhuis en dat was dat.

31

Alle lichten waren blauw. Het leek wel toverland en het was een mooi gezicht; zo gauw de avond viel werd alles blauw. Ze hadden het glas van alle straatlantaarns blauw geverfd en ook van de lantaarns bij de ramen van de huizen, en als er een streep licht door de verduisterde ramen van de huizen naar buiten scheen, werd er meteen gefloten. En toen ze vanaf de zeekant begonnen te bombarderen stierf mijn vader. Niet door een bom bij een luchtaanval maar omdat zijn hart het van de schrik begaf en hij erin bleef. Het kostte me moeite me te realiseren dat hij dood was want hij was voor mij al lang min of meer dood... alsof hij helemaal niet bij mij hoorde, alsof ik van hem niet kon houden als van iemand die bij mij hoorde, alsof mijn vader tegelijk met mijn moeder was gestorven. De vrouw van mijn vader kwam me vertellen dat hij gestorven was en vroeg of ik iets kon bij dragen voor de begrafenis. Ik deed wat ik kon, al was het niet veel en toen ze weg was zag ik mezelf weer, heel even, midden in de woonkamer staan als klein meisje met een witte strik boven op mijn hoofd, naast mijn vader, die me een hand gaf waarna we door straten met tuinen liepen en steeds weer kwamen we door een straat met villa's waar een hond in een tuin stond die, als we passeerden, tegen het hek op sprong en blafte: even leek het alsof ik weer van mijn vader hield of dat ik, heel lang geleden, van hem gehouden had. Ik ging naar de dodenwake maar kon niet langer dan twee uur blijven waken omdat ik de volgende dag weer vroeg op moest om kantoren schoon te maken. En ik geloof dat ik de vrouw van mijn vader sindsdien nooit meer gezien heb. Ik nam een portretje van mijn vader mee dat mijn moeder haar hele leven in een medaillon had gedragen en ik liet het aan de kinderen zien. Ze wisten nauwelijks wie hij was.

Ik had al lange tijd niets meer van Quimet gehoord, noch van Cintet, noch van Mateu, toen Quimet op een zondag opeens voor me stond met zeven militiesoldaten, beladen met levensmiddelen en miserie. Hij zag er vuil en verwaarloosd uit, net als de anderen. De zeven soldaten vertrokken en zeiden dat ze hem de volgende dag 's ochtends vroeg weer op kwamen halen. Quimet zei dat er aan het front weinig eten was omdat de organisatie slecht was en dat hij tuberculose had. Ik vroeg hem of de dokter dat gezegd had, maar hij zei dat hij niet naar een dokter hoefde te gaan om te weten dat zijn longen vol zaten met gaatjes en dat hij de kinderen geen kus wilde geven om geen microben over te dragen. Ik vroeg of hij ervan zou kunnen genezen maar hij zei dat als je op zijn leeftijd met deze grap te maken kreeg, je het je hele leven zou houden omdat die gaatjes steeds dieper werden en als de longen er dan als een zeef uitzagen en hij bloed verloor via zijn mond omdat het geen uitweg meer wist, nou, dan kon je de kist wel gereed gaan maken. En hij zei dat ik niet besefte wat een geluk ik had met zo'n goede gezondheid... Ik vertelde hem dat de duiven weggevlogen waren en dat er nog maar één over was, die gevlekte die, broodmager als hij was, steeds weer terugkwam... En hij zei dat als de oorlog er niet was geweest hij nu een huisje zou hebben met een duiventoren vol broedkasten, maar, voegde hij eraan toe, alles zou wel weer in orde komen en hij was onderweg naar huis langs veel boerderijen gekomen waar ze hem levensmiddelen hadden meegegeven. Hij bleef drie dagen bij ons, want de volgende dag kwamen de zeven militiejongens zeggen dat hun het bevel was gegeven nog te blijven. En gedurende die drie dagen dat Quimet thuis was, zei hij maar steeds dat het nergens beter was dan thuis en dat als de oorlog voorbij was, hij thuis zou blijven zitten als een houtworm in het hout en dat ze hem daar nooit meer vandaan kregen. En terwijl hij zo zat te praten, peuterde hij met zijn nagel in de naad van de tafel en wipte de broodkruimeltjes eruit die erin zaten, en ik verwonderde me erover dat hij iets deed wat ik ook af en toe deed maar wat hij me nooit had zien doen.

Die paar dagen dat hij bij ons was, ging hij na het eten slapen en dan kropen de kinderen naast hem in bed om bij hem te slapen, want omdat ze hem maar zo weinig zagen, waren ze erg op hem gesteld. Ik vond het erg dat ik ze iedere ochtend alleen moest laten om kantoren te gaan schoonmaken. Quimet zei dat hij wat kreeg van die blauwe lampen en dat hij als hij het ooit voor het zeggen kreeg alle lampen rood zou laten verven alsof het hele land de mazelen had, want hij kon ook wel van die grappen uithalen. En die blauwe lampen dienden trouwens nergens toe, want als ze bommen wilden gooien dan gooiden ze die toch wel, zelfs al waren de lampen zwart geverfd. Het viel mij op dat zijn ogen erg ingevallen waren alsof iemand ze naar binnen gedrukt had. Toen hij vertrok omhelsde hij me heel krachtig en de kinderen bleven hem maar kusjes geven en gingen met hem mee naar beneden. Ik volgde, en toen we weer de trap op gingen en ik op de overloop was, tussen de twee verdiepingen in, bleef ik even staan en streek met mijn vinger over de weegschaal op de muur, en Rita zei dat haar wang pijn deed omdat haar vaders baard zo prikte.

Senyora Enriqueta kwam me opzoeken: omdat ze wist dat Quimet thuis was had ze me niet willen storen en was ze niet langs geweest, en ze zei dat het nog maar een kwestie van enkele weken was en dan hadden we de oorlog verloren. Sinds de anderen zich aaneengesloten hadden, hadden we eigenlijk al verloren, ze hoefden alleen nog maar door te stoten. En ze zei dat ze erg met ons te doen had, want als Quimet zich rustig had gehouden dan zou ons niets overkomen, maar gezien de manier waarop hij tekeer was gegaan kon je wel raden hoe het af zou lopen. Wat senyora Enriqueta me vertelde, vertelde ik aan de kruidenier beneden, en die zei dat ik niemand moest vertrouwen. En wat de kruidenier zei, vertelde ik weer aan senyora Enriqueta en daarop zei zij dat die kruidenier al novenen hield opdat we zouden verliezen want met die oorlog verdiende hij haast niets, al verkocht hij wel zwart buiten de gewone rantsoenen om. Hij wilde alleen maar vrede omdat hij het zo benauwd kreeg door die zwarte handel en daarom moest er, hoe dan ook, maar een eind aan komen. En de kruidenier zei dat senyora Enriqueta alleen maar aan het koningshuis dacht. Maar toen kwam Julieta weer eens langs en zij zei dat het de ouderen waren die alles bedierven en verkeerde ideeën hadden en dat de jeugd gezonder wilde leven. En ze zei dat een bepaald soort mensen dit gezondere leven slecht vond, en dat ze zich op je storten als giftige ratten, je pakken en je in de gevangenis gooien, als je gezond wilde leven.

Ik sprak met haar over de kinderen en zei dat we iedere dag minder te eten hadden en dat ik niet meer wist hoe het verder moest, en als Quimet naar een ander front zou gaan, waar sprake van was, dan zou ik hem nog minder zien en dan kon hij me dat beetje levensmiddelen dat hij altijd meebracht en dat enorm hielp, ook niet meer geven. Ze zei dat ze de jongen wel in een kinderkolonie kon plaatsen, maar voor het meisje raadde ze het af omdat het een meisje was. Voor een jongen was het wel goed met andere kinderen om te gaan, dat was een goede voorbereiding op het leven. En de jongen die aan mijn rokken hing en meeluisterde, zei dat hij niet van huis weg wilde ook al was er niets meer te eten... Maar het werd zo moeilijk voor me om aan eten te komen dat ik hem zei dat er niets anders op zat, dat het maar voor een tijdje was en dat hij het best leuk zou vinden om met andere kinderen van zijn leeftijd te spelen. Ik had twee monden te vullen en ik had niets meer. We maakten zo'n treurige tijd door dat het niet te beschrijven is: we gingen vroeg naar bed om niet te merken dat we geen avondeten hadden. Zondags stonden we niet meer op om de honger niet zo te hoeven voelen. En met de vrachtwagen die Julieta langs had gestuurd brachten we de jongen naar de kolonie, nadat hij met mooie woorden overgehaald was. Maar hij besefte dat we hem bedrogen. Hij besefte zelfs beter dan ik zelf dat ik hem bedroog. En iedere keer als erover gesproken werd dat we hem naar de kolonie zouden brengen had hij zijn hoofd laten hangen en geen stom woord meer gezegd, alsof de volwassenen niet meer bestonden. Senyora Enriqueta beloofde hem dat ze hem op zou komen zoeken. En ik zei dat ik iedere zondag zou komen. En zo vertrok de vrachtwagen uit Barcelona met ons erin, met een kartonnen koffertje waar een touw omheen zat, en reed de witte weg op die naar het bedrog leidde.

32

We gingen een overdekte smalle stenen trap op met hoge treden tussen twee muren in en kwamen op een speelplaats vol kinderen. Ze hadden kaalgeschoren hoofden met overal bulten, en grote ogen. Ze schreeuwden en renden rond, maar toen ze ons zagen verstomde de een na de ander en ze staarden ons aan alsof ze nog nooit een mens gezien hadden. Een jonge lerares kwam naar ons toe en leidde ons naar een kantoortje, waarvoor we het hele plein moesten oversteken, midden tussen de kinderen door. De lerares stond ons te woord en Julieta liet haar een formulier zien en legde uit dat ik niets meer te eten had en de jongen hier wilde laten omdat hij dan tenminste te eten kreeg. De lerares keek hem aan en vroeg of hij wilde blijven, maar de jongen zei geen stom woord en toen keek ze mij aan en ik keek haar aan en ik zei dat ik hierheen gereisd was om de jongen naar de kolonie te brengen en dat hij dus maar moest blijven. En de lerares die me recht in de ogen keek met zachte blik zei dat al die kinderen zojuist aangekomen waren en dat mijn jongen er misschien niet bij paste. Ze keek hem weer aan en omdat ze zo naar hem keek realiseerde ik me opeens hoe ze hem zag: als een bloem. Wat had ik niet met hem te verduren gehad, die eerste maanden van zijn leven, je zou het niet geloven als je zag wat een prachtig kind hij geworden was, met golvende lokken over zijn voorhoofd, glanzend als zwart water en met wimpers als van een artiest. En hij had een huid zacht als zijde: allebei trouwens, zowel Antoni als Rita. Ze zagen er wel niet zo goed meer uit als voor de oorlog, dat sprak vanzelf, maar ze waren nog steeds erg knap. Ik zei dat ik hem toch hier wilde laten en liep al met Julieta naar de deur toen de jongen mij opeens als een wanhopige slang omknelde, en hij huilde tranen met tuiten en riep dat hij niet wilde blijven, dat hij thuis wilde zijn, dat hij de kolonie niet leuk vond, dat ik hem daar niet mocht laten, dat ik hem daar niet mocht laten, dat ik hem daar niet mocht laten. Ik moest hard zijn en ik maakte hem van me los en zei dat hij zich niet zo moest aanstellen, want dat hielp toch niets, hij moest hier blijven en daarmee uit. Hij zou het daar heel goed hebben en er gauw genoeg vriendjes krijgen en hij kon er met de andere kinderen spelen. Maar hij zei dat hij die al gezien had en dat ze allemaal gemeen waren en hem zouden slaan en dat hij niet wilde blijven. Julieta begon al week te worden, maar ik bleef keihard. De lerares had zweetdruppeltjes op haar voorhoofd en Rita, aan de hand van Julieta, zei dat ze Antoni mee wilde hebben. Toen hurkte ik voor de jongen neer en legde hem heel duidelijk uit dat het niet anders kon, dat we niets meer te eten hadden, en dat we allemaal dood zouden gaan als hij thuis bleef. Dat hij maar voor korte tijd hier zou hoeven te zijn, net zo lang tot alles weer beter zou gaan en dat het immers al heel gauw weer beter zou gaan... En daar stond hij, met neergeslagen ogen en samengeperste lippen en hangende armen en toen ik al begon te denken dat ik hem overtuigd had en we weg wilden gaan, begon hij weer opnieuw. Weer liep hij op me af en klemde zich aan mijn rokken vast en riep maar: laat me niet hier, laat me niet hier, laat me niet hier, ik zal hier doodgaan en ze zullen me allemaal slaan, en weer zei ik dat hij niet dood zou gaan en dat ze hem niet zouden slaan en we gingen maar vlug weg, Julieta voorop terwijl ik het meisje meesleurde, en we liepen door de zwerm kaalgeschoren kinderen heen en voordat we de trap afliepen draaide ik me nog eenmaal om en keek naar de overkant van het plein: daar stond hij, aan de hand van de lerares, en hij huilde niet meer maar hij keek als een oud mannetje.

Julieta zei dat zij het niet over haar hart had kunnen verkrijgen en de chauffeur die een vriend van haar was vroeg hoe het gegaan was en ik vertelde het, en terwijl we naar Barcelona terugreden spraken we geen woord alsof we allemaal samen iets heel lelijks hadden gedaan. Halverwege begon het te regenen en de ruitenwisser ging heen en weer, schoon en schoon, en het was alsof het water als een vloed van tranen over de ruit stroomde.

Senyora Enriqueta ging de jongen elke zondag bezoeken en als ze terugkwam zei ze iedere keer, wel... wel... Ik had geen tijd om te gaan. Voor Rita had ik nu wat meer eten maar aan haar ogen kon je zien hoe erg ze Antoni miste, en ze praatte ook niet meer. Als ik thuiskwam van mijn werk dan vond ik haar altijd op dezelfde plaats als waar ik haar 's morgens had achtergelaten. Als het donker was zat ze bij het balkon, als de sirenes geloeid hadden dan zat ze bij de voordeur, met trillende lipjes zonder een woord te zeggen. Als een klap in mijn gezicht. Als twee klappen in mijn gezicht. Tot er een militiesoldaat aan de deur belde om me te zeggen dat Cintet en Quimet als mannen gestorven waren. En hij gaf me alles wat er nog van Quimet over was: zijn horloge.

Ik ging het dak op om diep adem te halen. Ik leunde over de balustrade aan de straatkant en bleef zo een hele tijd roerloos staan. Er stond wind. De waslijnen die roestig waren doordat ze al lang niet meer werden gebruikt, wiegden heen en weer en de deur van het zolderkamertje sloeg, bam, bam... Ik ging hem dichtdoen. En daar binnen in een hoek lag een duif op zijn rug, die met de vlekjes. De veertjes rond zijn hals waren nat van het doodszweet en de ogen waren plakkerig. Botjes en veren. Ik pakte de pootjes beet en streek er lichtjes met mijn vinger over: ze waren naar binnen gekromd en de tenen hingen als haakjes naar beneden. Hij was al koud. En ik liet hem daar liggen, daar waar zijn huis was geweest. Ik deed de deur dicht en ging naar beneden.

33

Wanneer ik vroeger hoorde zeggen: die man of vrouw is van kurk, dan wist ik nooit wat men daarmee bedoelde. Voor mij was een kurk iets om een fles mee af te sluiten. Als hij niet meer in de flessehals paste nadat ik hem eruit getrokken had, sneed ik hem met een mes bij, net zoals ik een punt aan een potlood sneed, dan maakte de kurk een knerpend geluid. Hij was moeilijk te snijden want hij was noch hard noch zacht. Maar ten slotte begon ik toch te begrijpen wat het betekende als ze zeiden dat iemand van kurk was... omdat ik het zelf was. Niet omdat ik van kurk gemaakt was maar omdat ik van kurk moest zijn. Met een hart van ijs. Ik moest van kurk worden om het uit te kunnen houden, want als ik niet van kurk zou worden met een hart van ijs, maar van vlees en bloed gebleven was, zoals tevoren, van vlees dat pijn doet als het gekwetst wordt, dan had ik me er nooit doorheen kunnen slaan. Ik legde het horloge in een la en bedacht dat het later voor Antoni zou zijn als hij groot was. En ik wilde er niet aan denken dat Quimet dood was. Ik wilde denken dat alles gewoon was, net als altijd, dat hij in de oorlog was en naar huis zou komen als die afgelopen zou zijn, met die pijn in zijn been en zijn longen vol gaatjes en dat Cintet ons weer op zou zoeken met zijn bolle ogen, met die als betoverde stille ogen en die scheve mond. 's Nachts als ik wakker lag, voelde ik me van binnen als een huis tijdens de verhuizing, wanneer de verhuizers alles van hun plaats komen halen. Zo was het bij mij van binnen: de hal vol met kasten, stoelen met de poten in de lucht en kopjes op de grond die nog ingepakt en in een kist met houtwol gestopt moeten worden, matrassen en bedden tegen de wand en alles in wanorde. Ik droeg rouwkleren zover het mogelijk was, want voor Quimet wilde ik dat, terwijl ik het voor mijn vader niet had gedaan met als excuus dat alles te verward was om aan rouwkleding of iets dergelijks te denken. En zo liep ik door de straten, die overdag vuil en troosteloos waren en 's nachts donker en blauw, helemaal in het zwart, met daarboven als een witte vlek mijn gezicht dat steeds smaller werd.

Griselda kwam me opzoeken. Om me te condoleren, zei ze. Ze droeg schoenen van slangeleer met bijbehorende tas en een witte jurk met rode bloemen. Ze vertelde dat ze nieuws had van Mateu, dat hij het goed maakte, want hoewel ze ieder hun eigen leven leidden waren ze goede vrienden gebleven omwille van het kind. Dat ze er nooit aan gedacht had dat Quimet en Cintet, zulke jonge jongens als ze nog waren, zouden kunnen sterven. Ze had er nog nooit zo knap uitgezien: ze was fijner, blanker van huid, haar ogen groener en doorschijnender en rustiger, als bloemen die zich 's avonds sluiten om te gaan slapen. Ik vertelde dat de jongen in een kolonie was voor vluchtelingenkinderen en ze keek me aan met die mintgroene ogen en zei dat ze het erg vond, en ze zei dat ze dat niet zei om me ongerust te maken maar omdat dat van die kolonies een heel trieste zaak was.

En dat was ook zo. Griselda had gelijk: die kolonie was een heel trieste zaak... Toen de periode voorbij was dat de jongen daar zou blijven ging Julieta hem halen. Het was een ander kind. Alsof ze hem omgeruild hadden. Hij was opgezwollen, had ronde wangen, een dikke buik en twee knokige benen eronder die gebruind waren door de zon, zijn hoofd was kaalgeschoren en zat vol korsten en hij had een knobbel in zijn hals. Hij keek me niet aan. Hij liep meteen naar zijn speelhoek en raakte met de toppen van zijn vingers zijn speelgoed aan, net zoals ik had gedaan bij de pootjes van de gevlekte duif, en Rita zei dat ze niets kapot had gemaakt. En terwijl ze daar samen zo bij hun speelgoed zaten sloegen Julieta en ik hen gade en hoorden dat Rita hem vertelde dat zijn vader in de oorlog was doodgegaan, dat iedereen in de oorlog doodging want dat de oorlog iets was dat iedereen doodmaakte. Ze vroeg hem of ze in het tehuis ook sirenes hoorden... Julieta zei, voordat ze wegging, dat ze zou proberen wat melk en ingeblikt vlees voor ons mee te brengen. En die dag aten we als maaltijd met zijn drieën een sardine en een halfrotte tomaat. En als we een kat gehad hadden dan zou die geen graatje meer gevonden hebben.

We sliepen bij elkaar. Ik in het midden met aan weerszijden een kind. Als we moesten sterven dan zouden we zo sterven. En als er 's nachts alarm was en we wakker werden van de sirenes dan zeiden we niets. We bleven stil liggen en luisterden alleen maar, en wanneer de sirene het sein gaf dat het voorbij was, dan probeerden we weer verder te slapen, hoewel we nooit van elkaar wisten of we sliepen want niemand zei iets.

De laatste winter was de allerergste. Zelfs jongens van zestien werden meegenomen. Alle muren hingen vol met plakkaten en ik, die destijds dat plakkaat niet had begrepen waarop stond dat we tanks moesten bouwen en daar met senyora Enriqueta nog zo om gelachen had, kon er nu niet meer om lachen als ik er ergens nog een flard van zag hangen. Ik zag oude mannen die leerden hoe je straatgevechten moest voeren. Jong of oud, alles moest de oorlog in; de oorlog zoog alle mensen naar zich toe en voerde hen naar de dood. Veel tranen, veel pijn van binnen en van buiten. Soms dacht ik aan Mateu. Ik zag hem dan op de overloop staan, net alsof hij er werkelijk stond, zo duidelijk zag ik hem dat ik ervan schrok, van zijn blauwe ogen, zo verliefd op Griselda, op Griselda die van een ander hield. En dan hoorde ik de stem van Mateu die zei dat ze allemaal de oorlog in moesten. En daar bleven ze allemaal in als muizen in een muizenval. Er was niets meer aan te doen. Er was niets meer aan te doen. Voordat ik de twee gouden muntstukken van pastoor Joan verkocht had ik alles al verkocht: de geborduurde lakens, het mooie tafellaken, de servetten... Ik verkocht ze aan de vrouwen met wie ik schoonmaakwerk deed in het stadhuis en zij verkochten de spullen weer door en verdienden er ook nog wat aan. Met de grootste moeite kon ik aan eten komen, want ik had nauwelijks geld en er was bijna niets te koop. In de melk zat niets meer. Het vlees, als er al vlees was, was paardevlees, zoals er werd gezegd.

En de mensen begonnen weg te trekken. De kruidenier beneden zei: kijk nu toch eens aan, kijk nu toch eens aan, zoveel kranten en zoveel plakkaten... en dan... en dan... gaan ze er allemaal vandoor. De laatste dag stond er een koude wind en die wind blies de gescheurde plakkaten de lucht in en vulde de straten met witte vlekken. En de kou van binnen was een kou die nooit meer zou ophouden. Ik weet niet hoe we die dagen doorgekomen zijn. In de tijd die lag tussen het wegtrekken van de ene groep mensen en de aankomst van de andere sloot ik me op in huis. Senyora Enriqueta bracht me nog een paar blikken uit een winkel buiten de stad die mensen in de buurt geplunderd hadden. Ik weet niet meer wie er tegen me zei dat er ergens voedsel uitgedeeld werd en ik ging erheen. Ik weet niet meer waar het was. Toen ik terugkwam stond de kruidenier bij de deur en groette me niet meer. 's Middags ging ik naar senyora Enriqueta en die vertelde dat we weer terrein gewonnen hadden en dat ze er zeker van was dat de koning terug zou komen. Ze gaf me een halve krop sla. En we leefden. We leefden nog steeds. Ik wist helemaal niet meer wat er buiten gebeurde tot op een dag senyora Enriqueta me kwam vertellen dat ze zeker wist dat Mateu doodgeschoten was, midden op een plein en toen ik haar vroeg op welk plein, want iets anders wist ik niet te zeggen, zei ze, midden op een plein, maar op welk plein wist ze niet en ze zei, geloof het nou maar want ze worden allemaal midden op een plein doodgeschoten. En de grote pijn van binnen vond pas na vijf minuten een uitweg en ik zei zachtjes alsof mijn ziel in mijn hart gestorven was, nee, dat niet... dat niet... Want dat kon eenvoudig niet dat Mateu midden op een plein was doodgeschoten. Het kón niet! En senyora Enriqueta zei dat als ze van tevoren geweten had dat het me zo zou aangrijpen dat ik er helemaal wit van wegtrok, dat ze het me dan niet verteld had.

Zonder werk, zonder uitzicht, verkocht ik ten slotte alles wat ik nog bezat: mijn meisjesbed, de matras van het bed met de houten spijlen, het horloge van Quimet dat ik later aan de jongen had willen geven. Al het linnengoed. De glazen, de bekers, het buffet... en toen ik niets meer had behalve die muntstukken die me heilig waren, draaide ik mijn schaamte de nek om en ging naar het huis van mijn vroegere werkgevers.

34

Weer moest er een tram plotseling voor me remmen toen ik de Carrer Gran overstak; de trambestuurder schold me uit en ik zag de mensen lachen. Voor de bazar bleef ik stilstaan en deed net alsof ik de etalage bekeek, maar eerlijk gezegd zag ik niets: alleen maar gekleurde vlekken en schaduwen van poppengestalten... En uit de winkeldeur kwam die oude geur van wasdoek in mijn neus, steeg me naar het hoofd en maakte me duizelig. De kruidenier van het duivenvoer had zijn winkel weer geopend. Een dienstmeisje veegde de straat aan voor het pension op de hoek, en bij de bar hing een luifel in een andere kleur en ze hadden er ook weer bloempotten neergezet. Ik liep naar de tuinpoort en trok automatisch aan het paneel waarbij ik veel kracht moest zetten: hij was altijd al moeilijk opengegaan maar na wat ik had doorgemaakt al die tijd kostte het nog meer moeite. Eindelijk kon ik hem een stukje openschuiven en ik schoof mijn hand door de opening om de ketting van de haak te nemen... maar opeens bedacht ik me, trok mijn hand terug, sloot de poort weer die zwaar over de grond schoof en trok aan de bel. Meteen daarop verscheen de man in de huisjas boven op de veranda, keek en verdween weer, maar hij kwam even later opendoen.

— Wat is er?

Hij vroeg, wat is er? met een stem die korter en scherper klonk dan een zweepslag. Ik hoorde voetstappen in de tuin. Het was mevrouw die kwam kijken wie er aangebeld had. Zodra mevrouw er aankwam liet de man ons alleen en ging weer naar binnen. Mevrouw en ik liepen eveneens de tuin in in de richting van de cementen patio en bleven daar staan. Het kind stond midden in de lege wasplaats en krabde met een krabber de aangekoekte groene zeep af. Hij herkende me niet. Ik vertelde mevrouw dat ik werk zocht, dat ik gedacht had dat zij misschien... Maar toen kwam de man weer naar buiten. Waarschijnlijk had hij me gehoord want hij zei dat ze voor niemand werk hadden, dat wie werk zocht maar naar ginds moest gaan en dat ze veel verlies hadden geleden en dit verlies weer te boven moesten komen en dat die lui van de revolutie naar de maan konden lopen. En dat ze hun principes hadden en geen armoedzaaister in hun huis wilden, dat ze liever een vuil huis hadden dan met een armoedzaaister te doen te hebben. Mevrouw vroeg of hij wat wilde kalmeren en ze keek me aan en zei dat al die oorlogstoestanden zijn zenuwen hadden aangetast en dat hij zich bij het minste of geringste opwond... maar ze moesten inderdaad op hun centen letten, ik hoefde anders maar naar het kind te kijken, die arme jongen, die nu de wasplaats schoon moest maken want een werkster konden ze er niet meer op na houden. En toen ik vertelde dat Quimet in de oorlog gesneuveld was zei mijnheer dat het hem erg speet maar dat hij hem er niet in had gestuurd. En hij zei dat ik rood was. Begrijpt u wel, iemand als u kan ons in opspraak brengen, wij hebben nergens schuld aan. Mevrouw bracht me naar de poort en toen we bij de fontein waren stond ze stil en zei dat hij zijn gal wel moest spuwen, haar schoonzoon, dat hij, toen hij indertijd zo onderhanden was genomen, zich rustig had gehouden, maar later had hij zich niet meer kunnen inhouden, het was hem altijd blijven steken en zij hadden het ook zwaar te verduren met hem. Ik ging weer naar de straat en hielp haar de poort sluiten door hem aan de straatkant met een knie dicht te drukken terwijl zij nog zei dat het hout uitgezet was door de regen en dat daardoor de poort zo klemde. Voor de winkel van het duivenvoer stond ik even stil om op adem te komen; de winkel was half leeg en er stonden ook geen zakken meer buiten op straat. Ik liep weer verder naar de bazar en bleef er stilstaan om naar de poppen te kijken en naar een wit teddybeertje met zwart gestreept fluweel in de binnenkant van zijn oren en met een broek aan van dezelfde stof. Hij had een blauwe strik rond zijn nek. De punt van zijn neus was ook van zwart fluweel. Ik bleef naar hem staan kijken. Hij zat aan de voeten van een hele mooie pop. Hij had oranje ogen die in het midden glanzend en duister waren als een diepe put: hij had zijn armen gespreid en zijn voetzolen waren wit, hij zat er wat onnozel bij. Hij boeide me zo dat ik niet meer weet hoe lang ik daar stond, totdat ik me opeens doodmoe voelde en toen ik de Carrer Gran wilde oversteken en al met een voet op de rijweg stond en met de andere nog op de stoep, zag ik opeens op klaarlichte dag, terwijl ze er al lang niet meer waren, overal blauwe lichtjes. En ik viel als een zoutzak op straat. Toen ik thuis de trap op ging en even stilstond bij de weegschaal om op adem te komen, wist ik niet meer wat er gebeurd was, alsof ik tussen het moment waarop ik mijn voet op de rijweg zette en het moment waarop ik bij de weegschaal arriveerde, niet had geleefd.

Senyora Enriqueta vond een trappenhuis voor me waar ik zaterdags kon gaan dweilen en ik kon ook twee ochtenden in de week een zaal schoonmaken waar films gedraaid werden over alles wat er in de wereld gebeurde. Maar het was alles bij elkaar een druppel op de gloeiende plaat. En op een nacht, terwijl ik tussen Rita en Antoni in lag, die vel over been waren en bij wie je de blauwe aderen overal door de huid heen zag, kwam de gedachte in me op ze om te brengen. Hoe, dat wist ik niet. Hen doodsteken dat kon niet, hen blinddoeken en van het balkon af gooien dat kon ook niet... Misschien braken ze alleen maar een been. Ze waren taaier dan ik, taaier dan een kat. Dat kon niet. Ik sliep in met een bonkend hoofd en met voeten als ijsklompen. Er kwamen een paar handen op me af. Het plafond van de slaapkamer werd zacht als een wolk. Het waren handen als van witte watten, zonder botten. En terwijl ze naar beneden kwamen werden ze transparant, net als mijn handen vroeger wanneer ik ze als klein meisje tegen de zon hield. En die handen die tegen elkaar aan uit het plafond kwamen, gingen al dalend uit elkaar en terwijl de handen naar beneden kwamen, waren de kinderen opeens geen kinderen meer. Het waren eieren. En de handen grepen de kinderen die nu uit een schaal bestonden met een dooier erin, en hieven ze op en begonnen ze te schudden: eerst zachtjes maar al spoedig wild, alsof alle woede van de duiven en de oorlog en het verlies zich in deze handen bevond die mijn kinderen door elkaar schudden. Ik wilde gillen, maar kreeg er geen geluid uit. Ik wilde gillen opdat de buren zouden komen of de politie, opdat er iemand zou komen om die handen weg te halen maar net toen ik op het punt stond een kreet uit te brengen bedacht ik me en hield me in want de politie zou me kunnen oppakken omdat Quimet in de oorlog omgekomen was. Maar hier moest een eind aan komen. Ik ging op zoek naar de trechter. Al twee dagen hadden we niets meer gegeten. Het was al een tijd geleden dat ik de twee goudstukken van pastoor Joan verkocht had en terwijl ik die verkocht, had ik het gevoel gehad alsof al mijn tanden uit mijn mond gerukt werden. Het was helemaal afgelopen. Waar was de trechter? Waar had ik die gelaten? Hij zou toch niet verdwenen zijn met alle spullen die ik verkocht had. Waar was hij, waar? Na lang zoeken vond ik hem ondersteboven op de keukenkast. Ik klom op een stoel en daar stond hij, wachtend op mij. Hij zat onder het stof. Ik pakte hem en hoewel ik eigenlijk niet wist waarom spoelde ik hem schoon en zette hem in de kast. Nu moest ik alleen nog zoutzuur kopen. Als we dan in bed lagen dan zou ik ze een voor een de trechter in de mond steken en het zoutzuur erin gieten en daarna zou ik het bij mezelf naar binnen gieten en dan was het afgelopen met ons en dan was iedereen tevreden en dan waren we niemand meer tot last want er was toch niemand meer die om ons gaf.

35

Ik had nog geen stuiver om zoutzuur te gaan kopen. De kruidenier beneden keek me niet meer aan en ik geloof dat dat niet was omdat hij kwaad op me was maar omdat hij bang was, vanwege al die militiejongens die hier in huis geweest waren. En als bij ingeving moest ik opeens denken aan de winkelier van het duivenvoer. Ik zou er met de fles heen gaan en om het zoutzuur vragen en bij het afrekenen zou ik mijn portemonnee open maken en zeggen dat ik mijn geld thuis had laten liggen, en dat ik de volgende dag zou komen betalen. Maar ik ging de straat op zonder portemonnee en zonder fles. Ik had er de moed niet voor. Ik ging de straat op zonder te weten wat ik ging doen. Zomaar. De trams hadden geen ruiten meer, er zat vliegengaas voor de ramen. De mensen liepen er slecht gekleed bij.

Iedereen zag er doodmoe uit als na een zware ziekte. En zo begon ik door de straten te lopen en naar de mensen te kijken die niet op mij letten en ik bedacht dat zij niet wisten dat ik mijn kinderen wilde doden door ze van binnen met zoutzuur te verbranden. Ik begon, onbewust, een heel dikke dame te volgen met een zwarte mantilla die twee kaarsen droeg die half in kranten gewikkeld waren. Het was bewolkt rustig weer. Als er een zonnestraaltje doorkwam dan glinsterde de mantilla van de dame, evenals de achterkant van haar mantel die dezelfde vliegenkleur had als de soutane van pastoor Joan. Een heer die ons

tegemoet kwam, groette de dame en ze bleven even
stilstaan, en ik deed net alsof ik een etalage bekeek,
en ik zag het gezicht van de dame in de ruit, een gezicht
met hangwangen, en toen begon de dame te
huilen en ze hief haar arm een beetje op om de kaarsen
aan de man te laten zien en ze gaven elkaar de
hand en gingen ieder weer huns weegs, en ik draaide
me om om de vrouw weer te volgen want ik voelde
me minder eenzaam als ik naar haar keek en naar haar
mantilla die onder het lopen aan de zijkanten opbolde.
De zon bleef een hele tijd weg, het werd donker
en het begon een beetje te regenen; voordat de druppels
begonnen te vallen was het ene trottoir al nat en
het andere nog droog. De regen maakte ze nu eender.
De dame met de kaarsen had een paraplu bij zich
en ze opende het scherm dat al gauw glom van de regen
en van de baleinpunten vielen regendruppels.
Steeds viel er weer een druppel midden op haar rug,
het leek wel of het steeds dezelfde was, en gleed
langzaam naar beneden. Ik liet me nat regenen. Mijn
haar werd nat en de vrouw liep en liep maar, als een
vastberaden en halsstarrige kever, met mij achter
zich aan, tot ze eindelijk bij een kerk aankwam waar
ze de paraplu die eigenlijk een herenparaplu was,
dichtdeed en hem aan haar arm hing. Op dat zelfde
moment zag ik een jongeman die een been miste en
die naar me toe kwam en voor me bleef staan en me
vroeg hoe ik het maakte: maar hoewel hij me bekend
voorkwam, wist ik niet meer wie hij was en toen
vroeg hij naar mijn man en hij vertelde dat hij nu een
eigen zaak had en in de oorlog aan de andere kant
had gevochten waar hij nu veel voordeel van had;
maar ik herkende hem nog steeds niet hoewel ik zeker
wist dat ik hem moest kennen, en ten slotte gaf

hij me een hand en zei dat hij het erg vond dat mijn
man dood was; en toen hij zo'n vijftig stappen van
me verwijderd was wist ik het opeens, alsof het me
ingefluisterd was: het was de leerjongen die bij Quimet
had gewerkt en in diens ogen niets waard was.

De dame met de herenparaplu en de kaarsen stond
nu in het kerkportaal in haar portemonnee te zoeken
om een aalmoes te geven aan een arme vrouw die in
vodden liep en een halfnaakt kind droeg, en het
kostte de dame veel moeite haar portemonnee te
openen met die kaarsen en die paraplu, waarvan een
baleinpunt aan de rand van haar mantelzak bleef haken,
terwijl haar sluier steeds naar een kant woei en
haar het uitzicht benam. Toen ze haar daad van liefdadigheid
verricht had ging ze door een kleine zijdeur
de kerk in en als vanzelf volgde ik haar. De kerk
was stampvol en de priester liep van de ene kant naar
de andere, bijgestaan door twee misdienaars die
gesteven koorhemden droegen met een brede strook
kant onderaan. De priester droeg een wit zijden kazuifel
met opgeborduurde ranken en omzoomd met
goudbrokaat en een hel mozaïekkruis in het midden,
en daar waar de twee balken elkaar kruisten zag je
rode lichtstralen, het moesten althans lichtstralen
voorstellen al hadden ze meer de kleur van bloed. Ik
liep naar het hoogaltaar. Sinds mijn trouwdag was ik
niet meer in een kerk geweest. Door de smalle, hoge
ramen die op verschillende plaatsen kapot waren zodat
je stukken van de bewolkte hemel kon zien, vielen
gekleurde vlekken naar binnen, en het hoogaltaar
was vol lelies met stengels en bladeren van fijn goud,
het was alsof er een gouden kreet opsteeg, omhooggevoerd
door al die zuilen tot aan de hoogste punt
van het dakgewelf waar de kreet opgevangen werd

en naar de hemel doorgezonden. De dame met de herenparaplu stak haar kaarsen aan en terwijl ze ze aanstak en neerzette, beefde haar hand. Toen de kaarsen stonden maakte ze een kruisteken en bleef staan, net als ik. De mensen waren allemaal neergeknield en hoewel ik het zag vergat ik mee te knielen en de dame bleef ook staan, misschien omdat ze niet kon knielen, en toen kwam de wierook, en terwijl de wierook zich verspreidde, zag ik de bolletjes op het altaar. Een hele berg bolletjes, iets opzij op het altaar vlak voor een boeket lelies, en de berg met bolletjes werd groter en groter: de bolletjes groeiden tegen elkaar aan als zeepbelletjes, heel dun en dicht opeen, en die berg bolletjes groeide maar aan en werd steeds hoger en misschien zag de priester ze ook wel want op een bepaald moment opende hij zijn armen en hief hij zijn handen naast zijn hoofd alsof hij wilde zeggen, och lieve moeder Gods, en ik keek naar de mensen, ik keek om me heen en zag ze achter me zitten tot achter in de kerk, allemaal met het hoofd gebogen zodat ze de bolletjes niet zagen, die nu zo dicht opeengestapeld waren dat ze haast van het altaar af rolden en voor de voeten van de biddende misdienaars dreigden terecht te komen. En de bolletjes die de kleur hadden van witte druiven werden steeds roziger totdat ze ten slotte rood werden. Het werd ook steeds lichter. Ik had even mijn ogen dichtgedaan opdat die een moment rust hadden en ook om me in het donker ervan te overtuigen dat alles werkelijk zo was zoals ik het zag, maar toen ik mijn ogen weer opende waren de bolletjes nog meer in licht veranderd. Een kant van de berg was al helemaal rood. De bolletjes waren als visseneitjes die de vissen in een zakje binnen in zich hebben en dat eruitziet als een babyhuisje, en deze bolletjes groeiden in de kerk alsof de kerk de buik van een enorme vis was. Als dit nog langer zo doorging dan zou weldra de hele kerk met bolletjes gevuld zijn en alle mensen, het altaar en de banken zouden met bolletjes overdekt worden. Heel ver weg hoorde ik stemmen alsof ze diep uit de grote bron van het lijden kwamen, alsof ze half verstikt uit afgesneden kelen kwamen, van lippen die niet meer konden spreken en opeens was de hele kerk dood: de priester stond roerloos voor het altaar in zijn zijden kazuifel met het bloedende mozaïekkruis en de mensen waren gevlekt door de kleurvlekken uit de hoge, smalle ramen. Er leefde niets meer: alleen de bolletjes bleven maar uitdijen en het was net alsof ze uit bloed bestonden en ze roken naar bloed en verdreven de wierookgeur. Overal hing nu de geur van bloed die de geur van de dood is en niemand zag wat ik zag want iedereen zat met gebogen hoofd. En boven die stemmen uit die van heel ver kwamen en die je niet kon verstaan verhief zich een engelenzang, maar het was een zang van vertoornde engelen die de mensen uitscholden en de mensen vertelden dat zij de zielen van alle in de oorlog gestorven soldaten vertegenwoordigden, en het gezang vertelde dat ze naar het kwaad moesten kijken dat God van het altaar af uitstrooide; dat God hen het kwaad toonde dat begaan was opdat allen zouden bidden dat er een eind aan mocht komen. En ik zag de dame van de kaarsen die bleef staan, want ze kon vast niet meer knielen, ze had uitpuilende ogen en we keken elkaar aan en bleven elkaar een poosje als betoverd staan aankijken, want zij had beslist ook de gestorven soldaten gezien, zij zag ze ook, dat vertelden haar ogen, de ogen van iemand die neergeschoten was midden op een slagveld; en verbijsterd door de ogen van de vrouw liep ik de kerk uit, haast struikelend over neerknielende mensen en buiten viel nog steeds die fijne regen, precies als toen ik de kerk was binnengegaan. En alles was nog hetzelfde.

En ik moest voort, voort, Colometa, vlieg, Colometa... Met mijn gezicht als een witte vlek boven het zwart van mijn rouw... voort, Colometa, want achter je is al het leed van de wereld, maak je los van het leed van de wereld, Colometa. Ren weg, vlug. Ren harder, opdat die bloedbolletjes je de weg niet afsnijden, opdat ze je niet inhalen, ren door, vlieg omhoog, de trappen op, het dak op, naar je duivenhok... vlieg, Colometa. Vlieg, vlieg, met je ronde ogen en je snavel met de neusgaatjes erin... en ik rende naar mijn huis en ze waren allemaal dood. Allen die gestorven waren waren dood en degenen die in leven gebleven waren waren ook als dood, want ze leefden alsof ze gedood waren. En ik liep de trap op met bonkende en kloppende slapen en wilde de deur opendoen maar kon het sleutelgat niet vinden om er de sleutel in te steken, en daarna sloot ik de deur achter me, leunde tegen de muur en haalde diep adem alsof ik stikte en zag Mateu die me een hand gaf en zei dat er niets anders op zat...

36

Ik ging met de portemonnee in de hand de deur uit, een kleine beurs alleen voor kleingeld, en met mijn boodschappenmand met de fles erin. Ik liep de trap af alsof het een oneindig lange trap was die aan het einde naar de hel voerde. Hij was al in jaren niet meer geverfd. En als je een donkere jurk droeg en langs de wand schuurde kwam er kalk op de rok. Tot zover een arm kon reiken stond de muur vol met tekeningen, poppetjes en namen; alles half weggevaagd. Je kon alleen duidelijk de weegschaal zien: degene die hem getekend had had hem diep ingekerfd. De leuning was vochtig en plakte. Het had de hele nacht geregend. De trap naar de eerste verdieping was van vurenhout, net als de trap voor de grote kast in het huis waar ik gewerkt had. De trap die van de eerste verdieping naar mijn woning voerde was van rode plavuizen met houten randen. Ik ging op de grond zitten. Het was erg vroeg en je hoorde nergens geluid. Ik keek naar de fles die blonk in het zachte lichtschijnsel op de trap en dacht aan de dingen die ik de dag tevoren had gezien en meende dat dat zeker van de zwakte kwam, en toen bedacht ik dat ik wel als een bal van de trap zou willen springen, hup, hup naar beneden. En bom! Helemaal tot op de grond. Ik ging staan ofschoon het me moeite kostte. Mijn scharnieren waren geroest. En als je scharnieren geroest zijn, zei mijn moeder altijd, nou, zeg dan maar dag met je handje. Met moeite overeind gekomen, daalde ik de rest van de trap af en om niet uit te glijden hield ik me stevig aan de leuning vast. De trap rook naar kippenveren. Die lagen in een vuilnisemmer onder aan de trap bij de ingang. Er stond een man bij de vuilnisemmers te snuffelen... De vorige dag toen ik naar huis gerend was, had ik een moment gedacht dat ik wel zou kunnen gaan bedelen. Zoals die vrouw bij het kerkportaal die een aalmoes vroeg aan de dame met de herenparaplu. Ik zou de kinderen mee kunnen nemen en om een aalmoes vragen... vandaag in de ene straat, morgen in een andere... vandaag bij de ene kerk, morgen bij een andere... een aalmoes alstublieft... een aalmoes alstublieft... De man die bij de afvalemmers snuffelde scheen iets gevonden te hebben; hij maakte een zak open en stopte wat hij gevonden had in de zak. Er stond een emmer vol vochtig zaagsel. Misschien zat daaronder wel iets van waarde, een stuk brood bij voorbeeld... Maar, wat vermag een stuk brood om aan alle honger een einde te maken?... En om gras te eten had je de kracht nodig om het te zoeken en aan gras heb je tenslotte ook niets... Ik had leren lezen en schrijven en mijn moeder had me aangewend witte jurken te dragen. Ik had leren lezen en schrijven en ik had gebak en caramels en chocolade verkocht, met likeur gevuld of ongevuld. En ik had als ieder ander over straat gelopen. Ik had lezen en schrijven geleerd en ik had bediend en geholpen... Er viel een dikke druppel op mijn neus vanaf een balkon. Ik stak de Carrer Gran over. In een paar winkels begonnen ze weer dingen te verkopen en er waren mensen op straat die die paar winkels binnen gingen en iets konden kopen. Om mezelf af te leiden liep ik aan die dingen te denken, om niet aan de fles in de mand te hoeven denken die zo glanzend groen was. En ik keek naar alles alsof ik het voor de eerste keer zag; misschien zou ik het de volgende dag niet meer kunnen zien: ik ben er niet meer die kijkt, ik ben er niet die praat, ik ben er niet die ziet. De volgende dag zou me niets meer, niets moois en niets lelijks, voor ogen komen. Nu nog verschenen de dingen voor me, en ze bleven voor mijn ogen staan alsof ze alvorens te sterven, er voor altijd in wilden blijven leven. En het vensterglas van mijn ogen nam alles in zich op. De beer in de bazar was er niet meer en toen ik zag dat hij er niet meer was, realiseerde ik me dat ik hem erg graag wilde zien, zoals hij daar zat met zijn blauwe strik om, een beetje dwaas... Ik had nog steeds de lucht van de veren uit het vuilnisvat in het portiek in mijn neus en deze mengde zich nu met de geur van zeildoek en ik liep verder met deze twee geuren in mijn neus tot ik de parfumeriezaak passeerde waar een reukwolk van zeep en goede eau de cologne uit kwam. Langzamerhand naderde ik de winkel met het duivenvoer. Er stond geen enkele zak op straat. Rond deze tijd maakte de mevrouw in het huis waar ik gewerkt had het eten klaar terwijl het kind in de patio speelde met de kegels. De muren van het souterrain waren doorweekt van de regen en de schimmel woekerde verder als glinsterend zout. De winkelier stond achter de toonbank. Er stonden twee dienstmeisjes en een vrouw. Een van de meisjes dacht ik van gezicht te kennen. De winkelier hielp de meisjes en de vrouw, en mijn benen begonnen pijn te doen van het staan. Toen ik aan de beurt was kwam er nog een dienstmeisje binnen. Ik zette de fles op de toonbank en zei: zoutzuur. Toen ik moest betalen en zag dat er nog damp uit de hals van de fles ontsnapte

langs de kurk, knipte ik mijn portemonnee open en
terwijl ik net deed of het me erg verraste, zei ik dat ik
mijn geld thuis had laten liggen. De winkelier zei dat
het niets gaf, dat ik niet per se nu hoefde te betalen,
dat ik wel een andere keer kon afrekenen als ik toch
langs kwam, het gaf niet wanneer, als het me uitkwam. Hij vroeg hoe het met mijnheer en mevrouw
ging en ik vertelde dat ik in dat huis al lang niet meer
werkte, sinds het begin van de oorlog al niet meer;
en hij vertelde dat hij had meegevochten en dat het
werkelijk een wonder was dat hij hier weer in de
zaak stond en hij kwam van achter de toonbank vandaan en deed de fles met zoutzuur in de mand. Ik
ademde diep alsof de hele wereld voor mij was en
liep de winkel uit. Ik moest oppassen om niet te vallen, niet aangereden te worden, en goed op de trams
letten, vooral op de trams die heuvelafwaarts kwamen. Ik moest het hoofd koel houden en zonder om-
wegen naar huis gaan; zonder blauwe lichtjes te zien.
Vooral zonder blauwe lichtjes te zien. En ik keek
weer in de etalage van de parfumerie, met de gele
eau-de-cologneflessen, de blinkende nieuwe nagel-
schaartjes en de doosjes met een spiegeltje aan de
binnenkant van het dekseltje, met een zwarte verfta-
blet en een penseeltje om je wimpers te verven.

En dan weer de zaak van het zeildoek en de poppen met de lakschoenen... vooral geen blauwe lichtjes zien en rustig oversteken... geen blauwe lichtjes
zien... en toen riep iemand me. Iemand riep me en ik
draaide me om en zag dat degene die geroepen had
de winkelier van het duivenvoer was, die me inhaal-
de en terwijl ik me omdraaide moest ik denken aan
de vrouw die in een zoutzuil veranderde. En ik dacht
dat de winkelier misschien gemerkt had dat hij in

plaats van zoutzuur bleekwater had gegeven of iets
dergelijks. Hij vroeg me of ik mee terug naar de winkel wilde gaan, of ik hem wilde verontschuldigen,
maar of ik alstublieft met hem mee terug naar de
winkel wilde gaan. En zo gingen we weer de winkel
in, waar niemand was, en hij vroeg of ik in zijn huis
wilde komen werken, hij kende me immers al lang
en de vrouw die bij hem werkte had ontslag genomen omdat ze te oud werd voor het werk en er moe
van werd... Op dat moment kwam er iemand binnen
maar hij zei, een ogenblikje alstublieft, en bleef in afwachting van mijn antwoord voor me staan. En omdat ik niets zei vroeg hij of ik misschien al werk had
of andere verplichtingen maar ik schudde van nee en
zei dat ik niet wist wat ik moest doen. Hij zei, dat als
ik geen werk had, zijn huis een goed adres was en
hijzelf niet veeleisend: hij wist wel dat ik mijn werk
goed zou doen. Ik knikte van ja en toen zei hij dat ik
de volgende dag kon beginnen, terwijl hij bezorgd
twee blikken, die hij achter gehaald had, in mijn
mand stopte en een papieren zak en nog iets dat ik
me niet meer kan herinneren. En hij zei dat ik de volgende dag om negen uur 's ochtends kon beginnen.
Ik haalde de fles zoutzuur uit de mand en zette hem
voorzichtig op de toonbank. Zonder iets te zeggen
ging ik weg. En thuisgekomen begon ik, die nooit
huilde, te huilen als een kind.

37

Er stonden eikels en eikebladeren op en er zat een inktvlek in het midden. Boven op de inktvlek stond een koperen bloemenvaas met rondom als in een slinger vrouwenfiguren erop, die slechts met sluiers bedekt waren en losse wapperende haren hadden, en in die vaas stond een dik boeket rode namaakrozen en -margrieten, die in een stukje kunstmos gestoken waren. Het tafelkleed met de eikebladeren en de inktvlek in het midden had een franje met drie rijen knopen. De dressoir was van roodachtig hout met een roze marmeren plaat en op deze plaat stond een glazenkast waarin het glaswerk bewaard werd. Met het glaswerk bedoel ik niet alleen de glazen, maar ook de waterkan en de wijnkaraf die er voor de sier bij stonden. Een raam, waar nooit licht in viel, keek uit op een binnenplaats: daar kwam ook het keukenraam op uit. De woonkamer had twee ramen, een daarvan bood uitzicht op de winkel en van dit raam waren de gordijnen altijd open zodat de winkelier vanuit de woonkamer kon zien wat er in de winkel gebeurde. Er stonden weense stoelen met gaatjes in de rugleuning en in de zitting. Bent u niet moe? vroeg de winkelier maar steeds. Hij heette Antoni, net als mijn zoon. Ik zei dat ik wel gewend was hard te werken, en op een dag vertelde ik hem dat ik als meisje in een banketbakkerij gewerkt had. Hij maakte graag af en toe een praatje. In de schemering van de woonkamer zag je de gaatjes in zijn door pokken geschonden gezicht haast niet. Er was geen deur tussen de winkel en de woonkamer: er was slechts een deuropening, waardoor je zo in en uit kon lopen; de winkelier had er een kralengordijn in gehangen waarop een Japanse vrouw geschilderd was, met een heleboel spelden in haar haar en een waaier in haar hand, waarop in de verte vogels vlogen en op de voorgrond een brandende lantaarn afgebeeld stond.

Het was een heel gewoon huis en het was er tamelijk donker binnen, behalve in de twee kamers die aan de kant lagen van de straat die naar de markt voerde. De indeling van het huis was als volgt: achter het kralengordijn met de Japanse vrouw lag de gang die naar een salon leidde waarin een sofa, een paar fauteuils onder hoezen en een console stonden. Links in deze gang waren twee deuren, naast elkaar, en door beide deuren kwam je in de kamer die aan de kant lag van de straat naar de markt. Rechts van de gang was de keuken en een kamer zonder raam, een soort voorraadkamer of magazijn waar zakken graan en aardappelen en flessen stonden. Verder was er niets in de gang. Aan het eind ervan was dus de salon en rechts van die salon was de slaapkamer van de winkelier. Die was ongeveer even groot als de salon en had een deur waardoor je op een overdekt terras kon komen en het dak van dit terras was weer de vloer van de veranda van de eerste verdieping en werd door vier ijzeren zuilen gestut. Achter het terras lag een stoffige patio die door een puntig hek van de tuin die bij de eerste verdieping hoorde, was afgescheiden. Deze patio lag altijd vol papier en rommel, afkomstig van de bovenverdiepingen. In de tuin van de eerste verdieping stond maar één boom: een verkommerde perzikboom. De perziken vielen al af wanneer ze nog maar net de grootte van een hazelnoot hadden. Vlak naast het hek van de tuin van de eerste verdieping was een klein ijzeren poortje dat alleen maar dichtgeklemd werd, en waardoor je op de straat naar de markt kon komen. Als je weer terug in de salon kwam zag je boven de console een spiegel hangen met een houten ornament aan de bovenkant. En er stonden twee glazen stolpen met veldbloemen erin: klaprozen, aren, korenbloemen en wilde roosjes. En tussen die twee stolpen lag een grote zeeschelp, zo een waarin je de zee hoort als je hem bij je oor houdt. Deze zeeschelp waarin alle klaagzangen van de zee zaten, zei mij meer dan menig mens. Wie zou er immers kunnen leven met dat voortdurende komen en gaan van de golven in zijn binnenste. Iedere keer als ik stof af kwam nemen, hield ik hem een poosje aan mijn oor.

Er lagen in het huis rode tegels van een soort waarop je, zo gauw je ze gedweild had, weer meteen stof zag liggen. Een van de eerste dingen die de winkelier me zei was dat ik de openslaande deuren van de salon en de slaapkamer niet te lang open mocht laten staan want dan zouden er ratten naar binnen kunnen komen. Kleine ratten met lange, dunne pootjes. Gebochelde ratten. Ze kwamen uit het riool dat onder het ijzeren poortje in de binnenplaats doorliep, glipten dan snel de voorraadkamer in waar ze zich stilletjes verstopten en de zakken openknaagden om het graan op te eten. Dat zou echter nog niet eens zo erg zijn, hoewel het graan schaars was op dit moment, maar het ergste was dat het graan dan uit die gaten stroomde als hijzelf of zijn bediende een zak haalde en deze naar de winkel sleepte, waardoor er overal tarwe kwam te liggen en dan was het een heidens karwei om dat allemaal weer met een schop bij elkaar te scheppen. De bediende at en sliep op de eerste etage: daar was hij in de kost, want de winkelier wilde geen vreemden meer in zijn woning hebben nadat hij het ijzeren rolluik had neergelaten.

De winkelier had een tweepersoonsbed en een tijdje later vertelde hij me dat het het bed van zijn ouders geweest was en dat dat bed voor hem de geur van zijn ouderlijk huis vertegenwoordigde, de geur van zijn moeders handen die aan het begin van de winter appels voor hem pofte in de as. Het was een zwart bed, met spijlen die onderaan dun waren, in het midden dikker werden en bovenaan weer dunner, en dan volgde er een bol, waarna het tweede gedeelte van de spijl weer hetzelfde was, dun, dik, dun. De sprei leek wel een tweelingzusje van mijn eigen sprei die ik had moeten verkopen: helemaal gehaakt met rozen erop en franjes eraan van gehaakte pijpekrullen die, als je ze waste en streek, in en uit krulden alsof ze verstand hadden. En in een hoek stond een kamerscherm waarachter je je kon uitkleden.

38

Het kostte me veel moeite mezelf overeind te houden, maar geleidelijk aan begon ik toch weer te leven na in het donkere gat van de dood geweest te zijn. De kinderen zagen er niet meer uit als een hoopje botten. En hun aderen werden al minder zichtbaar onder hun gave huid. Ik betaalde de achterstallige huur, eigenlijk niet met het geld dat ik verdiende maar met het geld dat ik uitspaarde, want de winkelier zei iedere dag na afloop van mijn werk, hier, neem maar mee. En dan gaf hij me een zak rijst of een zak erwtjes en zei dat hij altijd een beetje meer rantsoen kreeg dan hem toekwam. De winkel liep wel niet meer als voor de oorlog, maar het was toch een goede zaak... en bij de groente zat altijd wel een restje ham of spekzwoerd, want groente alleen is ook niks... We kregen veel. Heel veel. Het was onbeschrijfelijk wat het voor ons betekende. Ik vertrok met mijn pakjes, rende naar huis en naar boven en stopte altijd even om de weegschaal aan te raken. En de kinderen zaten al met vragende ogen op me te wachten, wat heb je meegebracht? En dan legde ik de pakjes op tafel en dan zochten we samen de groente uit en als het linzen waren, dan lieten we de steentjes die ertussen zaten op de grond vallen om ze daarna weer op te rapen. Als het mooi weer was gingen we 's avonds het dakterras op en dan gingen we daar op de grond zitten, ik in het midden met aan weerszijden een kind, net als wanneer we sliepen. En soms, als het warm was, vielen we zo in slaap totdat het morgenlicht rood werd voor onze ogen en ons wakker maakte en dan gingen we snel met nog half gesloten ogen om nog niet helemaal wakker te worden, naar beneden waar we dan op een deken verder sliepen, want een matras hadden we niet meer. En we sliepen net zo lang door tot het tijd werd om aan een nieuwe dag te beginnen. De kinderen spraken nooit meer over hun vader, alsof die nooit bestaan had. En als ik soms aan hem dacht spande ik me uit alle macht in om de herinnering weg te dringen, omdat ik nog zo'n loodzware vermoeidheid in me droeg, terwijl ik toch verder moest leven en als ik te veel nadacht dan voelde ik een pijn in mijn hoofd alsof mijn hersenen uit elkaar vielen.

Toen ik al een aantal maanden in het huis van de winkelier had gewerkt, misschien al dertien of vijftien... in ieder geval al heel wat maanden en zijn huis veranderd had in een toonkamer, met blinkende meubels die ik met olie en azijn ingesmeerd en uitgewreven had, een hagelwitte sprei, de overtrekken van de fauteuils en de sofa gewassen en gestreken, vroeg hij me op een dag of mijn kinderen naar school gingen, en ik antwoordde, nee, op het moment nog niet. En weer op een andere dag zei hij dat hij me meteen de eerste keer al had opgemerkt toen ik bij hem in de winkel duivenvoer was komen kopen en hij herinnerde zich ook Quimet nog, die jongen die altijd buiten bleef staan met zijn handen in zijn zakken om zich heen kijkend. Ik vroeg hem hoe hij dat allemaal zo goed had kunnen zien terwijl hij toch zijn klanten bediende en hij zei, weet u dan niet meer dat de zakken voer op straat stonden? En al hadden ze daar niet gestaan en al had hij het duivenvoer niet buiten hoeven te halen dan had hij hem toch nog gezien want, zo vertelde hij, er was een spiegel achter de toonbank die zo geplaatst was dat hij alles in het oog kon houden zodat hij niet bestolen werd. En in die spiegel, die je heen en weer kon bewegen, kon je de zakken buiten zien staan en zag je het ook als kinderen er hun hand in staken en er een handvol uit haalden. En toen zei hij dat ik het hem maar niet kwalijk moest nemen, maar dat hij op de dag dat hij me achterna gelopen was en me gevraagd had bij hem te komen werken, dat alleen maar gedaan had omdat ik er zo uit had gezien dat zijn hart er van samenkromp en hij het gevoel had gehad dat er met mij iets heel ergs aan de hand moest zijn. Ik zei dat er niets met me aan de hand was geweest. Alleen dat Quimet in de oorlog gestorven was en alles zo moeilijk voor me was, en toen vertelde hij dat hij ook in de oorlog had gevochten en een jaar in het ziekenhuis had gelegen. Dat ze hem zwaar gewond van het slagveld weggedragen hadden en zo goed mogelijk weer hadden opgelapt en toen vroeg hij me of ik zondag om drie uur 's middags bij hem langs wilde komen. En hij voegde eraan toe dat hij dacht dat ik oud genoeg was om niet bang te zijn met hem alleen, want we kenden elkaar nu immers al lang genoeg.

39

Ik raakte even de weegschaal aan en ging verder de trap af. Het was een wat bewolkte zondagmiddag, zonder regen, zonder zon en zonder wind. Het kostte me moeite adem te halen, als vissen wanneer ze uit het water worden gehaald. De winkelier had me gezegd dat ik via het poortje in de binnenplaats moest binnenkomen dat wel open zou zijn want zondags was dat de enige toegang. Hij wilde dan zijn tijd niet verdoen met het ophalen en neerlaten van de metalen rolluiken als hij bezoek kreeg. En ik weet niet waarom, want ik had immers besloten hem te bezoeken en het bewijs hiervoor was dat ik nu op weg was maar ik liep er wat gedachteloos heen en onderweg treuzelde ik door naar alle etalages te kijken waar ik mezelf in zag, en waarin alles donkerder en glanzender was. Ik ergerde me aan mijn haar. Ik had het zelf geknipt en gewassen maar ik merkte dat het niet wilde blijven zitten zoals ik het wilde hebben.

Hij stond me al op te wachten tussen twee van de vier zuilen die de veranda's van de zes verdiepingen stutten. Van een veranda van een van de bovenste verdiepingen zweefde een vliegtuigje van krantepapier naar beneden, net toen ik naar binnen wilde gaan. De winkelier greep het in de vlucht en zei dat je er beter maar niets van kon zeggen, want als hij naar boven zou gaan om zich te beklagen dan zouden ze zich misschien ergeren en er nog meer naar beneden gooien. Je kon zien dat hij zich pas geschoren had want hij had zich bij zijn oor een beetje gesneden. In het grijze daglicht leken de pokkengaatjes nog dieper in de huid te liggen. De gaatjes waren rond en hadden een nieuwe huid die een beetje lichter van kleur was dan de huid die men vanaf zijn geboorte heeft.

Hij nodigde me uit binnen te komen en liet me voorgaan. Het was heel eigenaardig, want zonder het licht dat op de andere dagen altijd via de winkel binnenkwam door het kralengordijn, zag alles er anders uit en leek het een heel ander huis. De lamp in de woonkamer was aan. De lamp bestond uit een halve porseleinen bol, met de opening naar beneden, die aan zes koperen kettingen aan het plafond hing. Aan de halve bol hing een franje van witte kraaltjes, net zo wit als de lampekap. Soms, als er boven gelopen werd raakten de kraaltjes elkaar en maakten ze muziek. We liepen de woonkamer in en gingen zitten.

— Houdt u van koekjes?

Hij hield een vierkante trommel voor mijn neus die tot boven aan toe gevuld was met lagen biscuitjes, maar ik schoof de trommel opzij en zei dat ik helemaal geen trek had. Toen vroeg hij naar de kinderen en terwijl we zo aan het praten waren en hij de koekjes weer op het buffet zette, merkte ik dat alles wat hij deed of zei hem inspanning kostte, en hij zag eruit als een mossel in een kapotte schelp want iets troostelozers kan ik me niet voorstellen. Hij vroeg me hem te verontschuldigen dat hij me zelfs zondags nog liet opdraven, want dat was juist de dag die ik voor mezelf had en waarop ik thuis bij mijn kinderen kon zijn en mijn eigen dingen te doen had. Op dat moment hoorde je boven voetstappen en de kraaltjes aan de lamp deden tring, tring... We keken alle twee naar de dansende lamp en toen de kraaltjes weer zwegen zei ik dat hij maar moest zeggen wat hij te zeggen had als hij me tenminste iets mee te delen had. Het was erg moeilijk, zei hij. En hij legde zijn handen op de tafel en strengelde de vingers van zijn ene hand in de vingers van de andere en toen ze stevig in elkaar verstrengeld zaten zodat de vingerknokkels wit werden, vertelde hij dat hij zich zorgen maakte. Dat hij een eenvoudig man was die een eenvoudig leven leidde, altijd thuis en altijd met de winkel in de weer, opruimen en de zaak netjes houden, de zakken in het magazijn controleren en opletten dat de ratten ze niet openknaagden, want er had zelfs wel eens een rat een nest gemaakt in een stapel vaatdoeken en die helemaal bevuild wat hij niet gemerkt had, en hij had die vaatdoeken gewoon verkocht terwijl hij de rat en het hele nest zo had kunnen doodslaan. En een dienstmeisje dat hem altijd erg lief aankeek maar dat hij helemaal niet aardig vond, had twee vaatdoeken gekocht en toen was een poosje later de mevrouw van dat meisje met haar in de winkel gekomen en die had lelijk opgespeeld en hem gezegd dat het haast niet te geloven was dat hij zomaar vaatdoeken durfde te verkopen met de viezigheid van ratten erin, doeken waar je notabene de vaat mee moest schoonmaken. En dat van die vaatdoeken was nog maar een voorbeeld om te laten zien hoe je op moest passen dat er geen ratten uit het riool in huis kwamen. Hij zei dat hij een tamelijk saai leven leidde, geen leven dat iets bijzonders te bieden had, want het was alleen gericht op het werk en op sparen voor de oude dag. Hij zei dat hij veel aan de ouderdom dacht en dat hij later een gerespecteerde oude man wilde zijn en dat oude mensen alleen maar gerespecteerd worden als ze geld hebben. Hoewel hij ook

geen man was die zich daarvoor het brood uit de
mond spaarde moest hij toch vaak aan zijn oude dag
denken want hij zou niet graag, als hij geen tanden
meer had en geen haar, geen kracht meer in zijn benen en niet meer zelf zijn schoenen aan kon trekken,
bij een oudemannenhuis willen aankloppen om daar
opgeborgen aan zijn einde te moeten komen na een
leven dat hij geheel gewijd had aan werk, dag in dag
uit, en aan de strijd. Hij maakte zijn vingers los en
stak er twee in de vaas die op de inktvlek stond en
haalde een stukje kunstmos tussen de rode rozen en
margrieten uit en zei, zonder me aan te kijken, dat hij
vaak aan mij en mijn kinderen dacht en dat hij geloofde in de voorbeschikking van mensen... en dat
hij me had gevraagd op zondag te komen om rustig
te kunnen praten want hij wilde me iets vragen maar
hij wist niet hoe hij erover moest beginnen, vooral
omdat hij niet wist hoe ik het op zou vatten. Boven
begonnen ze weer door het huis te lopen en daar was
weer het getringel van de lamp terwijl hij zei, zolang
we het plafond maar niet op ons hoofd krijgen... En
hij zei dit alsof ik al bij het huis hoorde... Hij was een
man alleen, zei hij. Hij was helemaal alleen: zonder
ouders of enig familielid... Alleen op de wereld. En
hij meende het oprecht en ik moest het vooral niet
verkeerd opvatten wat hij me wilde zeggen... want
hij wilde me zeggen dat hij een man alleen was en
niet alleen kon leven... En daarna zweeg hij een poos
en terwijl hij zijn hoofd ophief en me heel strak aankeek zei hij: ik zou wel willen trouwen maar ik kan
geen gezin stichten...

 En hij sloeg met alle kracht met zijn vuist op tafel.
Dat zei hij: dat hij geen gezin kon stichten en wilde
trouwen. En hij draaide een groen bolletje van het

stukje mos dat hij uit de koperen vaas had gepakt. Hij stond op en ging met zijn gezicht naar de Japanse vrouw staan, waarna hij zich omdraaide en weer ging zitten en terwijl hij ging zitten en nog niet helemaal op zijn stoel zat vroeg hij:

— Wilt u met me trouwen?

Hier was ik al bang voor, maar hoewel ik hier al bang voor was en het al lang had zien aankomen, was ik er toch beduusd van en wist er geen raad mee.

— Ik ben vrij en u bent vrij en ik heb gezelschap nodig en uw kinderen hebben iemand nodig als steun...

Hij stond op en was er zenuwachtiger van dan ik en liep wel twee of drie maal door het kralengordijn met de Japanse vrouw de woonkamer in en uit, in en uit... En terwijl hij weer ging zitten zei hij dat ik er geen idee van had hoe goed hij wel was. Dat ik niet wist wat voor een goed mens hij wel was. En dat hij altijd al een zwak voor me gehad had, die eerste keer al toen ik bij hem in de winkel duivenvoer was komen kopen en hij me zo volbeladen had zien weggaan dat ik het nauwelijks kon dragen.

— En u bent toch ook alleen, geloof ik, en uw kinderen zitten alleen thuis terwijl u werkt en daar zou ik dan toch wat regelmaat in kunnen brengen... Als u er niet voor voelt, dan doet u maar net alsof ik niets gezegd heb... Maar ik moet eraan toevoegen dat ik geen gezin kan stichten want door de oorlog ben ik min of meer nutteloos geworden, maar met u heb ik meteen een heel gezin. En ik wil niemand voor de gek houden, Natàlia, zei hij.

40

Als verdoofd liep ik de trap op naar mijn woning, en hoewel ik het eigenlijk niet van plan was geweest want ik wilde niemand er iets over vertellen, kon ik het 's avonds om tien uur niet meer uithouden: ik nam de kinderen mee en vloog het huis uit naar senyora Enriqueta die al haar haar stond te kammen om naar bed te gaan. Ik zette de kinderen voor het schilderij met de langoesten en zei dat ze daar maar naar moesten kijken en ging met senyora Enriqueta in de keuken zitten, met de deur dicht. Ik vertelde haar wat er gebeurd was en zei dat ik wel dacht dat ik het begrepen had maar dat ik het toch nog niet helemaal begrepen had. Toen zei zij, ze hebben hem natuurlijk in de oorlog verminkt, precies wat jij denkt en daarom wil hij met je trouwen, want met jou heeft hij meteen een compleet gezin en veel mannen die geen gezin hebben zijn immers als een lege fles die op de zee dobbert.

— Maar hoe moet ik het aan de kinderen vertellen?

— Zeg ze maar meteen dat je al ja gezegd hebt, alsof het de gewoonste zaak van de wereld is. Weten zij veel...

Een paar dagen liep ik erover na te denken en de dag dat ik eindelijk na veel wikken en wegen een besluit nam, zei ik ja tegen de winkelier, laten we dan maar trouwen; en ik zei dat ik zo laat reageerde omdat het me nogal verrast had en dat hoe langer ik erover nadacht hoe meer ik me erover verbaasde en dat ik rekening moest houden met de kinderen, die al heel wijs voor hun leeftijd waren, want door de oorlog en de honger en alles wat ze hadden meegemaakt had hun verstand zich sneller ontwikkeld. Hij nam mijn hand en zijn hand beefde terwijl hij zei dat ik er geen idee van had hoe gelukkig ik hem hiermee had gemaakt. En toen ging ik aan het werk. Op de tegels waar het zonlicht vlekken wierp, bij de tuindeuren, bleef ik even staan. Er vloog een schaduw uit de perzikboom, het was een vogel. En er daalde een wolk stof, afkomstig van de veranda's boven, op de binnenplaats neer. In de salon vond ik een spinneweb, precies tussen de twee glazen stolpen in geweven. Het begon aan de houten voet van de ene stolp en liep via de punt van de schelp naar de voet van de andere. En ik keek om me heen naar wat mijn eigen huis zou worden. En ik kreeg een brok in mijn keel. Want sinds het moment dat ik ja had gezegd, had de lust me bekropen weer nee te zeggen. Het beviel me helemaal niet: noch de winkel, noch de gang die net een donkere darm leek, noch de ratten die uit het riool kwamen. 's Middags vertelde ik het aan de kinderen. Niet precies dat ik ging trouwen, maar dat we in een ander huis gingen wonen en dat een heel aardige man ervoor zou zorgen dat ze naar school konden gaan. Geen van de twee zei een stom woord hoewel ik wel geloof dat ze het begrepen. Ze waren eraan gewend geraakt te zwijgen en hun ogen hadden een trieste uitdrukking.

Drie maanden na die bewuste zondag trouwde ik dus op een ochtend, heel vroeg, met Antoni, die vanaf die dag Antoni-vader werd en mijn zoon Antoni-zoon tot we de oplossing vonden hem Toni te noemen.

Maar voor we trouwden liet hij het huis in orde maken. Ik zei dat ik graag koperen bedden voor de kinderen had en er kwamen koperen bedden net zoals ik er een gehad had als meisje en dat ik had moeten verkopen. Ik zei dat ik graag een aanrecht in de keuken wilde en er kwam een aanrecht. Ik zei dat ik een tafelkleed zonder inktvlek wilde en ik kreeg een tafelkleed zonder inktvlek. En op een dag zei ik tegen hem dat ik, al was ik dan een arm meisje, ook mijn gevoelens had en eigenlijk liever geen enkel voorwerp uit mijn oude huis naar het nieuwe mee wilde nemen, zelfs geen linnengoed. En we kregen alles nieuw en toen ik dat zei, dat ik ook mijn gevoelens had al was ik maar een arm meisje, antwoordde hij dat hij net eender was. En hij sprak de waarheid.

41

En de kinderen gingen naar school en maakten hun huiswerk, allebei in hun eigen kamer met een raam, met een goudkleurig bed, waar een witte sprei overheen lag, met een geel donzen dekbed voor de winter, met een lichthouten tafeltje en een eigen stoeltje. De dag na de bruiloft zei Antoni tegen me dat hij me geen vijf minuten meer wilde zien poetsen, dat ik maar een werkster moest nemen voor 's morgens en 's middags of een dienstmeisje als ik dat liever wilde. Want hij was niet met me getrouwd om me de was te laten doen, hij was met me getrouwd omdat hij een gezin wilde hebben, precies zoals hij me gezegd had en hij wilde zijn gezin graag tevreden zien. Alles hadden we. Linnengoed, borden, bestek, en geurige zeep. En omdat het in de winter in de slaapkamers ijskoud was en in de andere maanden ook bepaald niet warm, sliepen we allemaal met bedsokken aan, behalve wanneer het hoogzomer was.

Senyora Enriqueta kwam me weer opzoeken en de eerste keer dat ze kwam begon ze ons uit te horen over hoe onze huwelijksnacht was geweest, of we niet op onze neus gekeken hadden omdat er niets van terechtkwam. En ze moest lachen. In het begin zaten we naast elkaar op de sofa met de overtrek, maar later gingen we allebei in een fauteuil zitten omdat ze zei dat ze in de sofa te diep wegzonk en dat er dan een baleintje van haar korset onder in haar oksel priemde. Ze zat op een vreemde manier: met haar voeten bijeen en haar knieën uit elkaar, kaarsrecht, met haar vissemond en haar neus als een puntzakje erboven. Ik liet haar alles zien wat ik had, de kleren en het linnengoed en ze zei dat de opbrengst van de winkel onmogelijk zo hoog kon zijn, dat Antoni aardig wat spaargeld moest hebben, maar ik zei dat ik daar niets van af wist Toen ze het kamerscherm zag stond ze paf. Wat een uitvinding, zei ze. En toen ik haar vertelde dat ik een werkster had zei ze dat ik dat wel verdiende. Ik zei dat ze Rosa heette, en soms kwam senyora Enriqueta wat vroeger om Rosa te zien, vooral als het strijkdag was want dan streek ze in de salon waar de bedekte sofa stond en dan kon ze zien hoe ze streek. Als ze wegging, ging ze altijd via de winkel en Antoni gaf haar dan altijd, vanaf de eerste keer al, een pakje koekjes mee, en zo won hij haar voor zich, zo zelfs dat ze alleen nog maar over Antoni sprak als ze kwam en hem zo verrukt aankeek alsof hij haar toebehoorde.

Op een dag vingen we een kleine rat. We vonden hem vroeg in de namiddag in de val. Ik merkte het het eerst. Ik riep de anderen en we gingen allemaal naar de binnenplaats. Hij zat in zo'n muizeklem die met een klap dichtslaat en was precies in het midden getroffen. Hij was omgeslagen en er kwamen ingewanden en bloed uit en uit het gaatje van onderen kwam het snuitje van een jong ratje dat net geboren werd. Alles aan hem was fijn en teer: de kleur, de teentjes aan de pootjes en de witte huid van de buik die eigenlijk niet echt wit was maar eerder heel licht grijs, maar het leek net wit want de kleur was veel lichter dan de rest van het lijfje. Er zaten drie dikke vliegen op het bloed; toen we dichterbij kwamen vloog er een weg alsof hij erg geschrokken was maar kwam toch al gauw weer terug bij de andere. Ze waren alle drie diepzwart en hadden blauwrode aderen op hun vleugels precies zoals Quimet altijd de duivel beschreef, en ze vraten zich zat aan het dode beest net zoals de duivel zou doen wanneer hij de gedaante van een vlieg had. Alleen hadden deze vliegen zwarte koppen terwijl Quimet verteld had dat de duivel een vuurrood vlammend gezicht had, zelfs in de gedaante van een mestvlieg. En ook rode handen. Opdat je hem niet zou verwarren met een echte vlieg. En toen Antoni ons zo verwonderd zag staan kijken, pakte hij snel de val met de rat erin en liep naar de straat om alles in de rioolput te gooien.

De kinderen waren dol op Antoni, terwijl ik nog zo bang was geweest dat ze hem niet zouden mogen. Vooral de jongen was erg op hem gesteld. Het meisje was anders, meer op zichzelf. Als de jongen geen huiswerk had, liep hij altijd achter Antoni aan en was erg blij als hij iets mocht doen voor hem. En zelfs als Antoni 's avonds na het eten de krant zat te lezen ging hij nog vlak bij hem zitten, en pas als Antoni zei dat hij nu de krant wilde lezen, trok hij zich terug.

42

Ik kwam nauwelijks meer het huis uit. Op straat was ik bang. Zo gauw ik mijn hoofd buiten de deur stak werd ik al duizelig van de mensen, de auto's, de bussen, de motorfietsen... Ik had een hazehart. Alleen thuis voelde ik me op mijn gemak. Langzamerhand, al kostte het me veel moeite, maakte ik me het huis eigen, en de dingen tot mijn eigen dingen. Zowel het donker als het licht. Ik wist waar het overdag licht was en waar de zonnestralen binnenvielen via de tuindeuren van de slaapkamer en de salon: wanneer ze langgerekt waren en wanneer ze kort waren. En de kinderen deden hun eerste communie. We liepen allemaal in nieuwe kleren. Senyora Enriqueta kwam het meisje helpen aankleden. Terwijl ik haar van top tot teen inwreef met eau de cologne riep ze alsmaar uit, kijk toch eens, hoe kaarsrecht ze staat... en senyora Enriqueta zei dat het wel leek of ze een bezemsteel had ingeslikt. En we trokken haar de jurk aan en zetten haar sluier op terwijl senyora Enriqueta met haar mond vol haarspelden rondliep om de sluier en het kroontje in het haar vast te spelden. Toen Rita helemaal aangekleed was, leek ze net een pop. We vierden het feest thuis en toen het feest afgelopen was ging ik de kamer van het meisje in om haar te helpen uitkleden. En terwijl ik haar onderjurk op de sprei opvouwde, vertelde Rita over een schoolvriendinnetje dat ook diezelfde ochtend haar eerste communie had gedaan. De vader van dat meisje was ook in de oorlog geweest en ze hadden verteld dat hij gestorven was maar twee dagen geleden was hij weer thuisgekomen, heel erg ziek maar levend: en ze hadden nooit meer iets van hem gehoord omdat hij in de gevangenis had gezeten, heel ver weg, waar hij geen brieven mocht schrijven... Ik draaide me langzaam om en zag hoe het meisje me aankeek en terwijl ze me zo aankeek drong het tot me door dat ze erg veranderd was in al die tijd, terwijl ik mijn strijd streed om aan het nieuwe leven te wennen. Rita was precies Quimet. Met diezelfde apeogen en met iets erin dat je niet kon uitleggen, iets kwellends. En toen begon het, de angst en het slechte slapen en de slapeloosheid en het niet-leven.

Als Quimet niet dood was dan zou hij terugkomen. Wie kon me zeggen dat hij hem dood had gezien? Niemand. Het horloge dat ze me gebracht hadden was inderdaad van hem, maar het had best op de een of andere manier in andere handen kunnen komen en misschien was het horloge wel gevonden aan een pols die niet de pols van Quimet was en had men gedacht dat hij dood was. En als hij nog leefde, zoals de vader van Rita's vriendinnetje, en als hij dan ziek thuiskwam en zag dat ik met de winkelier van het duivenvoer getrouwd was? Ik kon nergens anders meer aan denken. Als de kinderen weg waren en Antoni in de winkel bezig was, liep ik maar de gang op en neer alsof die speciaal voor dat doel voor mij gemaakt was, lang voordat ik wist dat ik hem daarvoor nodig had, om erin heen en weer te lopen: van de tuindeuren in de salon naar de Japanse in de woonkamer, van de Japanse naar de tuindeuren in de salon. Liep ik de slaapkamer van de jongen binnen? Een muur. Liep ik het provisiekamertje binnen?

Weer een muur. Overal muren en gangen en kralen met een Japanse vrouw. Muren en muren en gangen en muren en gangen en ik liep maar heen en weer, tobbend over het geval, en af en toe ging ik de kamers van de kinderen binnen terwijl het maar bleef hameren in mijn hoofd, eerst in de ene kamer, dan in de andere en van de ene muur naar de andere. Ik schoof laden open en deed ze weer dicht. Als de werkster afgewassen had en me op vriendelijke toon groette om weg te gaan: tot morgen senyora Natàlia, dan ging ik de keuken in. En daar was weer een muur. En de kraan. Ik draaide de kraan een eindje open zodat er een straaltje water uit kwam en bewoog een vinger heen en weer door het dunne straaltje, als een ruitewisser die het raam van een auto schoonveegt in de regen, een half uur lang, drie kwartier, een uur... op het laatst wist ik niet meer wat ik deed. Tot mijn arm pijn begon te doen en ik erdoor afgeleid werd van mijn gedachten aan Quimet die ik terug zag keren na vele omzwervingen, die misschien wel uit de gevangenis kwam, en die regelrecht naar zijn huis ging, de trap op naar boven. En in zijn woning zou hij andere mensen aantreffen en dan zou hij weer naar beneden gaan en aan de kruidenier beneden vragen wat er gebeurd was. En de kruidenier van beneden zou hem vertellen dat ik getrouwd was met de winkelier van het duivenvoer omdat wij dachten dat hij in de oorlog gesneuveld was en Quimet zou hier verschijnen en de hele boel in brand steken. Hij die in de oorlog had gevochten zou dakloos zijn, zonder vrouw en zonder kinderen. Uit de gevangenis ontslagen en zieker dan ooit zou hij terugkeren... Want ik geloofde hem altijd wanneer hij zei dat hij ziek was. En wanneer de tocht de kralen van de Japanse deed bewegen terwijl ik er met mijn rug naar toe stond, dan draaide ik me met samengekrompen hart om en dacht dat hij al voor me stond. En dan kon ik hem wel achternalopen en nog zo uitleggen dat er niets was, dat ik alleen maar met hem getrouwd was... van het pak slaag dat ik zou krijgen zou ik nauwelijks nog bijkomen. En deze angst duurde twee of drie jaar. Misschien langer, misschien korter, want er zijn dingen die vervagen... en senyora Enriqueta kreeg de ellendige gewoonte om over Quimet te gaan praten zo gauw we alleen waren, weet je nog toen hij de jongen op de motor meenam? En wat hij zei toen de jongen geboren werd en wat hij zei toen het meisje geboren werd en toen hij je Colometa noemde? Weet je nog? Weet je nog?

Ik moest me ertoe zetten het huis uit te gaan want ik at en sliep niet meer. Ik móest eruit. Ik had afleiding nodig. Iedereen zei tegen me dat ik in de buitenlucht moest. Want ik leefde alsof ik in een gevangenis zàt... De eerste dag dat ik met Rita naar buiten ging, na zo lang de deur niet uit geweest te zijn, werd ik misselijk van de lucht op straat. We gingen etalages bekijken in de Carrer Gran. We liepen heel langzaam en toen we er waren keek Rita me aan en zei dat ik zo verschrikt keek. Ik zei dat ze zich dat maar verbeeldde. En we keken naar de etalages en het draaide me voor de ogen. Toen we aan het einde van de straat gekomen waren, wilde Rita oversteken om langs de andere kant weer terug te lopen. Maar toen ik mijn voet op de stoeprand zette, werd alles nevelig om me heen en ik zag de blauwe lichtjes weer, minstens een dozijn, als een zee met blauwe vlekken die voor mijn ogen deinde. En ik viel. Ze moesten me naar huis brengen. 's Avonds toen ik me weer wat beter voelde, zei Rita onder het eten, ik weet niet wat we er aan moeten doen, maar iedere keer als ze de straat over moet steken, valt ze flauw. En ze zei dat ik zulke grote schrikogen had. Iedereen zei dat het kwam doordat ik zo lang thuis gezeten had en dat ik me er langzaam aan moest wennen om weer uit te gaan. En ik ging uit, maar naar andere plekken. En helemaal alleen ging ik in de parken wandelen...

43

Ik zag vele blaadjes vallen en ik zag vele jonge knoppen ontspruiten. Op een dag zei Rita onder het middageten dat zij talen wilde leren, alleen maar talen, om bij een luchtvaartmaatschappij te kunnen gaan werken. Zo'n meisje dat in een vliegtuig de passagiers helpt bij het vastmaken van hun gordel zodat ze niet zo maar de lucht in kunnen vliegen en drankjes rondbrengt en een kussen achter hun hoofd stopt. Antoni stemde er meteen mee in. 's Avonds zei ik tegen Antoni dat we er toch beter eerst samen over hadden kunnen praten in plaats van maar meteen ja te zeggen, en erover hadden kunnen nadenken of dat wel iets was om in een vliegtuig te gaan vliegen, en toen zei hij dat het inderdaad misschien wel goed geweest was er eerst over te praten, maar dat je, als Rita zich iets in het hoofd had gezet, het er met geen honderdduizend goede raadgevingen uit zou kunnen krijgen. Hij zei dat je jonge mensen met rust moest laten, want die weten heus meer dan ouderen die alleen maar achteruit lopen, net als kreeften. En hij zei dat hij al lang iets tegen me had moeten zeggen, en dat hij dat niet gedaan had omdat ik hem iemand leek die niet zo hield van praten, en ook niet van luisteren, maar nu we het dan toch over Rita hadden wilde hij me ook meteen maar zeggen dat hij nog nooit in zijn leven zo gelukkig was geweest als sinds hij ons alle drie in huis had, en dat hij me wilde bedanken want met het geluk dat hij van binnen met zich mee droeg had hij ook nog zakelijke voorspoed en hoewel het niet meer zo was als vroeger ging het hem voor de wind. En al het geld dat hij bezat zou voor ons zijn. Daarna ging hij slapen.

En ik wist niet of ik sliep of wakker was, maar ik zag de duiven. Net als vroeger. Alles was hetzelfde: het donkerblauw geverfde duivenhok, de nesten uitpuilend met espartogras, het dakterras met de waslijnen die steeds roestiger werden omdat er geen was meer aan gehangen kon worden, het luik, de duiven zoals ze in een lange processie van de veranda naar het balkon trippelden, dwars door de woning heen... Alles was net als vroeger, maar alles was mooi. Het waren duiven die niet poepten, die niet in de rui waren en die hoog in de lucht vlogen als engelen van God. Als een flits van licht en vleugels scheerden ze over de daken... De jongen hadden meteen al veren als ze geboren werden, niet die kale geaderde huid en die zielige rimpels in hun nek, maar meteen een kop en een snavel die in harmonie was met de rest. En de ouders gaven hun het voedsel niet met die koortsachtige onrust in de bek en de jongen namen het niet met die wanhopige kreten in ontvangst. En als er een bevrucht ei op de grond viel dan stonk het niet. Ik zorgde voor deze duiven en gaf ze vers espartogras. En het water in de drinkbakjes werd niet eens smerig als het warm was...

De volgende dag vertelde ik het aan een vrouw die naast me kwam zitten op een bank in het park, waar we uitkeken op de rozen. Ik vertelde haar dat ik veertig duiven gehad had... veertig paartjes: dus eigenlijk tachtig... Van allerlei rassen. Satinettes, duiven met tegengekamde veren die eruitzagen alsof ze in de omgekeerde wereld geboren waren... Kropduiven, pauwstaartduiven... witte, roze, gevlekte, met een kap op hun kop, met een kraag om... met een waaier van veren van kop tot snavel die over hun ogen viel... met koffiekleurige vlekken... al deze duiven woonden in een duiventoren die daar speciaal voor gebouwd was, via een draaitrap kwam je erin en langs de trap waren smalle, hoge raampjes en onder ieder raampje was een nest waarop een duif zat te broeden. En in het raampje stond een andere duif te wachten om de broedende duif af te lossen, en als je deze duiventoren vanuit de verte zag, dan was het net een grote zuil die helemaal met duiven bedekt was en ze hadden wel gebeeldhouwd kunnen zijn maar ze waren echt. En ze vlogen nooit uit vanuit de raampjes, maar altijd vanaf het dak van de toren en vandaaruit zwermden ze uit als een krans van veren en snavels, maar in de oorlog was er een bom op gevallen en toen was het gedaan.

De vrouw vertelde het kennelijk door aan een andere. En die weer aan een andere. En allemaal vertelden ze het aan elkaar door en als ze me zagen aankomen was er altijd wel iemand die tegen de anderen zei: kijk, daar is die vrouw van de duiven. En soms gebeurde het dat iemand die het verhaal nog niet kende vroeg: zijn ze in de oorlog omgekomen? En een ander zei tot haar buurvrouw op de bank: en ze zegt dat ze er nog altijd aan denkt... En weer een ander vertelde het verhaal aan degenen die het nog niet kenden: haar man liet speciaal een toren bouwen voor al haar duiven en het leek wel een wolk vol glorie... En als ze dan zo over mij zaten te praten en het zich probeerden voor te stellen zeiden ze: ze mist haar duiven, ze mist ze nog steeds, de vrouw van de duiven heeft nog steeds heimwee naar haar duiven en naar die toren met raampjes tot bovenaan toe...

En als ik naar de parken ging, vermeed ik de straten waar veel auto's reden want daar kon ik niet tegen en soms moest ik een grote omweg maken om er te komen via rustige straten. Voor ieder park had ik twee of drie routes zodat het niet al te saai werd door steeds dezelfde weg te nemen. En voor de huizen die ik mooi vond bleef ik even staan om ze goed te kunnen bekijken en er waren er bij die ik met mijn ogen dicht zou kunnen uittekenen. Als er ergens een raam openstond en ik niemand binnen zag, dan keek ik naar binnen. Onderweg liep ik er al aan te denken of het raam met de zwarte piano open zou staan of dat het portaal met de kandelabers open zou staan of dat er bij het witte marmeren portaal plantenpotten buiten zouden staan om besproeid te worden, of dat vandaag de fontein met de blauwe tegels in de tuin van de villa in werking zou zijn... De dagen dat het regende bleef ik thuis, maar omdat ik daar niet meer aan gewend was, ging ik ten slotte ook op regendagen uit en dan was er niemand in het park. En als het maar een klein beetje regende dan legde ik een krant die ik meegenomen had op de bank en ging erop zitten onder mijn paraplu en keek dan hoe de regen de bladeren afrukte en omsloeg, en hoe hij de bloemen dichtsloeg... En dan ging ik weer naar huis terug en als ik dan een keer overvallen werd door een stortbui, dan deerde me dat niet, ik vond het zelfs prettig: ik haastte me geenszins naar huis en als ik toevallig langs het marmeren portaal kwam met de plantenpotten buiten in de regen, dan bleef ik staan om er een poosje naar te kijken en ik kende iedere plant en wist welke bladeren er weggesneden zouden worden als er nieuwe scheuten kwamen. En ik liep door de verlaten straten en leefde maar zo'n beetje... En door zo van de ene weekhartigheid in de andere te vervallen werd ik zelf ook zo zacht en week als een vijg en kon overal om huilen. En in mijn mouw droeg ik altijd een zakdoek mee.

44

Op een avond toen de jongen naar zijn kamer wilde gaan, vroeg Antoni of hij nog even bij ons wilde blijven want hij wilde graag eens met hem praten. Ik had de tafel al afgeruimd en het kleed er al op gelegd en de vaas met de gesluierde vrouwen met wapperend haar in het midden gezet. Al een hele poos geleden had ik er andere bloemen in gezet want de rozen en margrieten waren verkleurd en stoffig en er stonden nu tulpen en amandeltakken voor in de plaats. Antoni zei tegen de jongen dat hij graag wilde weten wat hij later wilde worden want hij was ijverig en kon goed leren en misschien wilde hij wel verder studeren en dan moest hij er alvast maar eens over denken welk vak hij wilde gaan studeren. Hij moest het maar eens rustig overdenken, en hij hoefde niet meteen al antwoord te geven want hij had nog tijd genoeg. De jongen luisterde met neergeslagen ogen en toen Antoni uitgepraat was, hief hij zijn hoofd op, keek eerst even naar mij en daarna naar Antoni en zei dat hij er niet over na hoefde te denken omdat hij zijn keuze al lang gemaakt had. En hij zei dat hij geen zin had om verder te studeren, hij leerde nu alleen maar omdat je nu eenmaal bepaalde dingen moest weten, omdat het nodig was te leren en hij deed het met plezier en was dankbaar dat hij mocht leren maar hij was praktisch ingesteld en hij ging niet graag van huis weg en alles wat hij vroeg was of hij kruidenier mocht worden net als hij, want, zei hij, u wordt elke dag ouder en zult straks wel hulp kunnen gebruiken. Antoni had een stukje mos gepakt en er een bolletje van gedraaid. En hij zei, denk er goed over na: een kruideniersbestaan is iets om niet van de honger om te hoeven komen. Maar het is een weinig glansrijk beroep.

En hij zei ook nog, terwijl hij het mosbolletje kneedde, dat Toni dit misschien alleen maar zei om hem een plezier te doen en dat hij het gesprek open liet zodat hij er altijd op terug kon komen, hij kon er net zo lang over denken als hij wilde. Hij zou niet graag hebben dat hij later spijt zou krijgen van iets dat hij vroeger eigenlijk uit beleefdheid had beloofd. Aan de andere kant had hij, Antoni, wel gemerkt dat mijn zoon een helder verstand had en goed wist wat hij wilde. De jongen luisterde de hele tijd zwijgend met opeengeklemde lippen en had twee diepe rimpels in zijn voorhoofd tussen zijn wenkbrauwen: hij was koppig. En hij zei dat hij heel goed wist wat hij zei of deed en ook waarom hij iets zei of deed. En dat zei hij zeker twee keer om ten slotte uit te barsten, hij die altijd zo gehoorzaam en zwijgzaam was. Hij barstte los, maar voor hij losbarstte, pakte hij een stukje mos uit de vaas en bracht daarbij in zijn zenuwachtigheid het hele boeket in wanorde en toen zaten er twee bolletjes te draaien. En hij zei dat als hij verkoos winkelier te worden, hij dat deed omdat hij hem wilde helpen en zijn werk wilde voortzetten en hij wilde de winkel tot verdere bloei brengen want hij was erg op de zaak gesteld. Toen zei hij snel welterusten en ging regelrecht naar zijn kamer. En toen wij zelf ook gingen slapen en Antoni achter me liep in de gang, hoorde ik hem steeds maar zeggen... dat heb ik niet verdiend... dat heb ik niet verdiend...

maar hij voegde eraan toe dat hij dacht dat de jongen zich misschien toch vergiste en dat hij er erg trots op geweest zou zijn als hij dokter of architect was geworden, een jongen die min of meer uit zijn handen kwam...

We kleedden ons altijd uit achter het kamerscherm zodat er dan niet de hele nacht overal kleren op stoelen in de kamer lagen. Achter het scherm stond een kruk om je schoenen uit te trekken en een kapstok. Antoni kwam er in pyjama achter vandaan en ik, eerder of later dan hij, in een nachthemd, de knoopjes tot aan mijn hals en aan de manchetten dichtknopend. Antoni had me in het begin al verteld dat deze gewoonte om zich achter een kamerscherm uit te kleden van zijn moeder afkomstig was. De stoffen bekleding van het kamerscherm die in lange plooien tussen de koperen roeden was opgespannen en die je eruit kon halen om te wassen, was blauw en bezaaid met witte margrieten, net alsof ze erop gegooid waren.

De nachten dat ik licht sliep, maar ik sliep dan toch, werd ik gewekt door de eerste kar die naar het marktplein reed en dan ging ik wat water drinken, en daarna ging ik even kijken of de kinderen goed sliepen en omdat ik dan niets meer te doen wist liep ik door de Japanse heen de winkel in. Ik stak mijn hand in de graanzakken. Meestal in de maïs want die stond het dichtst bij de woonkamer. Ik stak mijn hand erin en haalde er een handvol gele korrels met witte tuitjes uit, hief mijn arm omhoog en liet de korrels als regendruppels weer in de zak vallen, en dan nam ik nog een handvol waarna ik aan mijn hand rook en de geur opsnoof. En in het licht van de keukenlamp die ik aan had gelaten zag ik de glazen voorkant van de laden met vermicelli, fijne vermicelli, sterretjes, lettertjes, en ook gierst en linzen... En ook de olijvenpotten glansden, de groene en de zwarte olijven die gerimpeld waren als een honderdjarige. En dan roerde ik met de grote houten lepel die wel op een roeispaan leek in die potten tot er zich boven aan de rand schuim vormde. De olijvengeur steeg op uit de potten. En terwijl ik zo wat rondscharrelde, dacht ik er soms aan dat na al die jaren Quimet wel dood moest zijn, morsdood, hij die als kwikzilver was geweest, meubels ontwerpend in de lichtkring van de fraisekleurige lamp in de huiskamer... en ik dacht eraan dat ik niet eens wist hoe hij gestorven was en zelfs niet of hij wel begraven was, zo ver weg... misschien lag hij zelfs nog wel boven aarde in het verdorde gras van de vlakte van Aragon, zijn beenderen blootgesteld aan de wind; en ik dacht eraan hoe de wind ze met stof zou bedekken, behalve de ribben van de borstkas die als een lege, opgeblazen kooi was waarin vroeger zijn longen hadden gezeten, rood van kleur met heel diepe gaatjes en kleine beestjes erin. En al zijn ribben waren er nog, behalve een, want dat was ik en terwijl ik me van de kooi losmaakte plukte ik snel een blauw bloemetje, rukte de kroonblaadjes af en liet ze uit de lucht vallen, net als de maïskorrels. En ik zag alleen maar blauwe bloemen, blauw als het water van een rivier of van de zee, of van een bron, en alle bladeren aan de boom waren groen als de slang die zich erin verstopt had met een appel in zijn bek. En toen ik die bloem geplukt had en de blaadjes uittrok, tikte Adam mij op mijn hand, schei toch uit met die onzin! Maar de slang kon er niet om lachen want die moest de appel in zijn bek houden en hij volgde me heimelijk... En dan ging ik maar weer terug naar bed, deed het licht in de keuken uit en de eerste kar was al lang voorbij en er volgden nog meer karren en vrachtauto's, en allemaal denderden ze voorbij, voorbij... en soms namen al die draaiende wielen mijn gedachten mee en viel ik weer in slaap...

45

—Er is een jongeman die je wil spreken, zei Antoni terwijl hij in de deur van de salon stond. Rosa was aan het strijken en ik zat op de sofa met de hoes. Hij voegde eraan toe dat die jongen hem iets was komen zeggen maar dat hij hem gevraagd had even te wachten omdat hij het beter aan mij kon vertellen. Ik vond het een beetje vreemd. Ik zei tegen Rosa dat ik zo terug zou zijn. Goed, senyora Natàlia. Tamelijk nieuwsgierig geworden liep ik naar de woonkamer en in de gang zei Antoni me nog even dat de jongeman die me wilde spreken een van de netste jongens uit de hele buurt was. Met enigszins trillende benen kwam ik de woonkamer binnen en trof daar de eigenaar aan van de bar op de hoek die nog tamelijk nieuw was want hij had hem pas twee jaar geleden gekocht. Antoni had gelijk, die bareigenaar was een nette kerel: hij had een goed postuur en ravenzwart haar. En hij was erg aardig. Zo gauw hij me zag zei hij dat hij nog van de oude stempel was. Ik vroeg hem te gaan zitten. Antoni liet ons alleen en de jongeman stak zijn verhaal af. Hij had maar één ondeugd, zei hij, en dat was werken. Ik werk erg hard, zei hij. En hij vertelde dat hij van zijn bar-restaurant goed kon leven en zelfs sparen hoewel het niet zo'n florissante tijd was, en dat hij volgend jaar de zeephandel naast zijn bar wilde kopen, want daar was hij al lang over aan het onderhandelen, en dan zou hij zijn bar en feestzaal kunnen uitbreiden. En door die uitbreiding zou hij genoeg verdienen om over drie of vier jaar een huisje te kopen in Cadaquers aan de kust, waar zijn ouders woonden, want als hij trouwde dan wilde hij dat zijn vrouw de zomers aan zee zou kunnen doorbrengen want dat vond hij een van de mooiste dingen op de wereld.

— Ik kom uit een hecht gezin, bij mij thuis heb ik alleen maar blijdschap en geluk gekend; en als ik trouw dan wil ik dat mijn vrouw hetzelfde kan zeggen als wat mijn moeder altijd van mijn vader zei, want ik heb haar mijn hele leven lang alleen maar horen zeggen: wat heb ik toch geboft dat ik tegen jou aan gelopen ben!

Ik luisterde zonder hem te onderbreken want de jongeman leek net een opgewonden uurwerk, en ik wachtte maar af wanneer hij op zou houden. En toen hij stil viel, viel hij ook echt stil. Er ging een hele poos voorbij en we wachtten allebei zwijgend af tot ik ten slotte aan deze lange stilte een einde maakte en zei, zegt u het maar...

En toen kwam het hoge woord eruit. Rita.

— Iedere keer als ik haar langs zie komen is het alsof ik een bloem voorbij zie gaan. Ik kom om haar hand vragen.

Ik stond op, stak mijn hoofd door het kralengordijn en riep Antoni en toen die binnenkwam en ik het hem vertelde zei hij dat hij het allang wist en ging ook zitten. Ik zei dat Rita me niets verteld had en dat ik toch eerst moest wachten tot mijn dochter me zelf iets zou vertellen. Noem me maar Vicenç, zei hij. En hij voegde eraan toe dat Rita nog nergens van af wist. Ik zei dat hij dan toch eerst zelf met Rita moest praten, maar wel moest bedenken dat Rita nog erg jong was. Hij zei dat hij het niet erg vond dat ze nog zo jong was, hij zou wel wachten als ze dat wilde, hoewel hij het liefste dezelfde dag nog met haar zou willen trouwen, en hij hoefde er nog niet met Rita over te spreken want hij was nog van de oude stempel en durfde het eigenlijk niet, het was beter dat wij er met haar over spraken en dan zouden we wel zien wat ze ervan vond. Als u wilt kunt u gerust inlichtingen over mij inwinnen. Ik beloofde hem dat ik met Rita zou praten, maar zei erbij dat mijn dochter eigenwijs was en dat we misschien op deze manier niet veel verder zouden komen. Zo gezegd zo gedaan. Toen Rita thuiskwam vertelde ik haar dat de jongeman van de bar geweest was om te vragen of zij met hem wilde trouwen. Ze keek me aan en in plaats van iets te zeggen liep ze naar haar kamer, legde er haar boeken neer, liep daarna naar de keuken om haar handen te wassen en kwam toen bij mij met de woorden: denkt u dat ik er zin in heb om te gaan trouwen en me te begraven als vrouw van die cafébaas op de hoek?

Ze ging in de woonkamer zitten, wierp met twee handen haar haar in haar nek en keek me aan met pretogen en schoot opeens zo in de lach dat ze geen zinnig woord meer uit kon brengen en van tijd tot tijd zei ze, voor zover ze kon: trek toch niet zo'n gezicht...

Ik had zelf ook moeite om mijn lach in te houden en zonder te weten waarom ze zo moest lachen begon ik ook te lachen en we lachten zo hard dat Antoni het kralengordijn met twee handen opende en met zijn hoofd tussen de kralen riep: waarom lachen jullie zo? En toen we hem daar zo zagen konden we helemaal onze lach niet meer inhouden en eindelijk zei Rita dan toch, om die grap om te gaan trouwen, en ze zei dat ze helemaal niet wilde trouwen, ze wilde wat van de wereld zien, ze had geen zin om te gaan trouwen, ze had er gewoon geen zin in en dat konden we aan die cafébaas vertellen, dat het beslist niet doorging en dat hij zijn tijd verdeed en dat zij wel andere dingen aan haar hoofd had. En ze vroeg, en is hij zelf hier geweest om te zeggen dat hij mij wilde vragen? En Antoni zei van ja en toen begon Rita weer te lachen, ha, ha, ha, maar ten slotte zei ik haar dat het nu wel genoeg was, want het was toch eigenlijk niet iets om zo over te lachen als een fatsoenlijke jongen om je hand kwam vragen.

46

Vicenç kwam weer, want Antoni had hem geroepen en ik zei hem dat Rita een stijfkop was en haar eigen gang wilde gaan; en dat het me erg speet. Hij zei daarop, maar u mag me toch wel, nietwaar? We zeiden allebei ja, en toen zei hij heel plechtig, Rita wordt mijn vrouw.

Het regende bloemen en er kwam een uitnodiging om in de bar te komen dineren. Toni was op de hand van Rita en zei dat hij het maar niks vond en dat Rita gelijk had, want waarom zou ze zich gaan binden aan die jongen van de bar als ze niets liever wilde dan de wereld zien, en als hij zin had om te trouwen dan waren er immers genoeg meisjes in het land die hem dolgraag zouden willen.

Op een ochtend stond Rita buiten bij de deur op het terras en ik, ik weet niet meer precies wat ik in de salon aan het doen was, bleef even bij de tuindeuren staan en keek naar haar. Ze stond met haar gezicht naar de binnenplaats en met haar rug naar mij toe en de zon wierp haar schaduw op de grond en rond haar hoofd zag je in het tegenlicht een heleboel korte, dunne haartjes die haar hoofd omstraalden en in de wind bewogen, wat haar prachtig stond: ze was slank en had lange, goed gevormde benen en met de punt van haar schoen trok ze een streep in het stof op de grond, langzaam schuivend met haar voet.

De voet bewoog van links naar rechts en maakte steeds weer nieuwe strepen en opeens merkte ik dat ik op de schaduw van haar hoofd stond; of liever gezegd, de schaduw van Rita's hoofd viel op mijn voeten, maar het leek hoe dan ook net alsof Rita's schaduw een hefboom vormde die mij ieder moment de lucht in kon slingeren want de zon en Rita buiten waren samen zwaarder dan de schaduw en ik binnen. Heel sterk voelde ik opeens de loop van de tijd. Niet die van de wolken en de zon, de regen en de sterren die de nacht versieren, niet het verstrijken van de seizoenen, van de lente en de herfst, niet de tijd die de blaadjes aan de takken doet verschijnen en ze weer laat afrukken, die de bloemen hun kleuren geeft en ze weer afneemt, maar de tijd in mijzelf, de tijd die onzichtbaar is en die ons vormt. De tijd die binnen in ons hart verstrijkt en het laat kloppen en die ons verandert van binnen en van buiten en die ons geduldig maakt tot de mens die we op de laatste dag zullen zijn. En terwijl Rita met de punt van haar schoen strepen stond te trekken in het stof zag ik weer hoe ze als klein meisje met opgeheven armen in de kamer achter Antoni aan liep en hoe ze haar eerste stapjes maakte te midden van een zwerm duiven... En Rita draaide zich om, een beetje verrast dat ze me zo bij de deur van de salon zag staan, zei dat ze dadelijk terugkwam en liep weg door het tuinhekje. Een goed half uur later kwam ze terug met gloeiende wangen. En ze zei dat ze bij Vicenç was geweest en dat ze ruzie gehad hadden want zij had hem gezegd dat een jongen die met een meisje wil trouwen haar eerst zelf moet veroveren en niet met haar familie moet gaan smoezen, en ze had hem ook gezegd dat je geen bloemen naar een meisje stuurt als je tevoren niet weet of ze daar wel blij mee is. Ik vroeg haar wat Vicenç gezegd had en hij had kennelijk gezegd dat hij erg verliefd op haar was en dat hij, als zij niet met hem wilde trouwen zijn bar zou sluiten en in het klooster zou gaan.

En we gingen dineren in de bar van Vicenç. Rita droeg een hemelsblauwe jurk met witte geborduurde nopjes, en ze zat er de hele avond wat nukkig bij zonder ook maar een hapje te proeven. Ze had geen honger, zei ze. En toen we aan het dessert gekomen waren en de kelner niet meer steeds met borden en schalen heen en weer liep, zei Vicenç, alsof hij in zichzelf sprak, dat hij blijkbaar niet hoorde tot de mannen die een meisje konden veroveren.

En met deze woorden won hij haar. En zo begon hun verlovingstijd. Het werd een verlovingstijd als een oorlog. Opeens zei Rita dat ze de verloving verbroken had en dat ze noch met Vicenç noch met een ander wilde trouwen. En ze sloot zich op in haar kamer. Tot ze naar school moest en ze was nog maar net in de bus gestapt, die van de halte precies tegenover de bar vertrok, of Vicenç kwam.

— Soms denk ik dat ze van me houdt maar een paar dagen later denk ik weer van niet. De ene keer geef ik haar een bloem en dan is ze er blij mee, maar geef ik haar een paar dagen later weer een bloem dan wil ze hem niet.

Antoni kwam de woonkamer in, ging zitten en pakte zijn stukje mos uit de vaas. Hij troostte Vicenç en zei dat Rita nog zo jong was, haast nog een kind, maar Vicenç zei dat hij daar wel rekening mee hield en daarom ook zoveel geduld had maar dat hij er erg onder leed omdat je met Rita nooit wist waar je aan toe was. Vlak voordat Rita weer thuis zou komen, ging Vicenç er snel vandoor. Soms kwam Toni erbij zitten en toen hij zag dat Vicenç er werkelijk onder leed, ging het hem aan het hart. Langzamerhand koos hij partij voor Vicenç en begon hem tegenover Rita te verdedigen. En als je genoeg van de wereld gezien hebt, zei hij, wat dan?

Wanneer Antoni en de jongen samen over de winkel zaten te praten, over wat er ingekocht moest worden en hoe de zaak gedreven moest worden, liet ik ze vaak alleen en liep dan wat op te ruimen, de kamer in en uit lopend, zonder precies naar hun woorden te luisteren. Op een avond hoorde ik het woord soldaat vallen en als versteend bleef ik bij de keukendeur staan. En Antoni zei dat hij inderdaad in Barcelona in militaire dienst zou kunnen gaan, maar dat hij dan misschien een jaar langer zou moeten dienen, en de jongen zei daarop dat hij liever een jaar langer wilde dienen en in Barcelona blijven dan een jaar korter en naar God weet waarheen te moeten. En hij zei tegen Antoni dat die zich hier niet over moest verwonderen want dat hij, toen hij klein was, in de oorlog ook een tijd van huis had gemoeten omdat er niets meer te eten was, en dat hij sinds die tijd een soort manie had gekregen om thuis te willen blijven, om nooit meer weg te willen gaan, en te blijven zitten waar hij zat als een houtworm in het hout. En Antoni zei, akkoord. Ik ging de woonkamer in en zo gauw Antoni me zag binnenkomen zei hij dat we onze jongen binnenkort wel in uniform zouden zien.

47

Rita maakte de huwelijksdatum bekend en zei dat ze ja had gezegd omdat ze Vicenç niet langer met een zielig gezicht wilde zien rondlopen en de hele buurt op zijn hand die geloofde dat hij het slachtoffer was. En zij ging door voor een slecht meisje, alleen omdat hij zo'n gezicht zette en geen stom woord zei. En nu ze haar goede naam kwijt was, zou ze, als ze niet met hem trouwde, toch als een oude vrijster blijven zitten en daar had ze helemaal geen zin in, want als ze dan niet in een vliegtuig kon gaan werken zoals ze graag gewild had, dan wilde ze ook wel eens naar de bioscoop of naar de schouwburg in mooie kleren en met een knappe man aan haar zijde, en Vicenç, dat moest ze toegeven, was knap. Het enige dat haar dwars zat en dat haar het meest van alles hinderde was dat Vicenç hier uit de buurt kwam en dat zijn zaak zo dicht bij haar huis was. We vroegen haar waarom ze dat zo vervelend vond, maar dat kon ze niet zo goed uitleggen, zei ze, maar ze kreeg het er in zekere zin benauwd van om met iemand die zo dichtbij woonde te trouwen want dat was net alsof je met iemand uit je eigen familie trouwde en dat ontnam haar al haar illusies. En na de verlovingstijd waarin ze aan elkaar gewend raakten en die erg lang duurde, kwamen ze dan nu in de voorbereidingsperiode van de bruiloft. We lieten twee keer in de week een naaister komen en de salon van de sofa met de hoes veranderde in een atelier. Terwijl de naaister en

Rita zaten te werken kwam Vicenç; zo gauw Rita hem zag werd ze nerveus en zei dat als hij niet zo dicht in de buurt had gewoond, hij niet had kunnen komen rondsnuffelen. Zo wist hij van tevoren al hoe ze eruit zou zien... Vicenç merkte wel wat er met Rita aan de hand was maar hij kon het eenvoudig niet laten om langs te komen en liep dan de salon in alsof hij een zonde beging, bleef dan een poosje roerloos staan, en als hij zag dat iedereen druk bezig was dan vertrok hij weer, en ten slotte vertrok ik ook en liet het naaien van de huwelijksuitzet verder maar aan Rita en de naaister over want Rita vond dat ik niet fijn genoeg naaide. Ik ging naar het park, wat me ook een beetje begon te vervelen. Ik werd moe van al die vrouwen die mij kenden en die vol medeleven op me zaten te wachten omdat ik vroeger duiven had gehouden. En die manie die ik vroeger had gehad om over die duiven en die duiventoren te praten was met de jaren verdwenen.

Als ik al eens aan de duiven wilde denken dan dacht ik er liever in mijn eentje aan. En dan dacht ik eraan zoals ik het zelf wilde; want de ene keer werd ik er treurig van en de andere keer niet. En op sommige dagen als ik daar zo zat onder de takken en de bladeren, voelde ik de neiging in me opkomen om zachtjes te gaan lachen terwijl ik mezelf jaren geleden bezig zag met het doodschudden van de duivenkuikens in het ei. En vertrok ik met een paraplu van huis omdat het bewolkt was en zag ik dan ergens in het park een vogelveertje liggen, dan prikte ik het met de punt van mijn paraplu diep in de aarde en begroef het. En ontmoette ik dan een vrouw die me kende en die me vroeg, komt u niet zitten? dan zei ik, nee, ik weet niet wat ik heb maar zo gauw ik ga zitten voel ik me niet goed. En toen het kouder begon te worden zei ik, als ik ga zitten dan trekt de vochtigheid van de bladeren in mijn rug op en dan ga ik 's nachts hoesten... En zo kwam ik van ze af en vermaakte me met het kijken naar de bomen die met hun benen in de lucht leken te leven, met hun bladeren als voeten, terwijl hun kop in de aarde stak en ze aarde aten met hun mond en hun tanden die de wortels waren. En hun bloed stroomde anders dan bij de mens want het stroomde van het hoofd naar de voeten omhoog. En de wind en de bladeren kietelden de voeten van de bomen, die zo mooi groen waren als ze geboren werden. En zo geel als ze stierven.

En dan ging ik naar huis terug, altijd een beetje duizelig, want ik weet niet hoe het kwam maar de frisse lucht maakte altijd veel in me los, en de lichten waren al aan en ik vond Rita mopperend op van alles en nog wat en de naaister met een mismoedig gezicht, en Vicenç zittend of staand als hij al niet vertrokken was. Antoni vroeg me altijd of ik flink gewandeld had. Soms zat Toni ook naar de naaister en Rita te kijken, of hij maakte ruzie met Rita, want als hij van de kazerne terugkwam had hij altijd honger en Rita had nooit zin om eten voor hem te maken want daar verloor ze maar tijd mee en dan zou haar uitzet niet voor de trouwdag in orde zijn: ze wilde dan alles klaar hebben zodat ze geen steek meer zou hoeven te naaien als ze eenmaal getrouwd was want dan zou ze alleen nog maar leuke dingen gaan doen. Soms zaten ze met zijn allen brood te eten en te praten over van alles en nog wat als ik thuiskwam, en dan trok ik mijn schoenen uit en ging ik op de sofa zitten. En terwijl ze zo zaten te praten zag ik nog steeds bladeren voor mijn ogen, levende en dode, bladeren die met een zucht van de tak vielen, en bladeren die geluidloos naar beneden dwarrelden als kleine fijne duiveveertjes.

48

En toen kwam de bruiloft. Het had de hele nacht geregend en toen we naar de kerk gingen goot het. Rita had een witte bruidsjapon aan omdat ik dat graag wilde, want bij een echte bruiloft draagt de bruid een witte jurk. De dag van de bruiloft was ook de trouwdag van Antoni en mij. Senyora Enriqueta die oud begon te worden schonk Rita het schilderij met de langoesten, omdat ze er vroeger als klein meisje altijd zo naar keek... Antoni gaf haar een flinke som gelds mee want ze hoefde het niet zonder bruidsschat te stellen. Vicenç zei dat het hem niets uitmaakte, hoewel hij er natuurlijk wel blij mee was, want hij zou ook zonder bruidsschat met Rita getrouwd zijn, en Rita zei dat die bruidsschat goed van pas zou komen als ze weer van Vicenç zou gaan scheiden. Het feestdiner was in de bar van Vicenç, in de feestzaal die nu uitgebreid was want hij had al een tijdje geleden de winkel van de zeephandelaar gekocht, en overal aan de muren hingen guirlandes van aspergegroen met witte papieren rozen want echte rozen waren er niet meer. Aan de lampen hingen linten met een papieren roos aan het uiteinde en er waren rode lampions die overdag al aan waren. De obers konden zich maar nauwelijks bewegen, zo stijf waren hun overhemden gesteven. De ouders van Vicenç waren uit Cadaquers gekomen, helemaal in het zwart gekleed en met glimmend gepoetste schoenen aan en mijn kinderen en Vicenç en Antoni hadden erop aangedrongen dat ik een jurk zou laten maken van champagnekleurige zijde. En daarbij moest ik een lang parelsnoer dragen. Vicenç zag erg bleek nu dan eindelijk deze dag aangebroken was waarvan hij vaak gezegd had dat die nooit zou aanbreken, en hij zag eruit alsof hij eerst vermoord was en daarna met geweld weer tot leven gewekt. Rita was uit haar humeur omdat haar sleep en sluier natgeregend waren toen ze uit de kerk kwam. Toni kon niet mee naar de kerk, maar hij kwam wel in uniform naar het diner en danste ook in uniform. We moesten de ventilatoren aanzetten en de papieren rozen sidderden in de kunstmatige wind. Rita danste met Antoni en Antoni was zo week als een overrijpe perzik. En de ouders van Vicenç die me niet kenden zeiden dat ze erg blij waren met me kennis te maken en ik zei dat dat wederzijds was en zij zeiden dat Vicenç in zijn brieven erg veel over Rita en senyora Natàlia had verteld. Na drie dansen nam Rita haar sluier af omdat die haar hinderde bij het dansen, wierp haar hoofd naar achteren, tilde haar rok op en haar ogen straalden terwijl tussen haar neus en bovenlip kleine zweetdruppeltjes parelden. En toen Rita met Antoni aan het dansen was kwam senyora Enriqueta, die oorhangers droeg met lilakleurige steentjes erin, naar me toe en zei, o, als Quimet haar zo eens had kunnen zien... En er kwamen me mensen begroeten die ik nauwelijks kende en die zeiden, hoe gaat het met u senyora Natàlia... En toen ik met de soldaat danste, die mijn zoon was, met mijn hand, met mijn handpalm met al die lijnen tussen pols en vingers plat tegen de zijne, was het net alsof de bedspijl met de opgestapelde bollen weer zou gaan breken en ik liet mijn hand los en legde hem rond zijn hals en kneep, en toen hij vroeg, wat doe je nu? zei ik, ik wurg je. Toen de dans met mijn zoon afgelopen was, bleef mijn parelsnoer achter een knoop van zijn soldatenjasje haken en alle parels rolden over de grond en iedereen kroop over de grond om ze op te rapen en ze aan mij terug te geven, hier, hier, hier, senyora Natàlia, en ik stopte ze in mijn portemonnee, hier nog een, en hier nog een... De wals danste ik met Antoni en iedereen kwam om ons heen staan om ons te zien dansen want Antoni had Vicenç even tevoren laten aankondigen dat wij ook onze huwelijksdag vierden. Rita kwam me een kus geven. En toen Vicenç de wals aankondigde zei ze zachtjes tegen me dat ze vanaf de eerste dag al stapelgek op Vicenç was geweest maar dat ze het nooit had willen laten merken en Vicenç zou nooit te weten komen hoe gek ze wel op hem was. En terwijl ze me dat toefluisterde, kriebelden haar lippen bij mijn oor en voelde ik haar warme adem op mijn wang. Het feest liep ten einde en het uur van afscheid naderde. Toni vertrok, het bruidspaar ging weg nadat Rita bloemen uitgedeeld had. Het was binnen erg warm geweest, buiten was het fris en de avondlucht kleurde rood en op de een of andere manier merkte je dat het seizoen voorbij was. Het regende niet meer maar de hele straat droeg nog de geur van regen. Samen met Antoni ging ik naar huis en we gingen door het tuinpoortje naar binnen. Ik trok mijn jurk achter het kamerscherm uit en Antoni zei dat ik de parels aan een onbreekbare draad moest rijgen en hij kleedde zich ook om en ging nog wat in de winkel rommelen. Ik ging op de sofa met de hoes zitten, voor de console. In de spiegel boven de console zag ik een stukje van mijn hoofd en wat haar en aan weerszijden van de spiegel stonden slaperig, ik weet niet hoeveel jaar al, de veldbloemen onder de glazen stolpen. De schelp lag midden op de console en het leek net alsof ik de zee al in hem hoorde ruisen... woeoeoe... woeoeoe... woeoeoe... en ik bedacht dat er misschien wel geen geluid in zat als je hem niet aan je oor hield maar dat was iets waar je nooit achter kwam: of er binnen in de zeeschelp ook golven te horen waren als er geen oor bij de opening werd gehouden. Ik haalde de parels uit mijn portemonnee en deed ze in een doosje. Behalve één, die wierp ik in de schelp als gezelschap voor de golven. Ik ging Antoni vragen of hij nog iets wilde eten maar hij zei dat hij alleen maar een kop koffie met melk hoefde en verder niets. En voor deze mededeling kwam hij even de woonkamer in want ik had het hem vanuit de gang toegeroepen en hij ging meteen weer door het kralengordijn terug de winkel in en ik ging weer op de sofa met de hoes zitten tot het donker begon te worden en ik bleef zo in het donker zitten tot de straatlantaarn al aanging en er een vaal lichtschijnsel binnenviel dat spookachtige vlekken wierp op de rode tegels. Ik pakte de schelp op en bewoog hem heel voorzichtig heen en weer en hoorde de parel rollen. De schelp was roze met witte vlakken, met scherpe uitsteeksels die in een gladde punt eindigden, en parelmoer van binnen. Ik zette hem weer neer op de plaats waar hij altijd gestaan had en bedacht dat de schelp een kerk was en de parel erin pastoor Joan en het woeoeoe... woeoeoe... het gezang van engelen die niets anders konden zingen dan steeds dit zelfde lied. Ik ging weer naar de sofa en bleef zitten tot Antoni kwam vragen wat ik daar in het donker deed. Niets, zei ik. En toen vroeg hij of ik aan Rita zat te denken en ik zei, ja, hoewel ik helemaal niet aan Rita dacht. Hij kwam naast me zitten en zei dat we maar moesten gaan slapen want het deed hem overal pijn omdat hij niet gewend was een vest te dragen en ik zei dat ik ook wel moe was en we stonden allebei maar op en ik maakte nog een kop koffie voor hem klaar met melk erin, een half kopje maar, zei hij...

49

Ik werd wakker van Toni toen hij thuiskwam, en dat terwijl hij 's nachts altijd op zijn tenen de binnenplaats overstak. Ik streek met mijn vinger over een gehaakte bloem en plukte wat aan een blad. Ik hoorde een meubelstuk kraken, misschien was het de console of de sofa, of de commode... in het donker zag ik weer de zoom van Rita's witte rok over haar satijnen schoentjes en de gespen met briljantjes golven. En zo ging de nacht voorbij. De rozen op de sprei hadden een hartje in het midden en er was eens zo'n hartje afgesleten en toen stak er een klein knoopje doorheen, een bol knoopje... senyora Natàlia. Ik stond op. Toni had de tuindeuren op een kier laten staan om ons niet wakker te maken... ik zou ze even dichtdoen. Maar toen ik bij de deur stond, liep ik naar de slaapkamer terug, kroop achter het kamerscherm en kleedde me op de tast aan. Het was nog heel vroeg in de ochtend. In het donker liep ik naar de keuken, op blote voeten, en zoals altijd, tastend langs de wanden. Voor de deur van de slaapkamer van Toni bleef ik staan en hoorde hem heel diep en rustig ademhalen. Ik liep de keuken in om water te drinken, zo maar. Ik opende de la van het blankhouten tafeltje met de geruite tafeldoek erover en pakte het aardappelmesje met het scherpe puntje eruit. De snijkant van het mesje was ingetand als een zaag... senyora Natàlia. Degene die dat mesje had uitgevonden had werkelijk een goede uitvinding ge-

daan en hij zou er wel lang over nagedacht hebben
onder het licht van een tafellamp na het eten, want de
mesjes van vroeger waren anders en daar moest de
scharenslijper voor langskomen en door de schuld
van die uitvinder hadden de scharenslijpers die daar
natuurlijk de pest over in hadden een ander beroep
moeten leren. Die arme scharenslijpers deden nu
misschien iets anders en misschien verdienden ze
zelfs meer en hadden ze een motor om mee over de
snelwegen te razen met hun doodsbange vrouw achterop.
Over 's heren wegen. Want zo was immers alles:
wegen en straten, gangen en huizen om je in te
verstoppen als een houtworm in hout. Tussen muren
en muren. Eens had Quimet me gezegd dat houtwormen
een echte plaag waren en toen had ik hem
gevraagd hoe die wormpjes dan eigenlijk ademhaalden,
want dat kon ik maar niet begrijpen, hoe ze
maar boorden en boorden, en hoe dieper ze zich in
het hout boorden hoe minder lucht ze kregen. Maar
hij zei dat houtwormen eraan gewend waren om zo
te leven, steeds met hun neus in het hout, vlijtig aan
het werk. Opeens bedacht ik dat scharenslijpers toch
nog wel van hun beroep konden leven want er waren
immers niet alleen messen uit keukens, uit tehuizen,
uit ziekenhuizen, waarvan de directie alleen
maar aan bezuiniging dacht, maar er waren ook nog
wel andere messen met een gewoon lemmet die je op
een slijpsteen moest slijpen. En terwijl ik zo over
messen stond na te denken kwamen allerlei geuren
en luchtjes opzetten. Allemaal rook ik ze, ze achtervolgden
elkaar, maakten plaats voor elkaar, ontsnapten
en kwamen weer terug: de geur van het
dakterras vol duiven en de geur van het dakterras
zonder duiven en de geur van bleekwater die ik leer-

de kennen toen ik getrouwd was. En de geur van bloed als voorbode van de doodslucht. En de kruitdamp van de vuurpijlen en de voetzoekers die avond op de Plaça del Diamant en de geur van papier van papieren bloemen en de droge geur van aspergegroen dat verbrokkelde en op de grond een klein laagje groen vormde, allemaal piepkleine groene stukjes die van de takken gevallen waren. En de sterke geur van de zee. Ik streek met mijn hand over mijn ogen. En ik vroeg me af waarom men geur eigenlijk geur noemde en stank stank en waarom men stank geen geur noemde en tegen geur geen stank zei, en toen rook ik de geur die Antoni bij zich droeg als hij wakker was en Antoni's geur als hij sliep. En ik zei tegen Quimet dat houtwormen misschien in plaats van van buiten naar binnen te werken van binnen naar buiten werkten, waarna ze hun kopjes door het ronde gaatje naar buiten staken en al gauw merkten wat voor stommiteit ze eigenlijk begaan hadden. En de geur van de kinderen toen ze klein waren, de geur van melk en van speeksel, de geur van verse melk en van zure melk. En senyora Enriqueta had me verteld dat we vele levens hadden, die allemaal met elkaar verbonden waren en een sterfgeval of huwelijk kon ze soms, niet altijd, van elkaar scheiden, en het echte leven, los van alle banden van het kleine leven dat eraan vastgeknoopt zat, kon dan beginnen te leven zoals het altijd geleefd zou hebben als al die kleine en valse levens haar met rust gelaten hadden. En, zei ze, die met elkaar verbonden levens leveren strijd met elkaar en ze folteren ons terwijl wij er niets van in de gaten hebben zoals we ook niets merken van de arbeid van het hart of van de onrust in onze darmen... En de geur van mijn lakens waarin de geur hing van mijn lichaam en van het lichaam van Antoni, deze geur van vermoeide lakens die iemands lijflucht in zich opzuigen, de geur van hoofdhaar op het kussen, de geur van al die vuildeeltjes die van de voeten af komen aan het voeteneinde van het bed, de geur van gedragen kleren die de hele nacht op een stoel hangen... En de geur van graan, van aardappelen en van zoutzuur... In de houten handgreep van het mesje zaten drie schroefjes, waarvan de koppen platgeslagen waren zodat het lemmet nooit meer kon loslaten. Ik hield mijn schoenen in de hand en toen ik buiten op de binnenplaats stond deed ik de deur achter me dicht, gedreven door een kracht die me meezoog en die niet van binnen of van buiten kwam, en leunend tegen een ijzeren paal om niet te vallen trok ik mijn schoenen aan... Ik meende de eerste kar te horen, ver weg, nog half verloren in de nacht die al bijna voorbij was... Aan de perzikboom bewogen een paar bladeren in het licht van de straatlantaarn en een paar vogels vlogen op. Er kraakte een tak. De lucht was donkerblauw, en aan deze hoge blauwe lucht tekenden zich de daken af van de twee hoge huizen aan de overkant van de straat met hun typische balkons. Ik had het gevoel dat ik al wat ik deed al eerder had gedaan, zonder dat ik wist waar of wanneer, alsof alles zijn wortels terugvond in een tijd zonder herinneringen... Ik raakte mijn gezicht aan en het was mijn gezicht met mijn huid en mijn neus en mijn wang, maar al was ik het dan zelf, ik zag alles in een nevel gehuld maar niet dood: alsof er nevels, dikke nevels stof op gegooid waren... Voordat ik bij de markt was sloeg ik linksaf naar de Carrer Gran de winkel met de poppen passerend. En toen ik in de Carrer Gran was liep ik voorzichtig over het trottoir, tegel voor tegel, tot ik aan de stoeprand kwam en daar bleef ik stokstijf staan, overweldigd door een stortvloed van allerlei dingen die vanuit mijn hart naar mijn hoofd stegen. Er reed een tram voorbij, waarschijnlijk de eerste die uit de remise kwam, een gewone tram, precies als alle andere, oud en verveloos — misschien had die tram me nog wel zien rennen met Quimet achter me aan, toen we als dwazen van de Plaça del Diamant vandaan vlogen. Ik voelde een brok in mijn keel alsof er een dikke erwt in de weg zat. Ik voelde me duizelig worden en deed mijn ogen dicht en door de luchtstroom van de voorbijrijdende tram liet ik me meevoeren alsof het leven me ontsnapte. Bij de eerste stap die ik zette zag ik de tram nog en ik zag rode en blauwe vonken tussen de wielen en de rails wegspringen. Het was net alsof ik over een diepe leegte liep, met ogen die niets zagen, ieder moment vrezend weg te zullen zinken, en ik stak over, het mesje stevig in mijn hand geklemd en zonder de blauwe lichtjes te zien... En aan de overkant draaide ik me om en keek met mijn ogen en met heel mijn ziel en het leek me absoluut onmogelijk. Ik was de straat overgestoken. En nu wandelde ik door mijn vroegere leven, tot ik bij de voorgevel van het huis kwam, onder het balkon... De deur was op slot. Ik keek omhoog en zag Quimet, die midden op een veld vlak bij zee een blauwe bloem aan mij gaf, waarna hij me uitlachte. Ik wilde naar boven gaan, naar mijn woning, naar mijn dak, naar de weegschaal om hem in het voorbijgaan aan te raken... Jaren geleden toen ik met Quimet trouwde was ik door deze deur naar binnen gegaan en ik was er weer uit gekomen toen ik met Antoni trouwde, samen met de kinderen. Het was een lelijk huis en een lelijke straat met plaveisel dat alleen geschikt was voor karren met paarden. De straatlantaarn was ver verwijderd en de deur was donker. Ik zocht het gaatje dat Quimet in de deur gemaakt had boven het slot en vond het meteen: vlak boven het slot zat het, dichtgestopt met stopverf. Met de punt van het mesje begon ik de stopverf eruit te peuteren. En de stopverf brokkelde af. En toen ik het laatste restje stopverf verwijderd had besefte ik opeens dat ik toch niet binnen zou kunnen komen. Want met mijn vingers kon ik het koord toch niet grijpen om eraan te trekken en de deur te openen. Ik had ijzerdraad mee moeten nemen om er een haakje van te maken. En terwijl ik met twee vuisten op de deur bonsde bedacht ik dat ik misschien te veel lawaai maakte en sloeg toen maar op de muur wat erg pijn deed. Ik ging met mijn rug tegen de deur staan en rustte even uit want ik voelde me erg loom. Daarna draaide ik me weer om naar de deur en begon met de punt van het mesje in blokletters Colometa te schrijven, diep ingekrast, en zonder precies te weten wat ik deed begaf ik me weer op weg en het waren niet mijn voeten maar de gevels van de huizen die mij verder voerden en ik liep naar de Plaça del Diamant: een lege doos van oude huizen met de hemel als deksel. En in het midden van dat deksel zag ik een paar schaduwen bewegen, en alle huizen begonnen te wankelen alsof het hele plein onder water stond en er iemand het water in beroering bracht en de gevels van de huizen rekten zich naar boven en bogen tegen elkaar, en de opening in het deksel werd steeds kleiner tot hij de vorm kreeg van een trechter. Ik voelde dat er iemand naast me mijn hand aanraakte, het was de hand van Mateu en op zijn schouder ging een satinette zitten die ik nog nooit eerder gezien had, met rond uitgespreide staart en ik hoorde hoe hevige wervelwinden rondcirkelden in deze trechtermond die al bijna helemaal dicht was en met mijn handen voor mijn gezicht geslagen en om mezelf te redden van ik weet niet wat voor gevaar, stootte ik een ijzingwekkende kreet uit. Een kreet die ik al jaren in me gedragen moest hebben en met die kreet die zo immens was dat hij met moeite door mijn keel heen kon, kwam er ook een onbeduidend iets mee uit mijn mond, als een kleine kever van slijm... en dit kleine iets dat zo lang in me opgesloten had geleefd was mijn jeugd die aan me ontsnapte met een kreet waarvan ik niet goed wist wat het eigenlijk was... eenzaamheid? Iemand greep me bij mijn arm en ik draaide me kalm om en een oude man vroeg me of ik me niet goed voelde en ik hoorde dat er ergens een balkondeur werd geopend. Voelt u zich niet goed? En er kwam een oude vrouw bij staan en de oude man en de oude vrouw bleven bij me staan en op het balkon zag ik een witte schaduw. Het is al over, zei ik. En er kwamen nog meer mensen: ze kwamen geleidelijk aan te voorschijn, net als het daglicht, en ik zei dat ik me weer goed voelde, dat het helemaal over was, dat het mijn zenuwen waren, en verder niets, niets verontrustends... En ik begon weer te lopen en wilde mijn weg vervolgen. Ik keek nog even om en zag de oude man en de oude vrouw daar nog staan. Ze volgden mij met hun blik en in het schemerige morgenlicht leken ze figuren uit een droom... Dankjewel. Dankjewel. Dankjewel. Antoni had jarenlang dankjewel gezegd. En ik had hem nog nooit ergens voor bedankt. Dankjewel... Op de stoeprand in de Carrer Gran keek ik naar links en naar rechts of er geen trams aankwamen en stak vlug over en toen ik aan de overkant was draaide ik me nog even om om te kijken of dat kleine onbeduidende iets me nog volgde dat me zo krankzinnig had gemaakt. Ik was alleen op straat. De huizen en de dingen hadden hun normale kleur teruggekregen. Door de straten naar het marktplein reden karren en vrachtwagens af en aan, en de mannen van het slachthuis liepen de markthal in, in bebloede schorten en met een half kalf op hun rug. De bloemenverkopers staken bloemen tot een boeket in de ijzeren, met water gevulde houders. De chrysanten verspreidden een bittere geur. De dag was weer vol leven. Ik liep mijn straat in waar 's morgens de eerste kar door kwam. En terwijl ik daar door liep keek ik naar het brede winkelportaal waar een fruitverkoper al jaren lang perziken en peren en pruimen verkocht en deze afwoog op een oude weegschaal met koperen en ijzeren gewichten. Een weegschaal die de verkoper omhoog hield met zijn vinger in een haakje bovenaan. Op de grond lag stro, houtwol en verfrommelde vuile stukken papier. Nee, dankjewel. En de kreten van de laatste vogels hoog in de lucht, vogels die sidderend wegvlogen in het sidderende blauw. Voor het tuinhek bleef ik staan. Daar boven waren de veranda's, de een boven de ander, als grafnissen op een vreemd kerkhof, met de jaloezieën die aan een koord neergelaten werden, allemaal groen, jaloezieën die open waren of dicht. Er hing wasgoed aan de lijnen en af en toe zag je een kleurige vlek, een geranium in een pot. Ik liep de binnenplaats in toen er net een miserabel lichtstraaltje op de bladeren van de perzikboom viel. Antoni stond op me te wachten met zijn neus tegen de ruit van de tuindeur gedrukt. Ik vertraagde mijn pas opzettelijk en heel langzaam, voetje voor voetje, ging ik naar binnen... door mijn voeten gedragen, voeten die veel gelopen hadden en die, als ik dood zou zijn misschien door Rita bij elkaar gespeld zouden worden met een veiligheidsspeld zodat ze mooi naast elkaar bleven zitten. Antoni maakte de tuindeur open en vroeg met een stem die trilde, wat is er met je? En hij zei dat hij zich al een hele tijd ongerust zat te maken want hij was plotseling wakker geworden, net alsof iemand hem een slechte tijding bracht, en hij had me niet meer naast zich gezien en ook nergens anders. En ik zei tegen hem, je krijgt zo ijskoude voeten... en ik vertelde dat ik wakker geworden was toen het nog donker was en dat ik toen niet meer slapen kon en opeens behoefte had gekregen aan frisse lucht omdat ik het om de een of andere reden benauwd had... Zonder iets te zeggen stapte hij weer in bed. We kunnen nog wel een poosje gaan slapen zei ik, en ik zag zijn rug en zijn haar dat een beetje te lang was in zijn nek, en zijn trieste witte oren die altijd wit waren als hij het koud had... Ik legde het mesje op de console en begon me uit te kleden. Eerst deed ik de luiken nog even dicht en door een smalle kier kwam al zonlicht binnen. Ik liep naar het bed, ging zitten en trok mijn schoenen uit. Het bed kraakte een beetje, het was al oud en er waren twee veren kapot. Daarna trok ik mijn kousen uit, net zoals je een lang stuk huid afstroopt, trok mijn bedsokken aan en voelde toen pas dat ik haast bevroren was. Ik trok mijn nachthemd aan dat verschoten was van het vele wassen. Een voor een knoopte ik de knoopjes dicht helemaal tot aan mijn hals, en ook de knoopjes aan de manchetten. Ik zorgde ervoor dat het nachthemd helemaal tot aan mijn voeten kwam, kroop in bed en nestelde me in. Het wordt mooi weer vandaag, zei ik nog. Het bed was warm als een donzen holletje maar Antoni lag te rillen. Ik hoorde hem klappertanden. Hij lag met zijn rug naar me toe en ik schoof mijn arm onder zijn arm door en legde hem over zijn borst. Hij had het nog steeds koud. Ik omstrengelde zijn benen met mijn benen en zijn voeten met mijn voeten en streek met mijn hand naar beneden en maakte de knoop van zijn broek los zodat hij vrijer kon ademen. Ik legde mijn wang tegen zijn ribben en het was net alsof ik al het leven voelde dat hij in zich had en wat hij ook was: allereerst het hart en de longen en de lever, alles vol levenssappen en bloed. En ik begon langzaam met mijn hand over zijn buik te strijken, mijn arme oorlogsinvalide, en zo met mijn hoofd tegen zijn rug aan overdacht ik dat hij nooit mocht sterven en ik wilde hem dat zeggen, en ik wilde hem ook zeggen dat ik nog meer in mijn hoofd had dan ik kon vertellen, dingen die je niet kunt vertellen maar ik zei niets en mijn voeten begonnen al warmer te worden en zo vielen we in slaap en voordat ik in slaap viel en nog met mijn hand over zijn buik streek, vond ik zijn navel en ik stak er mijn vinger in om hem af te sluiten zodat niets van hem kon ontsnappen... Als we geboren worden zijn we allemaal als peren... opdat niet alles er zomaar uit valt. Opdat geen enkele boze heks hem er via zijn navel zou kunnen uitzuigen en Antoni van me zou kunnen afnemen... En zo sliepen we langzaam in als twee engelen Gods, hij tot acht uur en ik tot over twaalven... En toen ik uit een diepe slaap ontwaakte met een droge en bittere smaak in mijn mond, maar uitgeslapen zoals iedere ochtend hoewel het nu middag was in plaats van ochtend, stapte ik uit bed en kleedde me aan net als altijd, gedachteloos, terwijl mijn geest nog vertoefde in de bolster van de slaap. En terwijl ik daar zo stond drukte ik mijn handen tegen mijn slapen want ik wist dat me iets vreemds was overkomen maar het kostte me moeite te achterhalen wat het was geweest en wat ik had gedaan en als ik dan iets gedaan had, dan wist ik nog niet zeker of ik het werkelijk gedaan had want ik was half of helemaal in slaap geweest. Ik ging mijn gezicht maar wassen en het water maakte me wat helderder... mijn wangen begonnen te gloeien en mijn ogen straalden... Ik hoefde geen ontbijt meer want daar was het al veel te laat voor. Alleen maar een slok water drinken om die droge smaak in mijn mond te verdrijven... Het water was koud en het herinnerde me aan de vorige dag 's ochtends toen het zo hard regende terwijl we naar de kerk gingen, en ik dacht eraan dat ik 's middags als ik weer naar het park zou gaan misschien nog wel plassen op de weg zou zien staan... en in iedere plas, hoe klein ook, zag je de hemel, de hemel die soms vervaagd werd door een vogeltje... een vogeltje dat dorst had en onbewust de waterhemel met zijn snavel deed vervagen... of een paar kwetterende vogels die als bliksemschichten uit het gebladerte te voorschijn schoten, in de plas plonsden en zich baadden met opgezette veertjes en de hemel vertroebelden met hun snavels en vleugels. Tevreden...

Genève, februari-september 1960

Gabriel García Márquez

WEET U WIE MERCÈ RODOREDA WAS?*

Vorige week vroeg ik in een boekhandel in Barcelone naar Mercè Rodoreda en men vertelde me dat zij een maand geleden was overleden. Het bericht deed me veel verdriet, enerzijds vanwege de gepaste bewondering die ik voor haar boeken koester, anderzijds omdat ze het niet verdiend heeft dat buiten Spanje het bericht van haar dood niet de nodige aandacht kreeg in de pers. Het schijnt dat maar weinig mensen buiten Catalonië weten wie deze onzichtbare vrouw was, die in prachtig Catalaans zulke mooie en indringende romans schreef zoals er in de huidige literatuur niet veel zijn. Een ervan *La Plaça del Diamant* is volgens mij de mooiste roman die na de Burgeroorlog in Spanje uitgegeven werd.

Dat Mercè Rodoreda zelfs in Spanje zo weinig bekend is komt niet doordat ze in de taal van een beperkt taalgebied schreef, en ook niet doordat haar menselijke tragedies zich in een verborgen hoekje van de uitermate geheimzinnige stad Barcelona afspelen; want haar boeken werden in meer dan tien talen vertaald en waren in al die talen onderwerp van kritische commentaren, die veel enthousiaster waren dan die in haar eigen land. 'Dit is een van die boeken met een universele reikwijdte die door de liefde geschreven zijn', merkte indertijd de Franse criticus Michel Cournot op over *La Plaça del Diamant*. Diana

* Dit artikel verscheen op 18 mei 1983 in de Spaanse krant *El País*.

Athill beoordeelde de Engelse vertaling als 'de beste roman die in Spanje sinds vele jaren is uitgekomen'. En een criticus van *Publisher's Weekly* in de Verenigde Staten vond *La Plaça del Diamant* een opmerkelijke en schitterende roman. Toch, toen men een paar jaar geleden ter gelegenheid van een of ander jubileum aan Spaanse schrijvers vroeg welke tien boeken naar hun mening de beste waren die in Spanje na de Burgeroorlog zijn geschreven, kan ik me niet herinneren dat iemand *La Plaça del Diamant* vermeldde. Velen noemden daarentegen, geheel terecht, *La forja de un rebelde*, van Arturo Barea. Het is merkwaardig dat dit boek waarvan de vier dikke delen tegen het eind van de jaren veertig van deze eeuw in Buenos Aires werden uitgegeven, tot op de dag van vandaag niet in Spanje is verschenen, terwijl *La Plaça del Diamant* al de zesentwintigste druk in het Catalaans heeft beleefd. Ik las het boek indertijd in het Spaans en mijn verbazing was alleen maar te vergelijken met die welke de eerste lezing van Juan Rulfo's *Pedro Páramo* in mij had opgeroepen, ofschoon beide boeken niet meer gemeen hebben dan het transparante van hun schoonheid.

Van toen af weet ik niet meer hoe vaak ik het boek herlezen heb, zelfs enige malen in het Catalaans, met een inspanning die veel over mijn verering zegt.

Het privé-leven van Mercè Rodoreda is een van de best bewaarde geheimen van de zeer geheimzinnige stad Barcelona. Ik ken niemand die haar goed gekend heeft, die met zekerheid zou kunnen zeggen hoe zij was. Haar boeken doen alleen een haast overmatige gevoeligheid vermoeden en een liefde voor de mensen en het leven in haar omgeving die misschien juist aan haar romans hun universele kracht geven. Het is bekend dat ze tijdens de Burgeroorlog in het huis van haar familie in San Gervasio woonde; haar gemoedstoestand in die tijd blijkt duidelijk uit haar boeken. Het is bekend dat ze daarna in Genève ging wonen en daar, door heimwee gekweld, ging schrijven. 'Toen ik aan de roman begon, herinnerde ik me nauwelijks meer hoe de Plaça del Diamant eruitzag', schreef ze in een van haar voorwoorden, die voortreffelijk bewijzen hoe diep zij zich bewust was van haar schrijverschap. Iemand die zelf geen schrijver is zou het kunnen verbazen hoe deze schrijfster, uitgaand van sterk vervaagde gebeurtenissen in haar jeugd tot zo'n scherpe en heldere weergave van plaatsen en personen kon komen. 'Ik herinnerde me alleen', schreef ze in het voorwoord van een Catalaanse uitgave, 'dat ik op dertien-, veertienjarige leeftijd met mijn vader door de straten wandelde tijdens een volksfeest. Op de Plaça del Diamant hadden ze een grote tent neergezet, zoals ook op andere pleinen natuurlijk, maar ik moest steeds aan die tent denken. Toen we langs de muziektent liepen, had ik zo'n wanhopig verlangen naar dansen (wat mij door mijn ouders verboden was), dat ik verder als een ziel in nood door de versierde straten liep.' Mercè Rodoreda vermoedde dat ze vanwege deze frustratie vele jaren later in Genève haar roman met dat volksfeest begon.

Dit verlangen om te dansen – dat haar ouders de kop indrukten omdat dat voor een fatsoenlijk meisje geen pas gaf – duidt de schrijfster zelf aan als de bron van onvrede die haar de impuls tot schrijven gaf.

Weinig auteurs hebben zulke treffende en nuttige analyses gemaakt van het onbewuste proces der literaire schepping als Mercè Rodoreda in de voorwoorden van haar boeken. 'Een roman is een magische daad', schreef ze. Toen ze sprak over *Mirall trencat* (De gebroken spiegel), haar langste roman, deed ze een andere bijna alchimistische onthulling: 'Eladi Farriols, dood op de grond uitgestrekt in de bibliotheek van een herenhuis, gaf me op zeer onverwachte wijze de sleutel tot het eerste hoofdstuk.' Ergens anders zegt ze: 'De *dingen* hebben een grote betekenis in het verhaal. En dat hebben ze altijd gehad, lang voordat Robbe-Grillet *Le voyeur* schreef.' Ik hoorde deze verklaring pas veel later, nadat de schrijfster mij verbluft had door de zinnelijkheid waarmee ze de dingen in de sfeer van haar romans zichtbaar maakt, lang nadat ik me verbaasd had over het nieuwe licht dat haar woorden uitstralen. Een schrijver die nog weet hoe de dingen heten, heeft zijn ziel al half gered; Mercè Rodoreda ging dit gemakkelijk af in haar moedertaal. In het Spaans daarentegen weten wij schrijvers dat niet allemaal en bij sommigen is dat duidelijker te merken dan wij zelf denken.

Ik geloof – als ik me goed herinner – dat Mercè Rodoreda de enige schrijfster (of schrijver) is die ik, gedreven door een onweerstaanbare bewondering, opzocht zonder haar te kennen. Ongeveer twaalf jaar geleden vernam ik van onze gemeenschappelijke uitgever dat ze enkele dagen in Barcelona was: ze ontving me in een provisorisch, zeer sober gemeubileerde woning, vanwaar men door het enige raam uitkeek op het schemerige Monterolaspark. Ik was verwonderd over haar verstrooide karakter, waarvoor ik later in een van haar voorwoorden een verklaring vond: 'Misschien is de belangrijkste van al mijn eigenschappen een soort van onschuld die het mij mogelijk maakt me in de wereld waarin ik moet leven goed te voelen.'

Ik kwam toen te weten dat ze zich in even sterke mate tot nog iets anders dan de literatuur bijzonder aangetrokken voelde en wel tot het kweken van bloemen. We spraken over deze bezigheid, die ik als een andere vorm van schrijven zag, en midden tussen de rozen probeerde ik met haar over haar boeken te praten en zij probeerde met mij over de mijne te praten. Mij viel op dat van alles wat ik geschreven had vooral de haan van de kolonel die nooit post kreeg indruk op haar gemaakt had en zij vond het opmerkelijk dat mij de verloting van de koffiekan in *La Plaça del Diamant* zo goed beviel. Ik heb nu een vage herinnering aan deze bijzondere ontmoeting, ongetwijfeld voor haar geen herinnering die ze in haar graf heeft meegenomen, maar voor mij was het de enige keer dat ik met een literair creatief persoon sprak die een levende kopie van haar personages was. Het is me nooit duidelijk geworden waarom ze bij het afscheid in de lift tegen me zei: 'U hebt veel gevoel voor humor.' Nadien heb ik nooit meer iets van haar gehoord, tot deze week, waarin ik toevallig en op een ongunstig tijdstip vernam dat ze juist die tegenvaller had gehad die haar het doorgaan met schrijven onmogelijk maakte.